Liste des principaux personnages

Enora Abgrall (39 ans) : épouse d'Erwan Abgrall, sans emploi.

Erwan Abgrall (43 ans) : habitant de l'île, marin-pêcheur.

Frédéric Abgrall (19 ans) : fils d'Erwan et Enora Abgrall, employé dans la centrale électrique du Doulou à Ouessant.

Brendan Argouet (37 ans) : conseiller municipal, beau-frère de Leporet, employé à l'agence du Crédit Marin de l'Ouest.

Pol Bonnemayre (63 ans) : conseiller municipal, retraité.

Marianne Borvon (45 ans) : assistante maternelle, épouse de Tristan Borvon.

Tristan Borvon (45 ans) : habitant de l'île, cantonnier.

Loïc Dagorn (59 ans) : adjoint au maire, médecin.

Amélie Gallec (47 ans) : garde champêtre de l'île.

Marie Karadec (69 ans) : retraitée, ancienne épicière d'Ouessant.

Benoît Leporet (41 ans) : conseiller municipal et chef de l'opposition, directeur de la banque Crédit Marin de l'Ouest.

Jacques Minot (52 ans) : adjoint au maire, électricien.

Fanch Perrec (50 ans) : maire, gérant d'une boutique de souvenirs à Ouessant.

Damien Stevenin (50 ans) : adjoint au maire, professeur des écoles à Ouessant.

Charlotte Tuard (75 ans) : retraité, belle-mère de Tristan Borvon.

Évelyne Vallon (38 ans) : conseillère municipale, factrice.

Pierre Weil (61 ans) : habitant de l'île, notaire.

Grégory Laignel

Dernière nuit à Ouessant

Éditions ouest france

Ce livre est une œuvre de fiction.
Toute ressemblance avec des personnages existants
ou toute coïncidence avec des situations réelles
ne saurait être que fortuite.

L'histoire racontée dans le présent ouvrage s'est déroulée
au début du mois de janvier 2018.

18 h 48

— Bordel, c'est de pire en pire ce soir !

En une phrase pour le moins lapidaire, Loïc avait résumé l'ensemble de mes pensées.

Pour confirmer son ressenti, je lui tendis une feuille reçue le matin même par mail :

— Oui, et tu vois, ce n'est pas près de s'améliorer. Les dernières prévisions météorologiques que j'ai pu recevoir de Brest nous annoncent un sacré grain pour cette nuit. Cela va souffler dur sur l'île.

— Toute la journée, mon baromètre n'a pas cessé de descendre, précisa Loïc en badinant. Avant de quitter la maison pour te rejoindre à la mairie, il était encore en train de tomber en chute libre. À l'heure où je te parle, il doit être si bas que l'aiguille doit en avoir la nausée.

— Tu n'as pas eu de problème pour traverser le bourg par ce temps ? demandai-je en dévisageant mon interlocuteur, planté dans mon bureau, appuyé sur sa canne.

— Aucun souci ! répondit-il en souriant malicieusement. Tu sais, parfois, c'est un avantage d'avoir trois pattes. On tient mieux debout ! Même sous un vent colérique. Non, le problème, c'est que toutes ces bourrasques ont mis à mal mon brushing. Je dois être tout dépeigné, dit-il en riant. Cela va en mettre un coup à mon sex-appeal naturel.

Loïc Dagorn fit mine de se recoiffer en passant ses doigts fins dans l'épaisseur de sa chevelure moutonnante. Il était étonnant qu'à près de 60 ans, cet homme-là soit toujours affublé d'une toison abondante, bien touffue, bien frisée. Elle était juste un peu grisonnante, mais pas du tout clairsemée. Un vrai miracle capillaire !

Nous n'étions pas nombreux ici à l'appeler Loïc ou Dagorn. Les Ouessantins disaient plutôt « docteur » ou « toubib » lorsqu'ils le croisaient. Je ne savais plus exactement depuis combien de temps il tenait le cabinet sur l'île, mais cela faisait un sacré bail. Et les habitants n'étaient pas près de le laisser partir tant ils appréciaient sa gentillesse et sa bonhomie. Pourtant, au début, ce n'était pas gagné. En voyant ce jeune médecin débarquer au Stiff, y a plus d'une trentaine d'années, personne n'aurait pa un centime sur sa longévité parmi nous. Il n'était pas t grand, pas très épais, pas très bien attifé et encore m bien peigné. On aurait dit une ébauche de bonhomme simple esquisse que l'on crayonne sur un bout de e en papier au restaurant lorsque le serveur tarde à ve Je me souviens qu'à l'époque, ma mère racontait q our façonner un homme d'un tel gabarit, le Bon Dieu vait dû prendre qu'un petit morceau d'argile qu'il a pétri un moment avant de se lasser. Pour elle, il ét ertain que le Créateur n'avait pas achevé sa besog que ce n'était qu'une ébauche, voire un brouillon. C' rai que l'enveloppe était imparfaite, mais le conte ait plus abouti. Notre docteur était un homme bon, et intelligent, au regard pétillant de vie et de vivac orsqu'en 2014, j'avais pris la décision de briguer un veau mandat de maire, j'étais allé le trouver à son et pour lui proposer de l'inscrire sur ma liste. Je le ais comme adjoint. Je savais qu'il avait les compé s pour cela. Il avait accepté, plus par amitié que p e quelconque conviction politique.

Dagorn prit place sur un des vi fauteuils capitonnés qui enlaidissaient mon bure s étaient d'une couleur ocre aux rayures mauves, ouleur à donner une indigestion à un caméléon comme se plaisait à dire Sandrine, ma secrétaire. Je n'étais en rien responsable de ce choix esthétique plus que douteux. La faute en revenait à un de mes prédécesseurs qui, à mon sens, devait souffrir d'un sévère daltonisme doublé d'un mauvais goût hors norme. J'aurais volontiers changé tout ce mobilier, mais le budget alloué à ma municipalité était si chiche que je ne pouvais acheter de nouveaux fauteuils sous prétexte que les précédents étaient moches. Comme ils étaient encore dans un état correct, je m'étais résigné à les garder. C'est Sandrine, en femme pimpante et coquette, qui en souffrait le plus. Combien de fois en entrant dans mon bureau avait-elle lâché : « Rien qu'en les regardant, je crois que j'ai un décollement de la rétine ! Je ne vais pas tarder à vous coller un procès aux prud'hommes, M. Perrec, pour conditions de travail dans un milieu inhospitalier ou pour atteinte au bon goût. »

— Alors pour résumer, Fanch, quelle est la situation ?

Il avait posé cette question en caressant le pommeau de sa canne, un étrange pommeau en étain ciselé représentant un escargot à la coquille bombée. Beaucoup de gens s'interrogeaient sur la présence de ce gastéropode, plutôt disgracieux, sur une canne d'une telle valeur. Loïc avait en fait le goût de l'autodérision et pour lui, cet animal convenait à merveille puisque, comme il l'expliquait souvent, depuis qu'il avait eu cette triple fracture à la rotule durant son enfance au Conquet, il se déplaçait à la vitesse d'un escargot grabataire souffrant d'un souffle au cœur. Il était tellement fier de la comparaison qu'il l'avait ostensiblement matérialisée par cette sculpture singulière. Pour la blague, il aimait exagérer. Il ne se mouvait pas aussi lentement qu'il se plaisait à le dire, mais il était vrai que sa démarche claudicante ne lui permettait pas d'atteindre de grandes pointes de vitesse.

— La tempête Carla s'annonce aussi forte que prévu. C'est une belle tempête hivernale qui nous arrive droit dessus. Ouessant est en plein sur sa trajectoire et va se faire secouer comme un prunier un jour de récolte.

— Ce n'est tout de même pas la première tempête que va essuyer l'île !

— Non, bien sûr, mais une aussi violente que celle-ci, ce n'est pas commun. Nous n'atteindrons pas les records des coups de vent de 1987 ni de 1999, mais les météorologistes la prévoient quand même dans le top cinq des tempêtes les plus virulentes de ces quarante dernières années.

— À ce point ?

J'acquiesçai d'un signe de tête, tout en relisant une note.

— Il semblerait que nous soyons dans un secteur de très basses pressions qui, d'habitude, passent dans la zone polaire, mais à cause d'un foutu anticyclone qui a pris ses quartiers dans tout le nord de l'Europe, cette dépression va rester et s'accentuer entre les latitudes 50° et 70°, s'étalant de Terre-Neuve jusqu'aux îles Britanniques, avant de progresser vers la Bretagne.

— En clair ?

— En clair, cela signifie que des vents violents venant du nord-nord-ouest vont nous tomber dessus en pleine nuit, des vents estimés à 120 km/h avec des rafales pouvant aller jusqu'à 140 km/h. Le tout avec des averses dignes du déluge.

— De quoi arroser l'événement comme il se doit !

— Attends, pour que la fête soit complète, il paraît que la pression va tomber jusqu'à 960 hPA[1]. L'océan va être déchaîné. Voilà qui nous promet des lames tellement

1 Symbole de l'hectopascal, unité de mesure de la pression.

hautes qu'elles foutraient le vertige à des alpinistes chevronnés.

— C'est la station de Brest qui t'a promis toutes ces joyeusetés ?

— Oui, j'ai reçu un communiqué à 9 heures et un autre à 13 heures. Et pour être sûr, je suis allé au Stiff voir ce que la balise météo indiquait.

— Et alors ?

— Alors les gars m'ont dit qu'ils avaient enregistré à 16 heures des vents à 90 km/h, avec des rafales à 110. J'y suis allé vers 17 heures et la balise venait de rendre l'âme. Une bourrasque a arraché un de leurs appareils de mesure. Tu aurais dû voir Tanguy, il était en pétard. Il gueulait comme une brebis à qui on vient de retirer son petit. Il n'y avait plus de raison que je m'attarde sur place et je suis rentré à la mairie.

— Il y a longtemps que tu es là ?

— Un peu après 17 h 30, je crois. En tout cas, Sandrine était déjà partie. J'ai aperçu au loin sa Polo quittant le bourg.

— Cela ne m'étonne pas. Nous savons tous les deux que Sandrine est toujours ponctuelle sur ses heures de bureau… du moins celles de fin de journée, souffla-t-il en ricanant. Elle est moins rigoureuse sur celles de début de service.

Je partageais son sourire moqueur. J'avais beaucoup d'affection pour ma secrétaire, une femme incontestablement compétente, néanmoins je ne pouvais nier qu'elle ne se montrait pas toujours très vaillante face à la tâche. Elle perdait beaucoup de temps à papoter et ne risquait pas d'être surprise un jour à faire des heures supplémentaires. Elle quittait toujours le bureau à l'horaire prévu, jamais une minute de plus. Je dois avouer que ce soir, je n'étais pas mécontent de son absence. C'est ce que je confiai à mon ami :

— Tant mieux qu'elles soient parties, elle et ses parlotes. J'avais besoin d'un minimum de calme et de silence pour préparer la réunion de ce soir.

— C'est un conseil municipal d'urgence que tu nous concoctes ?

— Il y a un peu de cela. Je sais que nous serons impuissants face à Carla, mais nous serons au moins présents, histoire de nous permettre de faire le point et de pallier le plus pressant en cas de problème.

Le silence se fit peu à peu entre nous. Nous restions à écouter le tumulte du vent à l'extérieur de la mairie. Un sifflement lancinant semblait frôler la façade de la mairie. Le vent s'époumonait à souffler sur le bourg, comme un môme devant son gâteau d'anniversaire qui cherche à éteindre toutes les bougies. Cela soufflait et cela postillonnait sans relâche.

Ce vacarme était entêtant et je dois l'avouer un peu inquiétant.

Dagorn devait également se sentir un peu mal à l'aise puisqu'il préféra le son de notre conversation aux vociférations enragées du vent :

— Tu as remis ton attelle, Fanch ? lança-t-il en pointant mon bras gauche de l'index. C'est ta tendinite qui fait encore des siennes ?

— Oui, elle m'avait foutu la paix pendant longtemps, mais aujourd'hui, elle me fait particulièrement souffrir. Ce doit être l'humidité ambiante qui l'a réveillée.

— Elle a bon dos l'humidité. Tu as encore dû forcer sur ton bras.

— Il a bien fallu que je rentre mon canot. Je l'avais laissé sur mon gazon. Je l'ai tiré jusqu'au garage. Et puis, dans mon décret d'hier, j'ai demandé à nos concitoyens de ranger ou d'attacher tout ce qui serait susceptible de s'envoler avec les bourrasques. Il a bien fallu que je montre l'exemple. Mais à force de le solliciter, mon bras gauche s'est mis à me faire mal.

Dagorn me fixa de son regard vif en esquissant un sourire furtif. Il lâcha en faisant un clin d'œil :

— Espérons que demain matin, la seule victime à déplorer soit ton bras.

Que pouvais-je ajouter à son bon sens ?

Rien. Je me murai dans un silence contemplatif. J'écoutai le grincement régulier de la charpente de la mairie. La toiture semblait souffrir sous les brusques rafales, faisant entendre de sinistres craquements comme le ferait la mâture d'un vieux trois-mâts pris en pleine tourmente.

Je ressentais une forte tension qui était en train de naître et de croître, sans que je sois en mesure de jauger si cette nervosité m'était propre ou si elle flottait dans l'air ambiant, engendrée par cette situation climatique extrême.

La porte de mon bureau se mit soudain à trembler sous l'effet d'un frappement vigoureux. J'eus à peine le temps de dire « entrez » que Pol Bonnemayre, un de mes conseillers municipaux, fit son apparition.

Bonnemayre était un Ouessantin pur souche, un véritable Breton bretonnant comme disent les Rennais avec un soupçon de mépris dans la voix, le même mépris qu'auraient des Parisiens pour des cousins de province. Pourtant, Bonnemayre, il valait mieux le moquer en sourdine, et à distance de préférence, car c'était un colosse, un solide bloc de granit dont nos ancêtres faisaient des menhirs. Il n'était plus de première jeunesse, mais toujours solide. Lors de certaines fêtes dans le bourg de Lampaul, des jeux étaient organisés où les Îliens pouvaient s'affronter en toute convivialité. Chaque année, Bonnemayre restait invaincu au tir à la corde. Plus d'un jeune avait fini le cul par terre d'avoir voulu voler son titre à cette force de la nature. Après son service militaire à Lorient, il avait fait une petite carrière dans divers clubs de rugby, au poste de troisième ligne centre, à Clermont ou à Toulouse. À 30 ans, il avait abandonné les terrains gazonnés pour devenir chef mécanicien dans la marine marchande. Il avait vogué une bonne quinzaine d'années sur toutes les mers du monde avant de venir s'échouer dans le port de Brest. Il y avait ouvert un modeste bar à marins qui ne lui avait pas permis de faire fortune. Et finalement, il était revenu passer sa retraite sur son île natale.

C'était un homme simple et discret. Un vrai taiseux qui ne l'ouvrait que lorsqu'il avait vraiment quelque chose à dire. Une qualité rare à l'époque de la télé-réalité ou des réseaux sociaux où plus personne n'a honte d'exposer à la face du monde la platitude de sa vie ou la futilité de ses réflexions.

D'une voix claire et forte, cette statue de granit me mit au courant du premier incident provoqué par Carla :

— J'ai essayé de te joindre sur ton portable tout à l'heure, Fanch, pour te signaler qu'un réverbère était tombé à la sortie du bourg, en direction de la pointe de Pern. Mais cela sonnait occupé. Impossible de t'avoir. J'ai voulu appeler Sandrine à la mairie, mais je n'ai pas eu plus de succès.

— Cela ne m'étonne pas, Pol. En fin d'après-midi, le répartiteur téléphonique s'est mis à déconner. Je ne sais pas quel est le problème, si c'est à cause du vent ou de la pluie, mais résultat des courses : il n'y a plus de téléphone sur toute l'île, ni portable, ni fixe. Et il n'y a plus de liaison internet non plus. C'est le *black out* total. C'est déjà un miracle que la centrale du Doulou soit en état de marche et qu'on ait encore de l'électricité.

— Tu veux dire qu'on ne peut plus communiquer avec le continent ?

— Plus du tout ! Ni mail, ni appel téléphonique. Et avec cette tempête, impossible de quitter l'île. Vu les rafales annoncées, il a été décidé de fermer l'aérodrome. Tous les avions sont cloués au sol jusqu'à nouvel ordre. Quant aux liaisons maritimes avec Le Conquet, il ne faut même pas y penser avec une mer d'Iroise démontée comme jamais.

— En clair, notre île est complètement coupée du continent ? demanda Dagorn en fronçant ses sourcils broussailleux.

— Oui, complètement isolée du reste du monde, mon vieux Loïc. Pendant quelques heures, nous allons être livrés à nous-mêmes, en plein cœur d'une terrible tempête.

— Eh bien, cela nous promet de bons moments en perspective…

19 h 15

En ces heures particulières où mère Nature semblait décidée à s'acharner sur notre petit morceau de terre, il me paraissait nécessaire, voire évident, de réunir l'ensemble de l'équipe municipale au moins dans un but informatif.

Pour être franc, ce conseil municipal décidé à la va-vite tenait plus de la réunion d'urgence et se faisait en comité réduit. Deux de mes conseillers municipaux m'avaient fait savoir le matin même qu'ils ne seraient pas présents. Ils habitaient à l'autre bout de l'île, du côté de Penn Arlan et ne se voyaient pas braver les éléments pour rejoindre le bourg en début de soirée. Cinq autres étaient sur le continent pour les fêtes, avec impossibilité de nous rejoindre dans de telles conditions.

Nous étions donc huit, presque tous domiciliés à Lampaul[1] ou à proximité, huit réunis dans la salle du conseil, tout autour d'une grande table.

À ma gauche, se tenait mon premier adjoint qui était aussi mon meilleur ami, Damien Stevenin. Il avait 50 ans tout comme moi. Nous nous étions rencontrés sur les bancs de l'école. Elle avait dû tellement lui plaire qu'il ne l'avait jamais quittée. Aujourd'hui, il en était le professeur. C'était un homme calme et à l'écoute des autres. Tout le monde s'accordait à dire qu'il était un érudit, un peu la mémoire vivante de notre île. Chez lui, il y avait une bibliothèque impressionnante qui colonisait toutes les pièces de sa maison autant que le lierre qui prend ses aises sur un tronc d'arbre, s'étalant anarchiquement sur les commodes ou les

1 Nom du bourg d'Ouessant.

tables, s'exposant sur une multitude d'étagères fixées aux murs pour pallier le manque de place. Cette bibliothèque gargantuesque était remplie de toutes sortes de bouquins sur l'histoire ou la géographie de la Bretagne en général, et d'Ouessant en particulier. Tout ce savoir accumulé et ingurgité, Damien ne le gardait pas pour lui, ce n'était pas un égoïste, il aimait le partager, surtout à la belle saison, avec l'arrivée des touristes. Il ne boudait pas son plaisir de faire de temps en temps quelques conférences sur le passé de son île. Lorsqu'on regardait sa physionomie, on devinait qu'il ne dévorait pas que les livres. En bon vivant qu'il était, il avait un sacré coup de fourchette. Une tête bien pleine et un appétit féroce, voici quelles étaient les principales caractéristiques de mon ami.

L'homme à ma droite se nommait Jacques Minot, un gars au visage rond, reflétant la bonhomie et la bonne humeur. Il était originaire du Morbihan. Alors qu'il était tout jeune électricien, il avait été embauché par la CMA-CGM[2] et s'était embarqué sur des porte-conteneurs qui sillonnaient les océans entre l'Asie et la France, *via* le canal de Suez ou le cap de Bonne-Espérance. Ouessant, il ne l'avait bien sûr pas découverte lors d'une escale, mais lors d'un week-end en amoureux avec sa femme. Il avait eu aussitôt le coup de foudre pour l'île, un énorme coup de foudre, et comme il disait, en tant qu'électricien, il s'y connaissait en voltage. C'était le genre de béguin qui vous faisait tout lâcher. Il avait abandonné sans préavis les navires de grand commerce pour s'ancrer sur notre île. Il y était devenu électricien chauffagiste pour les particuliers. Il n'avait pas sa langue dans sa poche le Minot, toujours à plaisanter. Il n'aimait rien tant que les blagues, surtout si elles ne volaient pas haut, disons juste en dessous de la ceinture.

2 Entreprise française spécialisée dans le transport maritime en conteneurs (Compagnie Maritime d'Affrètement – Compagnie Générale Maritime).

J'avais commencé cette réunion en rappelant les prévisions météorologiques que tout le monde avait pu entendre en boucle sur les chaînes d'info en continu. Les journalistes n'avaient pas cessé de marteler depuis plus de trente-six heures qu'une énorme dépression s'approchait dangereusement de nos côtes, générant des vents très violents et des pluies abondantes. Dans leurs reportages, ils répétaient à l'envi, tels des leitmotivs, certaines expressions : « bourrasques d'une rare virulence », « on s'attend à d'impressionnantes vagues-submersion » ou « risque d'inondations hors norme sur les fronts de mer ». Sans rien vouloir enlever de leur devoir d'information, je contestais juste la manière dont ces journalistes la diffusaient. C'était leur propension à ne pas lésiner sur les superlatifs qui m'agaçait profondément. À mon humble avis, ils pouvaient mettre en garde leurs concitoyens contre certains dangers, sans pour autant chercher à instaurer cette ambiance pseudo-dramatique. Je me faisais donc le relais auprès de mes conseillers municipaux de la situation météorologique en omettant volontairement tout aspect alarmiste. Je ne voulais rien minimiser, mais en tant que pur Ouessantin, je voyais les choses d'un autre œil que les continentaux. Les îliens étaient plus sereins ou plus confiants. Nous savions que Ouessant n'en était pas à sa première tempête. Elle avait l'habitude des coups de tabac et au pire moment savait courber le dos, comme un pauvre chien qui reçoit une correction et qui attend que cela passe. Même nos maisons disséminées dans la lande étaient adaptées à des conditions climatiques parfois extrêmes. Elles étaient petites et robustes, de vraies tiques agrippées au pelage, de grosses tiques trapues, ramassées sur elles-mêmes, subissant les coups de vent qui brossent l'île sans ménagement. Elles résistaient sans broncher, sans céder, sans faiblir, en attendant l'accalmie.

Je me faisais plus de souci pour certaines habitations du bourg, notamment dans la rue principale. Ici, beaucoup de maisons étaient plus hautes que leurs consœurs de la lande, plus hautaines peut-être, redressant la tête et le faitage, persuadées d'être à l'abri dans leur cuvette. Mais à trop faire les fières, elles pouvaient en perdre quelques ardoises ou des morceaux de cheminées sous les rafales. C'était rare, mais pas impossible.

À l'aide de mes notes, je me mis à lister les diverses recommandations faites à la population, des recommandations sans doute inutiles puisque les habitants les avaient déjà appliquées maintes fois dans des situations similaires. Cela tombait sous le sens qu'il fallait éviter tout déplacement au plus fort du grain, qu'il fallait fermer les volets ou qu'il fallait ranger tous les objets susceptibles de s'envoler sous les rafales. Les Ouessantins réagissaient maintenant par simple habitude, ou peut-être même par réflexe lorsque le vent devenait plus violent. Ils étaient comme de bons élèves qui n'attendent plus que le professeur leur demande de réviser leur leçon, ils le faisaient en avance, par instinct insulaire sans doute. Il n'y avait guère que quelques horsains qui se montraient parfois oublieux, comme disait Pol Bonnemayre en souriant avec malice, des continentaux qui restaient d'incorrigibles cancres. Pour prouver ses dires, il raconta que sur l'ensemble de l'île, tous les bateaux, même les plus frêles embarcations, avaient été retirés de leur mouillage, sauf un.

— C'est celui de M. Perrache, un Parisien à la retraite qui a sa maison secondaire à Keridreux, expliqua la statue de granit d'une voix lourde et posée. Il a laissé son petit voilier dans la cale de Locqueltas. Soit il n'a pas écouté les informations, soit il croit qu'il sera à l'abri…

— Le couillon ! souffla Minot en rigolant. Avec une mer dans cet état, je te garantis que son rafiot va tourner sur son ancre comme une ballerine sous ecstasy.

La réplique de l'électricien eut son petit succès et provoqua une suite de rires plus ou moins contenus. Il faut dire que sur l'île, les Parisiens étaient la cible préférée de mes concitoyens. Nous moquions facilement leur suffisance et leur tendance à se croire supérieurs aux provinciaux que nous étions. Dès que l'un d'entre eux était pris en faute, il s'attirait immanquablement nos sarcasmes.

Profitant de l'hilarité ambiante, Dagorn en rajouta une couche :

— Je vois que pour ce monsieur, il n'y a pas que sa résidence qui est secondaire, les consignes de sécurité doivent l'être tout autant.

— C'est un tort, glissa Stevenin, il fera moins le fiérot lorsqu'il retrouvera son voilier au fond de l'eau, à servir de cachette aux maquereaux ou aux dorades.

Il y eut encore quelques remarques caustiques, suivies de rires décomplexés qui fusèrent dans la salle. Le pauvre M. Perrache, ses oreilles devaient être en train de siffler à cette heure-là, et ce n'était pas à cause du vent.

Le vent, on l'entendait toujours à l'extérieur. Il ne se contentait pas de siffler ce soir, il miaulait de toutes ses forces. Cela n'avait rien à voir avec le miaulement attendrissant d'un chaton, plutôt celui d'un vieux matou, d'un chat de gouttière à l'air revêche. C'était un miaulement hargneux et régulier. Il faisait entendre sa mauvaise humeur, tout en nous crachant dessus.

Par moments, les volets roulants de la mairie étaient secoués par des rafales plus virulentes, si brusques qu'elles nous imposaient le silence. Nous restions quelques instants interdits, le regard soucieux tourné vers les fenêtres, comme pour vérifier qu'elles tenaient bon, qu'elles ne cédaient pas sous les assauts des bourrasques, puis notre conversation reprenait.

Les hommes sont ainsi faits, lorsqu'ils ressentent de l'appréhension, ils n'aiment pas le silence, il faut qu'ils le comblent par des paroles. Le silence, c'est comme un grand espace vide où on laisse nos pensées vagabonder au hasard, au risque de les voir se perdre dans le sillage des idées noires. Pour les dompter et les contrôler, on les ficelle avec des phrases longues comme des lassos.

Je repris mon propos de la voix la plus sereine qu'il m'était possible d'avoir :

— En tout début d'après-midi avec la marée haute, le *Fromveur II*[3] a pu quitter l'île sans encombre et rejoindre le continent. Il est arrivé vers 15 heures au Conquet et à plus de 16 heures à Brest. Il paraît que la mer était agitée, avec des creux de près de deux mètres. Plus d'un passager a eu l'estomac retourné.

Je n'eus pas le temps de poursuivre que Minot intervint avec sa gouaille habituelle :

— J'étais au Stiff au moment du départ. Incroyable, le monde qu'il y avait sur le môle ! Je n'avais jamais vu cela, même en plein mois d'août. Je vous jure que le navire était plein comme un œuf lorsqu'il a quitté l'embarcadère. Il n'aurait pas fallu que le capitaine laisse monter un passager de plus, sinon je vous jure que le *Fromveur* aurait coulé comme une pierre au fond du port.

— Oui, j'ai pu contempler la scène, renchérit Stevenin le regard amusé. On aurait dit un véritable exode. Je crois que certains de nos concitoyens ont pris pour argent comptant les divagations alarmistes des journaleux et ont préféré gagner le continent le temps que la météo soit plus clémente. On leur a dit que Carla serait la mère de toutes les tempêtes et ils l'ont cru. Ils ont évacué l'île comme des

3 Nom du bateau qui fait la liaison entre Ouessant et Le Conquet.

habitants qui quittent leur ville menacée de bombardements en période de guerre.

Ce fut l'occasion qu'attendait Benoît Leporet pour m'attaquer. Il était curieusement resté silencieux depuis le début de la réunion, tapi dans son coin comme un chat qui guette une souris. Cela m'avait étonné de ne pas l'avoir encore entendu ouvrir sa grande bouche. D'habitude, il n'était pas aussi long à venir me chercher des poux :

— Si nos pauvres concitoyens préfèrent fuir l'île, c'est qu'ils ne se sentent pas en sûreté. Ils ont bien compris que leur maire n'était pas en mesure de garantir leur sécurité.

Avant que je puisse répondre quoi que ce soit, Jacques Minot était déjà venu à mon secours :

— Mais qu'est-ce que tu viens encore nous gonfler, Benoît ? Qu'est-ce que tu veux que Fanch fasse ? Hein ? Qu'il arrête la tempête avec ses petits bras musclés ?

Malgré tout son bon sens, l'argument de l'électricien ne fit pas le poids face à la mauvaise foi de Leporet. Celui-ci reprit sa diatribe avec la même véhémence, en commençant souvent ses phrases par « Si j'avais été maire, moi, j'aurais… »

Aussi loin que remontent mes souvenirs, je crois que je l'ai toujours détesté ce type-là, notre cher directeur de l'agence du Crédit Marin de l'Ouest. Certains diront sans doute que mon antipathie venait du fait que Leporet s'était présenté contre moi lors des dernières élections municipales, mais c'était faux. Même avant cela, je ne le portais pas dans mon cœur. Ce n'était pas non plus parce qu'il m'avait un jour refusé un prêt pour permettre l'agrandissement de ma boutique de souvenirs. La raison était plus simple, plus triviale : juste parce que c'était un con, un vrai de vrai, à la connerie si bien tournée qu'on aurait dû le placer sous cloche dans un musée. C'était un type autoritaire et atrabilaire, qui se croyait le roi du monde parce qu'il était banquier. Quand on voit que des types comme lui peuvent être élus, on se dit que la démocratie, c'est une chose trop sérieuse pour la mettre aux mains des électeurs. S'ils sont capables de voter pour un gusse pareil qui leur balance une flanquée de folles promesses durant la campagne électorale, c'est à désespérer des citoyens.

C'était devenu physique, je ne pouvais pas le sentir, avec sa tronche de faux jeton, son front fuyant, son nez courbé et sa pomme d'Adam si saillante qu'on aurait dit qu'il avait un os de poulet coincé à l'horizontale dans la gorge.

Et il n'en finissait pas de déblatérer ses âneries, se plaisant à m'écorcher au passage. Ses sorties étaient si piquantes, ses mots si tranchants, que je comprenais que les égratignures ne lui suffisaient pas, il voulait faire plus mal, taper plus fort, plus profondément.

— Un maire efficace à la tête de sa commune, c'est comme un capitaine au gouvernail de son navire, lâcha Leporet toujours aussi mordant. Il doit garder la tête froide pour prendre les bonnes décisions et rassurer son équipage. Je n'ai pas raison, Brendan ? dit-il en se tournant vers son voisin de chaise, un maigre, aussi grand qu'une rame d'aviron.

Le dénommé Brendan acquiesça timidement, sans oser me regarder.

Jamais, au cours de nos multiples réunions, je n'avais entendu Brendan Argouet désavouer Leporet. Jamais. C'était un type discret et délicat, un homme effacé, maigre et pâlot, sans aucune personnalité. Il était employé de banque dans la même agence que lui. Et pour couronner le tout, il était son beau-frère. Il avait épousé il y a plus de dix ans Martine Leporet, une fille qui n'avait pas plus de caractère que lui. Comme disait Dagorn, elle avait autant de charisme qu'une sole qui avait raté la marée. J'aurais bien aimé être une petite souris pour entrer dans leur maison et les entendre discuter le soir, savoir s'ils se parlaient un minimum. Je suis sûr que ce qui avait le plus de conversation chez eux, c'était leur télévision.

Le directeur de banque poursuivait sa diatribe, prétendant que je n'avais pas l'envergure d'un bon maire. Au quotidien, cela ne se voyait pas, je gérais bon an mal an les affaires courantes, mais lors de circonstances exceptionnelles comme en ce moment, mon incapacité éclatait, paraît-il, au grand jour. Il demanda au grand maigre s'il ne partageait pas son avis.

L'autre répondit par l'affirmative, comme tout le monde s'y attendait.

Ce n'était pas un homme ce type-là, juste un écho, l'écho exclusif de son beau-frère. C'était un béni-oui-oui, un vrai petit chien qui suivait toujours l'avis de son maître. Je n'avais jamais vérifié si comme le supposait Minot, il bougeait la queue quand Leporet parlait, mais à le voir aussi servile et rampant, cela ne m'aurait pas tellement étonné...

Le banquier était déchaîné, il ne cessait de m'attaquer, m'assénant autant de mots durs qu'il lui était possible.

Il commençait à me courir sur le système ce type à prendre la salle du conseil pour un ring.

— Ah, les électeurs ont été bien inspirés de vous élire comme maire, M. Perrec. S'ils avaient pu se douter de votre incompétence, ils s'en seraient abstenus. Et notre île ne s'en serait pas portée plus mal ! Mais croyez-moi, nos concitoyens ne sont pas des sots, ils réaliseront bientôt votre inaptitude !

Cette charge fut la dernière qu'il put me décocher. Je n'étais pas du genre à me faire renvoyer dans les cordes sans broncher. Ma mère m'avait toujours dit que gamin, j'étais un nerveux, un sanguin qui prenait la mouche aisément. À force, avec les années, j'avais fini par m'assagir, je n'étais plus aussi impulsif, mais je dois reconnaître que je n'étais pas encore devenu un vrai stoïque. Il ne fallait pas trop me chercher tout de même, sinon je bouillonnais et je rendais coup sur coup. Sans me gêner pour lui couper la parole, je lui répondis avec assez de punch pour le déstabiliser :

— Voyez-vous, M. Leporet, pour ma part, je pense qu'on reconnaît un bon maire dans les situations difficiles, à sa capacité à regrouper, à souder les gens autour de lui. Dans l'adversité, il faut se serrer les coudes, il faut apaiser, et non attiser, les querelles. Voilà la qualité première d'un bon maire à mon avis, cette qualité dont vous semblez dépourvu. Ma foi, les électeurs ont dû le comprendre, c'est pour cela qu'ils n'ont pas voté pour votre liste. Comme vous le dites si bien, nos concitoyens ne sont pas des sots...

Ma réponse ne le mit pas K.-O., mais elle fut suffisamment virulente pour lui couper la chique. Il jugea plus opportun de jeter l'éponge pour l'instant, quitte à revenir pour un prochain round au cours de notre réunion.

Le silence obtenu, je pus reprendre mes explications, détaillant à l'aide d'une carte de l'Atlantique Nord, la progression de cette chère tempête Carla.

Je fus de nouveau interrompu, mais par une voix qui ne s'était pas fait entendre auparavant :

— Je me suis toujours demandé pourquoi la plupart du temps, on donnait des prénoms de femme aux tempêtes ?

La personne qui avait posé cette question était la seule représentante de la gent féminine du conseil municipal. Elle s'appelait Évelyne Vallon. Elle était la factrice d'Ouessant. Autant dire que grâce à son métier, elle connaissait l'île comme un pickpocket connaît la poche de son voisin. Elle avait du caractère, se montrait parfois impétueuse, cependant je la trouvais plutôt sympathique, ce qui était une qualité rare pour une personne qui s'était présentée sur la même liste que l'autre andouille de Leporet. Mais honnêtement, la Évelyne, il valait mieux être dans ses petits papiers, sinon elle ne se gênait pas pour vous tancer sans ménagement.

C'était une grande femme, un vrai cheval comme disaient certaines mauvaises langues. Elle avait un visage entier, joufflu et couperosé. Lorsqu'elle était en proie à une forte émotion ou à une contrariété, ses joues se métamorphosaient à l'exemple de la lande au printemps, elles s'empourpraient. Quoique la comparaison s'arrêtait là, puisqu'à mon goût, lorsque les bruyères se couvraient de rose et de mauve, elles embellissaient la lande. Et il n'y avait rien de joli ou de gracieux lorsqu'Évelyne piquait un fard.

— C'est vrai, pourquoi les météorologues choisissent souvent des prénoms de femmes ? répéta-t-elle de sa voix grasse. Ce n'est pas très flatteur, tout de même !

Presque naturellement, plusieurs visages se tournèrent vers notre instituteur. Nous avions tellement l'habitude qu'il ait réponse à tout que nous faisions plus souvent appel à lui qu'à Wikipédia pour combler nos lacunes intellectuelles.

Damien Stevenin prit une grande inspiration comme il le faisait toujours au début de ses conférences, comme s'il avait besoin de charger la machine pour donner assez de souffle à ses commentaires. Il allait sans doute nous parler de l'Institut météorologique de Berlin et des années paires ou impaires, mais il n'en eut pas l'occasion. Minot lui avait déjà coupé la priorité, tellement il était impatient de livrer son explication.

À son air hilare, je compris tout de suite que Minot n'allait pas nous donner une réponse très scientifique :

— Ah bon, tu ne sais pas pourquoi on attribue toujours un nom de femme aux ouragans ou aux tempêtes ? demanda Minot, le regard brillant d'espièglerie.

— Non, souffla la factrice en haussant les épaules.

— C'est parce que les ouragans c'est comme les bonnes femmes, ils arrivent chauds et humides dans ta vie, et quand ils repartent, c'est avec le toit et tes affaires.

La plaisanterie ne fut pas du goût de la factrice, c'est le moins que je puisse dire. Son visage devint rubicond en un temps record et elle s'emporta :

— Tu es vraiment trop con ! En tout cas, si ta femme s'est barrée, il ne faut pas se demander pourquoi. Lourd comme tu es, elle n'a pas pu te supporter. C'était au-dessus de ses forces.

— Si ma femme m'a plaqué, chère madame, répliqua-t-il avec beaucoup de pondération et une pointe d'ironie, c'est parce que je suis quelqu'un qui aime la vie, boire des verres avec les copains, bref faire la fête en rigolant. Des distractions que ma femme vieillissante appréciait de moins en moins.

— Ça, on avait vu que tu étais un fêtard ! Tu ne nous apprends pas grand-chose en le disant.

— Et si je dis qu'avec toi, ton mari ne doit pas être à la fête tous les jours, je t'apprends quelque chose ?

Ce fut la réplique de trop, celle qui mit le feu aux poudres. Évelyne explosa littéralement et déversa un flot de reproches à l'encontre de l'électricien. Celui-ci la narguait ouvertement en affichant un sourire ravi.

Benoît Leporet en profita pour m'attaquer de nouveau, affirmant qu'il n'était pas compréhensible que le maire que j'étais admette des propos aussi misogynes de la part d'un de ses adjoints. Il parla de scandale, de sexisme et d'outrage.

Damien Stevenin intervint pour dire qu'il ne fallait rien exagérer, que ce n'était qu'une plaisanterie de mauvais goût, qu'il n'y avait là aucune matière à crier haro sur Minot.

Que n'avait-il pas dit là ? Évelyne Vallon changea de cible et, plus rouge que jamais, s'en prit à notre instituteur :

— Eh bien, je te félicite, si c'est le genre d'inepties que tu tolères, je me demande bien ce que tu apprends à tes élèves en classe. Cela doit être du joli !

Piqué au vif, mon meilleur ami s'énerva, ce qui était une chose fort rare pour un homme aussi doux que lui. Il ne se priva pas de faire plusieurs reproches à la factrice.

Et voilà que la salle du conseil fut bientôt remplie d'éclats de voix.

Je dois avouer qu'il en était souvent ainsi. Lors de nos conseils municipaux, il était rare qu'un ange passe. Vu l'animosité qui existait entre certains d'entre nous, on sentait plutôt planer dans les airs des escadrilles de mauvaise foi, qui balançaient des piques sans retenue.

La réunion de ce soir ne dérogeait pas aux autres. Le problème est qu'il y avait deux clans dans le conseil municipal, les élus de ma liste, majoritaires, et les élus de la liste de Leporet, minoritaires, mais qui faisaient entendre leurs voix comme s'ils étaient une palanquée. La sérénité n'était jamais de mise. Et ce soir, l'ambiance était franchement tendue. Je sentais qu'il y avait de l'électricité dans l'air. Tout le monde semblait irritable. Sans doute était-ce normal à l'approche de la tempête ? Lorsque le ciel était en colère et la mer en furie, il ne fallait pas s'étonner que les hommes ne soient pas de très bonne humeur non plus.

Plus les minutes s'égrenaient, plus je sentais sourdre en moi une certaine appréhension, une sorte de trac pour être exact, comme si je sentais que cela allait dégénérer.

Je ne m'étais pas trompé. Cela allait arriver, et plus rapidement que je n'aurais pu l'imaginer.

C'est Damien Stevenin qui l'avait entendue en premier.

Je ne sais pas par quel miracle il était parvenu à capter quelque chose d'audible malgré le brouhaha de notre dispute, malgré le tumulte du vent, mais il avait réussi ce tour de force. D'un ton bref et ferme, il sut obtenir notre silence, comme s'il s'adressait à ses propres élèves. Il n'y a pas dire, il avait l'art et la manière d'obtenir la paix, l'habitude sans doute ou l'expérience d'un bon instituteur.

— Vous n'entendez pas ? lâcha-t-il le visage grave. On dirait des cris. Cela vient de l'extérieur.

Nous nous étions tous tus, les oreilles aux aguets, prêts à saisir le moindre bruit singulier qui émergerait du vacarme du vent.

Stevenin avait raison. Il y avait bien des cris, des cris qui se rapprochaient.

Au début, on aurait pu les confondre avec des cris de goélands, mais il n'y avait aucun doute, c'était bien une voix humaine, une voix de femme pour être précis, avec des intonations presque aussi criardes que les glapissements des oiseaux de mer.

La voix se fit soudain plus distincte, plus forte, signe que cette personne avait pénétré dans le hall de la mairie.

— Monsieur le maire ! Monsieur le maire ! criait-elle éperdument, follement.

C'était une voix déchirée, une voix en détresse. Une voix qui allait nous entraîner au cœur d'une terrible épreuve.

19 h 35

La porte de la salle du conseil s'était ouverte brusquement et avait vomi une petite femme maigre comme un courlis, revêtue d'un large ciré bleu. Au sommet de son crâne se tenait une masse grise, mouillée et informe, tout ébouriffée. Ses cheveux étaient si trempés et hirsutes que je n'aurais pas été étonné outre mesure qu'elle nous annonce qu'elle venait de se mettre la tête dans le tambour de sa machine à laver et qu'elle l'avait programmée sur essorage.

Il n'y avait pas de doute à avoir, cette grand-mère avait bravé la tempête et avait dû se prendre des baquets d'eau sur la tête pour arriver jusqu'à nous. Je me demandais bien pour quelle raison, et mes compagnons devaient s'interroger tout autant.

Sous nos yeux interloqués, elle ouvrit son ciré et libéra de l'épaisseur du vêtement un petit chien au museau effilé, à la toison aussi touffue que celle d'un mouton. Elle tenait dans ses bras cette bestiole à la fourrure crème flanquée d'une collerette épaisse et d'une queue en panache, et elle la caressait d'un geste nerveux. Le roquet, qui était presque aussi mouillé que sa maîtresse, ne cessait de japper. Visiblement, notre présence lui déplaisait et il nous le faisait savoir avec bruit. Nous étions plus discrets que lui, mais sans aucun doute partagions nous le même sentiment à son égard. Et chacun de ses nouveaux aboiements stridents renforçait notre opinion.

Nous avions tous reconnu la femme.

Elle habitait dans le bourg, près du port, dans la maison la plus proche de la station de sauvetage.

C'était la mère Karadec. Marie de son prénom, mais personne ne l'avait jamais appelée par son petit nom depuis qu'elle était sortie de l'enfance. Elle n'avait jamais trouvé d'homme qui veuille lui passer la bague au doigt et lui susurrer des « Marie » à l'oreille. Elle était restée vieille fille et était devenue pour tous la mère Karadec, l'ancienne épicière du bourg de Lampaul. Ce n'était pas une méchante femme, elle était toujours prête à rendre service. Cependant, elle était également commère, et ce n'était pas le moindre de ses défauts. Elle ne pouvait jamais s'arrêter de jacter sur les autres et de propager les rumeurs d'un bout à l'autre de l'île. En tant que célibataire, elle ne vivait la vie de couple et ses déboires que par procuration, qu'en écoutant les voisines se plaindre de leurs époux. Elle était toujours disponible, toujours à l'écoute, se régalant à l'avance des chicaneries conjugales ou des histoires de coucheries. Tout cela ne remplaçait pas la présence d'un mari, mais cela avait l'avantage de l'occuper, et sans doute de la consoler de n'avoir jamais trouvé chaussure à son pied. Les tracas de ces femmes arrivaient presque à la persuader qu'elle n'était pas si malheureuse après tout, qu'elle avait eu de la chance d'échapper durant ces longues années aux vicissitudes du mariage.

La vieille femme posa son ciré trempé sur un radiateur et s'affala sur une chaise comme si ses jambes ne la portaient plus. Son visage était creusé et livide. Visiblement choquée, elle restait assise à nous regarder, sans dire un mot, sans prononcer un son. Son roquet se faisait son ambassadeur et s'exprimait à sa place, à pleins poumons, aboyant son antipathie vis-à-vis du conseil municipal.

Il était temps que j'intervienne :

— Mme Karadec, qu'est-ce qui vous arrive ? demandai-je sans cacher mon étonnement.

— Ah, monsieur le maire, si vous saviez…

Elle avait lâché cette phrase dans un long soupir éperdu. Je l'encourageai à poursuivre :

— Qu'est-ce qui se passe ? On dirait que vous venez de croiser l'Ankou[1].

— C'est tout comme, monsieur le maire, c'est tout comme, lança-t-elle en me fixant de ses yeux ronds. Quoique je crois qu'à tout prendre, j'aurais préféré voir l'Ankou plutôt que ça.

— Que vous est-il arrivé ?

Elle ne répondit pas tout de suite, se contentant de rester vissée sur sa chaise, les bras ballants, les yeux perdus dans la fourrure de l'aboyeur à pattes. Je soupçonnais la mère Karadec de maintenir le suspense plus que de raison. Pour une fois que quelqu'un s'intéressait à elle, elle s'ingéniait à faire durer le plaisir. Elle était si rarement au centre des préoccupations des gens, qu'elle ne devait pas rechigner à se faire désirer un brin lorsque l'occasion se présentait.

Devant son mutisme exaspérant, je dus revenir à la charge.

— Il y a à peine un quart d'heure j'étais sur le port, finit-elle par lâcher, et c'est…

Dagorn intervint presque aussitôt, l'interrompant sans faire preuve de la plus élémentaire des politesses. Il était étonné et le faisait savoir avec spontanéité :

— A-t-on idée de se promener à la brune en pleine tempête ? Vous avez perdu la raison, ma parole. En tant que fille de marin, vous connaissez pourtant les dangers lorsque la mer est en furie et qu'elle frappe nos côtes ?

— Je le sais bien, docteur. Je serais bien restée au chaud chez moi, mais c'est à cause d'Elvis.

— D'Elvis ?

---

1 Personnage de la mythologie bretonne. Il s'agit du serviteur de la mort qui collecte dans sa charrette (ou dans sa barque) les âmes des défunts récents.

— Mon chien.

L'animal devait sentir qu'on parlait de lui. Il poursuivit ses jappements avec une véhémence redoublée. Sa maîtresse dut hausser le ton pour couvrir les aboiements et poursuivre ses explications :

— J'ai ouvert ma porte pour voir s'il pleuvait toujours et mon chien m'a filé entre les jambes. Il a couru à toute vitesse en direction du port en aboyant comme un forcené.

— Ce n'est pas possible, il ne se tait donc jamais son clébard.

C'est Jacques Minot qui avait lâché cette phrase, tout en discrétion et tout en fiel, à son voisin de table. Il n'avait fait que chuchoter, mais pas assez bas pour que je ne l'entende pas. Heureusement pour lui, la vieille Karadec n'avait rien capté. Elle était lancée dans un long exposé qui ne manquait pas de mettre en exergue les qualités d'Elvis.

— Vous savez, c'est un animal de grande valeur. Un chien pure race, avec un pedigree qui ferait pâlir de jalousie la reine d'Angleterre. C'est un Spitz allemand nain, un chien qui n'a pas de prix.

— Pour moi, c'est le silence qui n'a pas de prix, murmura Minot. Surtout en ce moment !

— Il a gagné plusieurs concours, mon Elvis, déclara-t-elle avec autant de fierté qu'une mère annonçant que son fils venait d'entrer à l'ENA. Il a même obtenu un prix à Paris autrefois.

— Pas un concours de beauté, à mon avis. Non, mais tu as vu la touche de son roquet ? demanda-t-il à Bonnemayre sans attendre la moindre réponse. On dirait un mélange improbable entre un fennec et un ballon de hand-ball, aussi rondouillard et poilu. À mon avis, il a dû gagner le prix du croisement le plus fantaisiste.

Je dois avouer que je partageais sans conteste l'opinion de Minot. Cependant, j'avais hâte que Marie Karadec termine son explication et je ne voulais pas risquer que les persiflages de l'électricien vinssent la perturber. D'un signe de la main, je le priai de se taire. Ce qu'il fit, un sourire narquois figé au coin des lèvres.

— Vous pensez bien que je ne pouvais pas le laisser filer sans rien faire, continua l'ancienne épicière. Je me suis emmitouflée le mieux que j'ai pu et j'ai couru à sa poursuite sous l'averse. Le plus terrible, ce n'était pas la pluie, mais bien ce foutu vent qui me poussait de côté. Une bourrasque m'a même fait tomber.

— Vous avez été bien imprudente.

— Mais, monsieur le maire, il fallait que je rattrape Elvis. Et je l'ai retrouvé sur la jetée, en train d'aboyer à en perdre haleine, ses pattes juste au bord, et la tête dirigée vers l'eau.

— Si au moins, il avait eu la bonne idée de sauter à la baille, il ne serait plus là à nous crever les tympans son fichu clebs.

Minot n'avait pu s'empêcher de distiller une nouvelle saillie moqueuse au milieu des explications de la mère Karadec.

— Je l'ai pris dans mes bras, mais il continuait à s'égosiller sans s'arrêter. J'ai d'abord cru que c'était le vent qui le rendait fou furieux, mais je me suis vite rendu compte que quelque chose l'excitait dans le bassin. Alors j'ai essayé de voir ce qu'il y avait. Ce n'était pas commode, il faisait bien noir et le réverbère était trop loin pour m'être d'un quelconque secours. Alors j'ai pris ma lampe de poche pour éclairer l'eau.

Dans la salle du conseil, tout le monde s'était tu, même Minot avait perdu l'envie de plaisanter. Je ne sais pas pourquoi, mais à ce moment, je crois qu'on a tous senti que ce qu'elle racontait était sérieux… Peut-être était-ce à cause du timbre de sa voix qui s'était imperceptiblement altéré ou son regard qui s'était assombri… À ma connaissance, mes conseillers municipaux et moi-même ne possédions nullement le pouvoir de prédiction, et pourtant, nous avions deviné que ce qu'elle allait annoncer n'était pas de bon augure. Dans ma poitrine, j'ai nettement senti mon cœur s'accélérer et c'est à cet instant qu'elle a lâché cette phrase d'une voix mécanique :

— Et je l'ai vue…

— Quoi donc ? Qu'est-ce que vous avez vu ? questionna Leporet en se levant de sa chaise, le regard anxieux.

— J'ai vu une grande forme claire étendue dans l'eau sombre, juste au pied de la jetée. J'ai compris que cette forme était… un corps.

— Un corps ?

— Oui, le corps d'un bonhomme. Un corps sans vie, tout allongé, tout raide.

Sur ma gauche, étriqué dans son costume, le teint blême, Brendan avait rétorqué dans la foulée, comme par réflexe :

— Vous avez dû mal voir, Mme Karadec ! Ce n'est pas possible.

— Argouet, je te dis que j'ai vu un noyé, aussi vrai que je vois que t'as pas inventé l'eau salée.

— Écoutez, il faisait sombre et il pleuvait, lâcha Dagorn. Vous avez sans doute mal vu. La mer est mauvaise, elle charrie toutes sortes de débris. Vous avez dû prendre un morceau de voile ou un bout de plastique pour un corps.

— Vous n'avez qu'à aller voir si vous pensez que j'ai la berlue. Gamine, avec ma mère, j'ai souvent attendu le retour de mon père sur la jetée au port de Lampaul ou sur le môle dans la baie du Stiff à observer la mer. Je peux dire que je fais la différence entre un cadavre et un bout de voile, même dans l'obscurité. Je ne suis plus de première jeunesse, mais j'ai encore la vue qui vaille.

La vieille épicière avait sorti cette phrase avec force et sincérité, digne d'un avocat lors de sa plaidoirie aux assises, une phrase qui, dans la bouche de cette femme, ne souffrait aucune contestation.

Notre petite assemblée s'agita, prise d'une sorte de convulsion de stupeurs et d'hésitations. Beaucoup de questions émergèrent au cœur de toute cette confusion, sans qu'aucune réponse satisfaisante ne fasse surface.

Il fallait prendre une décision. En tant que maire, je me suis arrogé ce droit :

— Très bien, nous n'allons pas tergiverser pendant des heures.

— Qu'est-ce que tu proposes ? s'enquit Dagorn en me dévisageant, le regard voilé d'inquiétude.

— Tu crois que nous avons le choix ? Nous devons aller jeter un coup d'œil.

— Par ce temps, tu n'es pas fou, Fanch ?

— Loïc a raison, renchérit Évelyne. Le vent ne cesse de se renforcer et cela va devenir dangereux de sortir. Il vaut mieux rester à l'abri.

C'est Pol Bonnemayre qui est venu à ma rescousse. Un rugbyman, même à la retraite, ça a l'habitude de venir en soutien lorsqu'un de ses coéquipiers est mis en difficulté par l'équipe adverse :

— Je crois que Fanch a raison, nous n'avons pas le choix, il faut aller voir. Avant que la balise météo ne rende l'âme, les prévisions nous indiquaient que le gros du grain ne viendrait que vers 5 ou 6 heures du matin, cela nous laisse une marge de manœuvre suffisante. Si on sort maintenant, on ne risque pas encore de s'envoler.

— Vous croyez que cela vaut le coup ? lança Leporet sceptique.

— Si quelqu'un est mort sur notre île, c'est la moindre des choses que d'aller s'inquiéter de son identité. Nous le connaissons peut-être. Et puis, s'il y a quelqu'un de blessé, cela ne se discute pas… Pour se convaincre d'intervenir, Loïc a son serment d'Hippocrate et nous, notre devoir d'assistance à personne en danger.

Pol venait de marquer un essai, net et décisif. Personne ne pouvait contester la valeur de ses arguments.

— Alors, c'est décidé, ajoutai-je avec gravité. Allons aider ce naufragé.

La voix de Marie Karadec claqua aussitôt, faisant écho à ma phrase :

— Moi, je ne suis pas toubib comme le docteur, mais je vous assure que mon noyé n'est pas blessé. Il avait la tête dans le bouillon, alors à mon avis, il est mort et bien mort. Cela ne fait pas l'ombre d'un doute !

20 h 02

Dans une ambiance tout à fait particulière, à la fois recueillie et incontestablement tendue, le bureau d'accueil de la mairie avait été sommairement converti en vestiaire.

Silencieux, je m'équipai le mieux que je pus, dissimulant mon élégant costume sous un ample ciré rouge flamme. Un gros bonnet en laine verte vint couvrir mon crâne, aplatissant mes cheveux gris rebelles que j'avais eu tant de mal à dompter et à coiffer. Quant à mes souliers, je les avais troqués contre ma vieille paire de bottes en caoutchouc. Ma cravate mauve laissait la place à une écharpe hirsute qui me piquait le cou. Je n'avais pas de miroir pour m'admirer, mais je devinais que j'étais drôlement harnaché, et même « fagoté comme l'as de pique » d'après Minot. De toute façon, il n'était pas temps de faire le difficile. Il faisait un froid de gueux dehors, et il ventait et pleuvait à qui mieux mieux. Rien d'idéal pour faire une petite balade digestive ! Alors, quitte à braver les éléments, il valait mieux être paré.

Nous étions quatre en tout à nous préparer, avec le sérieux et le soin d'un groupe d'alpinistes s'apprêtant à escalader la face nord de l'Everest.

Pol Bonnemayre n'avait pas mis longtemps à se proposer pour m'accompagner. L'avantage avec lui, c'est qu'il joignait toujours le geste à la parole. Il faisait toujours ce qu'il disait, une qualité pas si commune chez nos semblables, une raison de plus pour moi de l'apprécier.

Assise sur une chaise, les bras inertes, Évelyne Vallon nous regardait nous habiller. Si ses yeux exprimaient toute son inquiétude, son discours était à l'unisson :

— Mon Dieu, avec ce vent, vous risquez de vous envoler. Vous êtes bien imprudents de sortir ! Et puis, il fait nuit noire à cette heure.

Jacques Minot vint la rassurer en lui tapotant l'épaule, sans se gêner pour badiner :

— Allons, réfléchis, le vent qui fera décoller Bonnemayre n'est pas encore né ! Une statue de muscles et de granit de plus de 110 kilos, faut la soulever, tu ne crois pas ? Quant à Stevenin, avec au bas mot quarante kilos de plus, il est bien ancré à la terre. Je te parie qu'il ne va même pas tanguer sous les rafales. Il tiendra au sol comme un phare bâti sur son rocher !

Sacré Minot, avec son humour de corps de garde, il ne risquait pas un jour d'être invité sur une chaîne culturelle, mais au moins, il avait le chic pour dédramatiser une situation en lâchant ses bêtises et je crois qu'à cet instant, nous n'avions besoin que de cela. Plus il en rajoutait une couche, plus nous riions et plus nous oubliions que nous allions repêcher un cadavre dans le port. Même Damien Stevenin, devenu la cible de l'électricien, riait de bon cœur. Le visage grimaçant, il s'échinait à boutonner son manteau pour contenir toute la masse adipeuse de son ventre. À chacun de ses mouvements, cette graisse ondulait comme une grosse outre pleine d'eau que l'on aurait secouée.

Le dernier à s'emmitoufler était le moins volontaire de nous quatre. Il s'agissait de Brendan Argouet.

Dans un esprit un peu revanchard, et sur un ton de défi, je lui avais lancé à la face :

— Et toi, tu nous accompagnes ? Tu viens avec nous pour voir qui est ce mystérieux noyé ?

Si je lui avais proposé, ce n'était pas en espérant un renfort significatif de sa part. Lui qui était épais comme un coton tige, il n'allait pas être d'un grand secours. Disons que j'avais envie de lui rendre la monnaie de sa pièce à ce faux jeton, à ce minable qui disait toujours amen dès que son beau-frère l'ouvrait.

Je l'avais donc sollicité et lui n'avait pas osé refuser. Il devait pourtant en mourir d'envie, l'employé de banque, mais il ne l'avait pas fait. Pas assez de tempérament pour exprimer une opinion, pas assez de virilité pour s'opposer. Il avait dit oui, alors même que tout son grand corps dégingandé disait non.

Il s'habillait, la bouche soudée et les mains tremblotantes, sous le regard curieux du chien de la mère Karadec. Ce cabot n'aboyait plus depuis quelques minutes. Sans doute intrigué par notre manège, il avait opté pour le recueillement au lieu des jappements. Par moments, il venait coller son museau fin contre le pantalon d'Argouet pour le flairer avec insistance. Je me suis demandé un instant si l'autre ne s'était pas fait dessus.

Une fois nos corps calfeutrés et imperméabilisés par nos diverses couches de vêtements, nous étions prêts à quitter la chaleur et la quiétude de la mairie. J'ouvris la porte avec la même appréhension qu'avait dû ressentir Neil Armstrong en ouvrant le module lunaire, juste avant de fouler le sol de notre satellite, et je suis sorti, suivi de mes conseillers.

À peine avais-je franchi la porte d'entrée que j'eus l'impression d'être dans une forge. Pourtant, pas d'enclume ici, pas de brasier incandescent non plus, juste la sensation d'être devant la gueule d'un immense soufflet qui nous expulsait un jet d'air frais à la figure, une telle expiration que je peinais à respirer au premier abord.

Nous nous sommes avancés dans la nuit et sous la pluie, en direction du port, à la lueur du réverbère le plus proche qui remuait insensiblement à chaque bourrasque, émettant un grincement inhabituel. Il tenait bon, autant qu'un mât de misaine affrontant un fort vent de face. Nous avons longé la cabine téléphonique qui résistait vaille que vaille aux rafales, faisant entendre un curieux mélange de tintement et de claquement de vitres, comme le ferait une lanterne balayée par la risée. À la voir si malmenée, je n'étais pas prêt à parier un kopeck sur la probabilité de la retrouver intacte après le passage de Carla. Au moins, pensai-je rassuré, la municipalité n'aurait pas à se soucier du coût d'une éventuelle réparation puisqu'Orange avait décidé son démantèlement dans le courant de l'année.

À cette heure, le vent était certes virulent, mais il n'était pas encore trop violent. Le gros de la tempête n'était pas pour tout de suite, et nous pouvions avancer sans trop de problèmes. Le pire, c'était plutôt cette pluie battante, dure et froide, le genre de pluie à vous faire regretter vos charentaises et votre canapé devant un bon feu de cheminée. Nous marchions toujours, côte à côte, descendant le raidillon qui menait à la station de sauvetage. Au loin, j'aperçus la lune, pleine et livide, qui émergeait timidement de la masse noire et moutonnante de gros nuages.

Venant du Nord-Ouest, les bourrasques se faufilaient à travers les rues du bourg avant de jaillir sur nous, nous frappant de côté. Nous courbions l'échine, enfouissant un peu plus notre tête dans nos épaules. Je réalisais, qu'instinctivement, nous marchions en nous serrant flanc contre flanc comme le feraient des bœufs pataufs sous une violente averse.

Avec ce vent qui nous poussait au cul, nous sommes arrivés au port plus vite que je ne l'aurais souhaité. Au fond de moi, je crois que j'aurais préféré marcher indéfiniment sous ce grain, sans jamais atteindre le quai tant l'idée de découvrir son corps dans l'eau me terrifiait. Je n'avouais rien aux autres de mes craintes, mais peut-être les partageaient-ils en silence. Après tout, ce n'était pas parce que nous habitions sur une île que nous avions l'habitude de croiser des noyés tous les quatre matins.

Nous sommes descendus le long de la cale, inspectant les eaux du port. Trop loin de nous, la lampe du réverbère se révéla impuissante à nous éclairer. Nous devinions juste que la marée était basse, la mer s'était retirée d'une bonne partie du bassin.

Nos lampes-torches se mirent à fouiller méticuleusement les eaux noires de leurs halos puissants, semblables à des projecteurs de miradors balayant la nuit. Nous cherchions mètre carré par mètre carré l'apparition macabre qu'avait eue la mère Karadec.

La moitié de la rade, sur notre gauche, était bien à sec, dévoilant la couche sombre du varech qui prospérait sur le lit de galets. S'il y avait eu le moindre cadavre à cet endroit, nous l'aurions immanquablement vu.

Sur notre droite, à l'entrée du chenal, des vagues hargneuses enflées par le vent s'évertuaient à franchir le passage dans un bouillonnement incessant. Cette houle, violente et tourmentée, frappait les murs du bassin, faisant jaillir une bave blanchâtre et moussante. Repoussées malgré elles par la marée descendante, les vagues semblaient enrager de devoir céder temporairement du terrain à la terre et aux galets. Elles battaient en retraite, non sans résister, roulant sur elles-mêmes, en tourbillonnant et en gémissant. Mais le reflux était inexorable et les eaux s'apaisèrent quelque peu, autant qu'il était possible lorsque le temps était à la tempête.

Toutes nos torches furent encore braquées un moment sur l'étendue d'écume qui s'agitait dans le chenal, avant de se disperser. Nous éclairions soigneusement le reste du bassin, créant malgré nous un ballet lumineux au-dessus des eaux sombres, à la recherche de cette fameuse dépouille.

Et soudain, une de nos lampes la découvrit.

Là, à quinze mètres de nous à peine.

Au pied de la cale, à l'angle des deux murailles de granit, près d'une bouée jaune, il y avait bien une masse claire et longue flottant entre deux eaux, secouée par l'agitation des eaux.

Bonnemayre nous avait appelés de sa voix grave et lourde. Il continuait d'enfermer le corps dans son faisceau lumineux tel un pêcheur qui a fait une belle prise et qui ne veut pas relâcher son attention de peur de voir le poisson disparaître dans les profondeurs.

Nous nous sommes approchés, visant à notre tour le corps avec les lueurs de nos lanternes.

Les bras écartés, le cadavre était étendu de tout son long, surnageant sans dériver. Il devait sans doute être coincé entre la bouée et sa chaîne, remuant lascivement à chaque oscillation de la houle.

— On… On dirait que… que c'est une femme, lâcha Brendan d'une voix chavirante.

C'était bien une femme. Cette chevelure longue, étalée et frémissante dans l'eau ne laissait aucun doute. Ses longs cheveux clairs ondulaient, telles d'interminables algues filamenteuses agitées par le ressac.

Cette vision était fantasmagorique. Je n'avais pas l'impression de contempler un cadavre de noyée, plutôt une créature aquatique en train de flotter paisiblement devant nos yeux incrédules. Elle ressemblait à une ondine des légendes de nos ancêtres. Oui, c'est cela, à une ondine et non à une sirène. Pas de queue de poisson à l'extrémité de son corps, juste des jambes longues et fines. Pas d'écailles, juste une peau blanche et dénudée.

Nous sommes restés muets tous les quatre, debout sur la cale, sans savoir quoi faire ni quoi dire. Nous étions quatre couillons pris au dépourvu devant l'inattendu et le sordide.

Au-dessus de nos têtes, le vent s'époumonait toujours, s'échinant à siffler son mécontentement par saccades. Devant nous, à l'entrée du chenal, le ressac faisait entendre son bruit régulier et énervé, une sorte de mélopée triste et lancinante.

Dans un silence recueilli, nous approchâmes au plus près de l'eau. Les flots mourants venaient embrasser la pointe de nos bottes. Nos torches tenues à bout de bras n'en finissaient plus d'éclairer la noyée.

Damien Stevenin fut le premier à la reconnaître.

D'une voix déformée, il cracha un nom si rapidement qu'on aurait dit qu'il voulait expulser ces mots de sa bouche comme un aliment nauséabond qu'on ne veut pas garder plus longtemps en soi :

— Bon Dieu ! C'est... C'est Enora !

— Qui ça ? interrogea Pol qui avait très bien entendu, comme nous tous d'ailleurs.

Il n'y avait qu'une Enora sur l'île.

Je crois bien qu'il n'y avait qu'une Enora en France. En tout cas, une comme elle. Une femme à la beauté farouche et féline, une femme élancée et solitaire, une fille de la lande, comme disait ma mère d'une voix suspicieuse, une fille ensauvagée.

— C'est Enora Abgrall, finit-il par répondre, l'épouse d'Erwan.

Nous sommes restés figés, indécis et bouleversés.

De nous tous, c'était Brendan qui semblait le plus ébranlé par cette découverte. Contre toute attente, il s'affala par terre, les genoux au sol, sanglotant, émettant des cris sinistres, des borborygmes assez similaires aux lamentations des pleureuses antiques. Nous nous demandions bien ce qui lui arrivait à l'employé de banque. À notre connaissance, ce n'était ni un proche ni un familier d'Enora. Nous avons mis ses pleurs sur le compte de sa trop grande sensibilité, voire de sa faiblesse naturelle.

Mon attention se détourna bientôt du geignard pour se reporter sur la noyée.

Mon regard était attiré vers elle, tel un bout de ferraille par un aimant. J'avais du mal à me détacher de son visage. Je ressentais une sorte d'attrait indécent.

C'est curieux à dire, mais je la trouvais encore belle ainsi, les yeux fermés comme si cette naïade dormait dans l'eau. Son visage, blème avec une légère teinte bleutée aux lèvres et aux paupières, paraissait paisible. J'avais toujours entendu dire que les noyés qu'on ressortait des flots étaient horribles à voir. Sans doute fallait-il laisser s'écouler un certain temps pour que la peau se déforme et que les chairs se corrompent, parce que pour elle, rien ne paraissait avoir changé. Sa beauté ne s'était pas altérée.

L'averse n'arrêtait pas. Nous étions ruisselants de pluie. À croire que le ciel était aussi chagriné de cette mort et qu'il pleurait presque autant que Brendan Argouet.

Une main forte m'enserra soudain l'épaule :

— Fanch, réveille-toi ! Il faut qu'on rentre. On ne va pas rester plantés comme des bouchots sur leur grève. Il faut qu'on se bouge.

— Pol a raison, déclara Stevenin. Il faut qu'on la retire de l'eau et qu'on la ramène à la mairie.

Il avait dit cette phrase d'un ton ferme, avec ce timbre de voix qu'ont les personnes sûres d'elles-mêmes, qui savent prendre des décisions lors d'événements inattendus ou exceptionnels.

Je dois reconnaître que je n'avais pas la même assurance que lui. La simple idée de toucher ce magnifique cadavre m'était intolérable. Non parce que j'y voyais là un sacrilège, mais plutôt une abjection. Saisir et toucher la peau blafarde et froide de cette femme me révulsait autant que si l'on m'avait demandé d'enfouir mes mains dans un seau rempli de serpents.

Ma réponse fut si épidermique que j'en bafouillai :

— Tu… Tu veux qu'on la sorte ? Mais… Mais on ne peut pas...

— Bien sûr que si, on peut, rétorqua-t-il en me toisant bizarrement. Elle est à peine à trois mètres de nous. J'entre dans l'eau avec Pol et on la tire jusqu'à vous.

— Ce n'est pas cela que je veux dire, mais dans les séries policières, on entend toujours qu'il ne faut jamais bouger les corps, qu'il faut les laisser sur place jusqu'à l'arrivée des flics. On n'a sans doute pas le droit d'y toucher.

— Voyons, Fanch, on ne peut quand même pas la laisser là !

— Pourquoi pas ?

Il y eut une part de mauvaise foi dans ma réponse, en tout cas suffisamment pour l'agacer :

— Mais réfléchis ! La prochaine marée haute est pour bientôt, et avec toute cette houle, son corps sera enlevé comme un étron par une chasse d'eau. Il faut qu'on l'emporte tout de suite ou elle disparaîtra à jamais. On n'a pas le choix.

C'était l'évidence même, je ne pouvais qu'admettre qu'il avait raison. À moi de refréner mes craintes puériles et de me ranger du côté du bon sens :

— Tu as raison. On n'a pas le choix. Il faut la sortir de l'eau.

— Et comment allons-nous la transporter jusqu'à la mairie ? demanda Bonnemayre, toujours aussi pragmatique.

La question ne sembla poser aucun souci à Damien Stevenin. D'une voix posée, il nous conseilla de l'attendre, affirmant qu'il y avait déjà réfléchi.

Décidément, le sang-froid de mon ami me surprenait, à croire qu'il avait fait cela toute sa vie. Il anticipait avant nous ce qu'il fallait faire.

Nous le vîmes remonter l'inclinaison de la cale avec une lenteur exagérée. Ce n'était pas le vent qui ralentissait son ascension, seulement son poids. Ce n'était pas très charitable, mais à le voir se déplacer ainsi, il me faisait songer à un éléphant de mer obèse qui peinait à se hisser hors de l'eau et à se traîner sur la grève.

Finalement, il avait fini par vaincre la pente et déjà, il tournait sur sa gauche, en direction de la station de sauvetage. Je savais qu'il possédait une clef de ce bâtiment. En tant qu'instituteur, il lui arrivait parfois d'amener ses élèves jusqu'au port pour des initiations à la voile. Il avait fait acheter par la commune trois Optimist[1] qui faisaient la joie de nos gamins, qui ne demandaient rien tant que d'oublier les bancs de l'école, au moins le temps de naviguer dans la baie de Lampaul.

Après un moment qui nous parut interminable, il réapparut sous le rideau de pluie et nous rejoignit, souriant à pleines dents comme le ravi de la crèche.

Il tenait une voile pliée entre ses doigts boursouflés. Nous l'avons aidé à l'étaler sur le ciment de la cale, aussi

1 Nom d'un petit voilier d'apprentissage destiné aux enfants.

aisément que nous le permit ce vent espiègle. Cette voile allait nous servir autant de civière que de suaire.

Pendant ce temps, Pol entra dans l'eau froide, marchant avec prudence jusqu'à ce que les flots lui arrivent aux genoux. Il était tout près de la naïade endormie. De sa grosse pogne, il se saisit de son poignet fin et la déplaça lentement vers nous. Elle glissa dans l'eau noire comme l'aurait fait une quelconque planche de bois. Nous avons essayé de l'attraper, mais elle ne vint pas jusqu'à nous. Quelque chose la bloquait et la maintenait hors de notre portée. Le rugbyman nous cria qu'il devinait ce qu'il se passait, que le pied était empêtré dans la chaîne de la bouée. Il plongea les mains dans l'eau, secoua les maillons métalliques et les écarta comme s'il desserrait l'étreinte des anneaux d'un anaconda de métal. L'ondine fut brusquement libérée du piège et commença à dériver. Pol la tira jusqu'à nous sans plus de ménagement que s'il s'agissait d'un simple filet de pêche.

Je me saisis d'un bras nu avec une appréhension mêlée de dégoût. Le contact de sa peau me donnait la sensation de saisir à pleine main une stalagmite gelée, tout aussi glaciale, mais pas aussi dure. Sa chair était molle et flasque, recouverte d'une sorte de liquide gluant comme le mucus qui couvre les écailles des poissons. Ce n'était pas seulement une morte que je tenais, j'avais la désagréable impression de tenir la Mort elle-même, avec tout ce qu'elle symbolisait de repoussant et de sordide.

À nous quatre, nous parvînmes à la hisser hors de l'eau et à l'étendre sur la voile. Elle gisait là sous nos yeux ahuris, les jambes nues, le tronc recouvert d'un chemisier blanc, ses cheveux blonds collés sur son visage et son cou.

Nous soulevâmes notre brancard improvisé et gravîmes la pente de la cale. J'étais placé devant, à gauche de Bonnemayre, en première ligne pour recevoir les gifles de la pluie et les crachats des embruns, mais je n'aurais cédé pour rien au monde ma place à ceux de l'arrière. Je ne voulais pas contempler plus longtemps le spectacle morbide de cette noyée.

Nous marchions doucement, sans à-coup, pour ne pas risquer de faire choir notre malheureux fardeau. Nous étions graves et silencieux, participant bien malgré nous à ce triste et insolite cortège funéraire. Nous ressemblions à s'y méprendre à des moines en procession, portant de saintes reliques, à l'exception près qu'il n'y avait aucun chant qui s'élevait vers ce ciel sombre et impétueux. Seul le vent faisait entendre sa complainte en miaulant, une rengaine enragée et fastidieuse.

La démarche éléphantesque de Stevenin et le manque de force d'Argouet furent loin de nous faciliter la tâche. Et comme si cela ne suffisait pas à notre calvaire, les rafales étaient désormais face à nous, crépitant une pluie glaciale qui nous cinglait le visage. À croire que tous les éléments nous en voulaient de leur avoir retiré leur proie et se faisaient un malin plaisir à nous tourmenter, rendant notre retour aussi pénible que la montée du Golgotha. À plusieurs reprises, nous dûmes faire halte, manquant de trébucher sous les bourrasques acharnées. J'avais les joues transies de froid. Je sentais le tapotement de l'averse qui martelait mon vieux bonnet. Assaillis par la pluie, mes yeux étaient aussi embués que si je pleurais à grosses larmes.

Dans de telles conditions, je puis dire qu'arriver à la mairie nous rendit aussi joyeux qu'avait dû l'être Noé en touchant terre après les quarante jours de déluge.

Nous étions enfin au chaud et au sec, à l'abri de ces rafales de tous les diables.

À peine entrés, le chien Elvis se mit à nous aboyer dessus, d'un hurlement pitoyable et grotesque. Il semblait comme fou, s'approchant du morceau de voile et de son étrange occupant, puis reculant promptement sans cesser de couiner. Il répéta son curieux manège plusieurs fois sans daigner se taire un instant. Il manifestait avec bruit une sorte de méfiance instinctive comme si nous avions repêché une créature aquatique qui lui était inconnue.

Alertés par les glapissements du cabot, Minot et Leporet accoururent à notre secours. Ils nous aidèrent à soutenir notre charge. J'ordonnai à Évelyne Vallon d'ouvrir la porte du bureau d'Amélie Gallec, la garde champêtre, et de déblayer la table afin que nous puissions y étendre la dépouille. Elle s'exécuta avec célérité, offrant à Enora un singulier et sommaire lit mortuaire.

Nous y déposâmes le corps ruisselant et nous nous reculâmes. Nous étions tous debout, en demi-cercle, à la contempler, l'air triste et recueilli, avec cette attitude un peu gauche que peuvent avoir les personnes troublées.

Sans mettre le nez dans les archives municipales, je pense pouvoir certifier, sans crainte de me tromper, que c'était la première veillée funèbre organisée au sein de la mairie. Une scène ô combien inédite dont je me serais bien passé. Tous mes conseillers devaient partager mon sentiment, et ce n'est pas Brendan Argouet qui m'aurait contredit. De ma place, je l'entendais pleurnicher de nouveau. Son chagrin n'était pas feint. Il paraissait avoir perdu quelqu'un de cher. D'autres sanglots vinrent se joindre à sa douleur, des sanglots courts et retenus. C'était Évelyne qui pleurait à côté de moi, s'arrêtant juste pour déclarer avec des trémolos dans la voix :

— La pauvre femme. Si c'est pas malheureux de mourir à son âge.

D'un ton très sérieux, et pas particulièrement éploré, Damien Stevenin se mit à commenter cette scène mortuaire. Il trouvait que le corps d'Enora ressemblait beaucoup à celui de Jésus reposant sur la pierre du sépulcre, peint par Andrea Mantegna[2], aussi pâle et peu vêtu, au visage à la fois creusé et paisible. À la différence du Christ de Mantegna, un des bras de la noyée avait glissé de la table et pendait piteusement dans le vide. De sa manche trempée perlaient quelques gouttes lascives. Autre dissemblance notable, ses cheveux blonds étalés sur la table formaient un éventail imparfait et imbibé.

De sa propre initiative, Loïc Dagorn s'était approché et avait commencé à examiner la défunte. Il remarqua de fines griffures sur les chevilles puis s'attarda à inspecter ses bras, son cou et son visage. Notre vieux docteur la manipulait avec une douceur et une lenteur extrêmes, avec la même précaution que l'on prend pour jouer au jeu du Mikado, comme s'il ne voulait faire aucun mal à ce cadavre. Il lui pencha délicatement le visage et aussitôt d'entre ses lèvres violacées se mit à sourdre un liquide transparent.

Cette scène fit pousser un petit cri d'effroi à notre factrice. Il était temps que cela cesse. Je pris la parole d'un ton qui ne tolérait aucune objection :

— Allons, il faut la laisser en paix maintenant. Enora restera ici jusqu'à ce que la tempête se calme.

Joignant le geste à la parole, je leur fis signe de s'éclipser.

Mes conseillers sortirent bien docilement du bureau, comme un troupeau de moutons mené par leur berger. Dagorn prit la peine d'éteindre le chauffage et se mit à suivre les autres. Je fus le dernier à quitter les lieux et je refermai soigneusement la porte. Par la force des choses, cette pièce devenait une morgue improvisée.

Nous nous réunîmes dans la salle du conseil. Mes trois compagnons et moi-même commencions à peine à nous débarrasser de nos paletots mouillés que nous fûmes

2 Il s'agit de « La lamentation sur le Christ mort ».

assaillis de questions : où l'avions-nous trouvée ? Comment avait-elle pu s'y prendre pour tomber dans le bassin ? Que pouvait-elle bien faire dehors par un tel temps ? Et pourquoi était-elle si peu vêtue ?

De toutes les personnes présentes, c'est la mère Karadec qui se montra la plus intéressée. Elle nous bombarda d'interrogations auxquelles la plupart du temps nous n'étions pas en mesure de répondre. Lorsque dans le bourg, il se répétait qu'elle était curieuse comme une chouette, on peut dire que ce n'était pas une vue de l'esprit, mais bien la réalité. Avec son franc-parler, Minot avait même une expression pour la qualifier, une expression qui n'appartenait qu'à lui, assez imagée, assez crue, mais qui n'était pas sans fondement. Il disait qu'elle était aussi curieuse qu'un speculum, toujours à farfouiller, à fureter n'importe où, pour découvrir des secrets bien enfouis.

Le flot de questions ne s'arrêtait pas, bien que nous n'eussions pas le quart des réponses. Nous supposions juste qu'Enora Abgrall avait dû chuter accidentellement dans la mer et qu'elle s'y était noyée. Dagorn vint confirmer cette hypothèse en affirmant qu'il n'avait vu aucune marque de coup ou de strangulation sur le corps qui aurait pu expliquer une possible agression.

— De toute façon, il est inutile de se mettre la rate au court-bouillon pour découvrir tout de suite le fin mot de cette histoire. Nous n'en saurons pas plus pour le moment. Et il y a plus urgent à faire.

L'instituteur avait dit tout cela d'une voix qui nous imposait le silence.

— Et qu'est-ce qu'il y a de plus urgent à faire ? demanda Leporet intrigué.

— La priorité est de prévenir le mari. Il doit être mort d'inquiétude. Et comme plus un seul téléphone ne fonctionne sur toute l'île, il faut aller le voir chez lui.

Jacques Minot intervint dans la conversation avec la délicatesse d'un éléphant entrant dans un magasin de porcelaine :

— Avec ce temps, tu veux aller jusqu'au hameau de Goubars ? Vous venez de nous dire que rien que d'aller au port, cela n'a pas été évident et là, tu veux qu'on marche jusqu'au Goubars ? Mais avec ce vent, on va s'envoler comme des petites culottes dans une soirée échangiste.

— On n'ira pas à pied, mais en voiture, répondit Stevenin avec calme. D'ici qu'on s'envole, il y a de la marge. Nous n'avons pas le choix. Son mari la cherche peut-être. Il faut aller le prévenir avant qu'il ne prenne des risques inconsidérés en battant la campagne sous ce déluge.

— Damien a raison. Je suis volontaire pour y aller, ajouta Dagorn. Après tout, je suis le cousin d'Erwan et même si nous étions un peu en froid depuis quelques mois, il est tout à fait normal que je sois présent lorsqu'il apprendra la mauvaise nouvelle.

— Fanch, tu nous accompagnes ? demanda-t-il d'un ton qui sonnait plus comme une injonction qu'une question. En tant que maire, c'est à toi de l'annoncer.

Ma réponse, tout immédiate qu'elle fût, ne reflétait pas l'enthousiasme :

— Cela promet d'être gai comme visite. Dire à un mari que sa femme est décédée.

— Tu serais en période de guerre, ce serait à toi d'annoncer les décès des soldats tombés au champ d'honneur à leurs proches, lâcha l'instituteur un peu rudement. Sais-tu qu'Hippolyte Malgorn, qui fut maire durant la Grande Guerre, l'a fait près de cinquante-cinq fois ? À la fin, il paraît que dans Ouessant, certains le surnommaient le corbeau ou l'oiseau de mauvais augure. Lorsqu'on le voyait déambuler dans la rue ou errer sur un chemin, les gens se signaient tant ils redoutaient sa visite et la triste nouvelle contenue dans ses petites enveloppes bleues.

— Tu m'as déjà raconté cette anecdote, Damien, mais tu sembles oublier que nous ne sommes pas en période de guerre.

— Avec cette tempête, c'est un peu comme si le ciel, allié à la mer, livrait bataille contre notre petit bout de terre, répondit Stevenin avec malice. C'est une sorte de guerre.

Leporet sauta sur l'occasion pour mettre son grain de sel dans notre conversation, ou plutôt son grain de piment tant j'eus du mal à avaler son intervention :

— Ce que nous constatons tous, monsieur le maire, c'est que nous venons d'enregistrer notre première perte. Croyez-moi, je ne vais pas me gêner pour demander une enquête approfondie afin de prouver votre incurie sur la façon de gérer les aléas de cette tempête. Je suis sûr et certain que cette pauvre femme serait encore en vie si vous étiez moins négligent sur la sécurité.

Il ne fallut pas longtemps pour que la moutarde me monte au nez. Je sentais que tous les muscles de ma mâchoire se contractaient, ceux de mes bras et de mes mains également. Je me faisais l'impression d'être un ressort qui se comprimait au maximum avant l'instant imminent où il allait se relâcher.

Je me suis approché du directeur de banque en pointant mon index sur son torse :

— Vous, ce n'est pas le moment de venir m'échauffer les oreilles !

Il ne fut nullement intimidé par mon attitude qu'il devait prendre pour de l'esbroufe et il repartit à la charge :

— Je comprends que cela vous dérange, M. Perrec. Espérons pour vous que la liste des victimes ne s'allongera pas trop avec le passage de Carla, sinon la municipalité en sera quitte pour ériger un nouveau monument aux morts…

Cette fois, il n'était plus dans mon intention de l'intimider, mais bien de lui balancer mon poing dans la figure, c'est ce que j'aurais fait si Pol Bonnemayre ne s'était pas interposé. J'eus juste la possibilité de lui lancer une menace un peu vaine, et avouons-le, franchement ridicule, mais qui eut le mérite de me soulager :

— Si vous continuez à venir me chercher des noises, je peux vous garantir que le prochain nom qu'on gravera sur ce foutu monument sera celui de Benoît Leporet.

20 h 35

Nous étions cinq dans la Lada Niva de Bonnemayre, entassés comme des moutons dans leur bétaillère. Sa voiture, on ne peut pas dire qu'elle était de la dernière génération, elle devait avoir les bielles aussi âgées que les artères de Pol, enfin à quelques années près, Pol n'était pas aussi vieux que cela. Après quelques minutes de trajet, les fesses posées sur le siège arrière, je pus me persuader que ce 4×4, fleuron de l'industrie soviétique, ne comptait pas le confort dans ses principales qualités. Une barre métallique curieusement placée rendait la position assise assez incommode. À voir leurs figures grimaçantes, je pense que Minot et Dagorn partageaient mon sentiment. L'électricien me chuchota même à l'oreille :

— C'est une voiture plutôt solide et rustique, mais incontestablement rude et bruyante. Si en plus, on me dit qu'elle roule à la vodka, je n'aurai plus de doute qu'elle soit russe. Quand je naviguais encore, j'ai fait plusieurs fois relâche à Vladivostok, et je peux te dire que j'y ai rencontré quelques femmes slaves qui avaient les mêmes caractéristiques que cette Lada.

Nous avons fait une très courte pause près de l'église à la demande de Loïc Dagorn. Celui-ci tenait à aller chercher sa mallette et surtout quelques anxiolytiques dans son cabinet. Il affirmait qu'Erwan pourrait en avoir besoin en apprenant la noyade de son épouse. Une fois sa mission accomplie, nous sommes repartis vaille que vaille au milieu de la tempête.

Certes, il ne pleuvait plus, ou quasiment plus par rapport à tout à l'heure, juste assez pour nous donner l'impression que les nuages s'égouttaient encore un peu. Néanmoins, la situation était loin de s'être améliorée. Le vent paraissait avoir forci et ne cessait de gronder.

La voiture prit la route en direction de Penn Ar Roc'h, perçant les ténèbres de ses phares jaunes. À peine avait-elle quitté le bourg qu'elle fit une embardée qui surprit autant le conducteur que les passagers. Elle n'était plus protégée par l'alignement des maisons qui créait une sorte de brise-vent de circonstance. Désormais, elle subissait sur son flanc droit la virulence des rafales. Il fallut toute la maîtrise de Pol pour redresser son véhicule en donnant de rapides mouvements de volant. Il ne s'alarmait pas de la situation, il gérait avec maestria, ce qui nous rassurait.

— Bon sang ! Il y a un vent à décorner les bœufs ! s'écria l'instituteur avec stupeur.

— Moi, je dirais plutôt qu'il y a un vent à décorner les cocus, ajouta Minot goguenard, et Dieu sait qu'il y en a quelques-uns sur l'île.

Sa plaisanterie de corps de garde déclencha chez lui un rire gras et interminable, et chez nous un léger sourire indulgent. Sa saillie aurait pu nous gêner, mais heureusement il n'y avait que des célibataires dans la Lada. Célibataire par divorce pour Stevenin, par veuvage pour Dagorn, par manque de rencontre pour Bonnemayre, et célibataire par intermittence pour moi. D'autres que nous se seraient sans doute sentis visés par les propos de l'électricien, car sa réputation d'homme séducteur n'était plus à faire, elle était aussi établie à Ouessant que sa réputation de joyeux drille à l'humour potache, de fêtard et de grand buveur.

Moi qui le connaissais bien, j'avais du mal à le croire lorsqu'il m'affirmait que jeune, il était plutôt un type sage, rangé, sans jamais prononcer un mot plus haut que l'autre.

On dit toujours que les bêtises, c'est jeune qu'il faut les faire, parce que c'est l'âge, parce qu'on est déraisonnable. Minot, lui, les bêtises, il les faisait à un âge mûr. « Les quatre cents coups, c'est comme les bons vins, c'est en vieillissant qu'on les apprécie le plus », lâchait-il parfois en rigolant.

Le hameau de Goubars n'était pas très éloigné de la sortie du bourg et bientôt, la grande maison des Abgrall apparut devant nos yeux. Je demandai pourtant à notre conducteur s'il pouvait poursuivre sur quelques dizaines de mètres. Je voulais voir si la route-digue de Corz était encore intacte. En 2014, elle avait particulièrement souffert lors des intempéries et j'espérais qu'elle n'allait pas connaître le même sort en 2018.

Bonnemayre roula encore un petit peu avant d'arrêter sa voiture au sommet de la montée, nous offrant un large panorama sur la baie de Lampaul.

Débarrassée un temps des nuages, la lune put éclairer tout le secteur de sa lumière douce et blafarde, nous donnant un aperçu du déchaînement de la mer.

Elle était furieuse et bouillonnante.

Surgissant du fin fond de l'océan, de grosses lames à crêtes blanches roulaient de colère, s'élevaient en pics avant de retomber lourdement en projetant des geysers d'écume. Elles ressemblaient à des molosses aquatiques, la gueule couverte de bave, qui fonçaient sur les falaises sans aucune retenue ni pitié.

La mer paraissait enragée.

Elle redoublait de hargne au niveau de la plage de Corz. Elle donnait de violents coups de boutoir contre les rochers et la route-digue, de véritables coups de bélier comme si elle voulait repousser le territoire de la terre, ronger le territoire des hommes et leurs aménagements. Elle livrait une bataille titanesque, se donnant entièrement dans cette lutte, envoyant ses vagues enflées contre la plage comme autant de régiments de fantassins jetés au cœur du combat avant de disparaître dans une explosion d'éclaboussures. L'île résistait à tous ses assauts acharnés, mais il était évident qu'elle était malmenée. La route-digue tenait bon, mais je ne savais pas pour combien de temps encore.

Nous en avions assez vu.

Il était temps de faire demi-tour et d'aller voir Erwan Abgrall.

La demeure des Abgrall était une grande bâtisse assez massive, d'autant plus imposante qu'elle était un peu à l'écart des maisons riveraines et de la route. Située face à la baie de Lampaul, elle avait une position appréciable au milieu d'une prairie rase qui surplombait la cale du Goubars. Elle était simple dans son architecture, sans fioritures, mais elle avait un certain charme. Ses murs recouverts de chaux, dont la blancheur s'était altérée avec les années, étaient agrémentés de granit clair au niveau des encadrements des ouvertures et des chaînes d'angle. La disposition harpée de ces pierres grises brisait la monotonie des façades. Le toit en ardoise, troué par des velux, était flanqué de deux larges conduits de cheminées qui prolongeaient les murs pignons. Son jardin tout en longueur, peuplé de tamaris, était ceint par un interminable mur de pierres sèches qui n'était percé que d'une petite poterne verte. D'après Stevenin, cette habitation avait été bâtie au cours du XIXe siècle par un aïeul d'Abgrall, un armateur quimpérois qui aurait fait fortune en commerçant avec les colonies. La construction de cet édifice était la preuve ostentatoire des affaires florissantes de cet ancien marchand.

Aujourd'hui, le descendant des Abgrall ne roulait pas sur l'or. Certes il habitait toujours la maison familiale, mais en tant que marin-pêcheur, ses revenus étaient beaucoup plus modestes que cette bâtisse.

Erwan n'était pas un pur Ouessantin. Il était né et avait grandi à Brest, y avait fait son service militaire. Ce fut seulement au décès de son grand-père paternel en 1996 qu'il avait pris souche sur l'île, en prenant possession de cette belle demeure, celle-là même devant laquelle je me tenais, avec une lampe-torche dans la main, escorté de mes quatre conseillers municipaux, sous un vent incessant, sans que personne ne daigne nous ouvrir la porte.

Dagorn appuya une seconde fois sur la sonnette, en maintenant son doigt plus longtemps sur le bouton.

— Ce n'est pas possible, râla-t-il. Cela fait un raffut de tous les diables, presque autant qu'une corne de brume. Il ne peut pas ne pas nous avoir entendus.

Le docteur prit l'initiative d'appuyer sur la poignée, mais la porte était bel et bien fermée à clef.

— En plus, tous les volets sont clos. On ne peut pas voir si c'est éclairé à l'intérieur, ajouta Jacques Minot en collant son œil à un interstice entre les lamelles de bois bleu. Ah si ! J'aperçois de la lumière dans le couloir ! s'écria-t-il.

— Alors il doit être chez lui.

— Ben, s'il est chez lui, il doit dormir comme un loir parce qu'il ne nous entend pas.

— Tu rigoles, sa sonnette fait un tel boucan que cela réveillerait un mort, renchérit Stevenin, encore mieux que les trompettes du Jugement dernier. Il doit écouter de la musique à fond, ce n'est pas possible autrement.

— Ou alors le vacarme des bourrasques sur sa façade couvre le bruit de la sonnerie…

— Bon, décidons-nous, lâchai-je excédé. On ne va pas faire le pied de grue devant cette foutue porte, en pleine tempête.

— On n'a qu'à faire le tour, proposa Bonnemayre. On passe par l'arrière et on frappe à l'une des portes-fenêtres qui donnent sur la salle.

De l'avis de tous, le conseil était bon. De toute façon, vu le temps, n'importe quelle proposition était préférable que de rester dehors.

C'est en file indienne que nous sommes entrés dans le jardin, en contournant la maison. Pol Bonnemayre ouvrit la marche, sa haute stature nous servant de brise-vent appréciable. Loïc Dagorn, claudiquant malgré sa canne, resta en queue de peloton.

En arrivant à l'arrière du bâtiment, nos faisceaux de lampes balayèrent la façade, nous montrant des ouvertures complètement closes.

À une exception près.

À dix mètres de nous, le battant d'un volet mal fermé, devenu le jouet des rafales, ne cessait de battre le mur dans un bruit sourd et entêtant.

Nous nous sommes approchés.

Minot fut le premier à regarder par cette fenêtre et presque aussitôt, il poussa un énorme cri, une sorte de juron mêlé à un étranglement de voix, un charabia informe où nous crûmes déceler trois mots audibles et compréhensibles, juste trois mots :

— Il est mort !

Dans l'encadrement de l'ouverture, nos cinq têtes béates étaient groupées. Nous regardions en direction de la cheminée, vers ce corps inerte et allongé, baignant dans une mare de sang. Minot ne fut pas long à réagir, ou disons moins long que nous. Il grimpa sur le bord de la fenêtre avec l'agilité d'un chat de gouttière, il évita les morceaux de vitre brisés et il sauta à l'intérieur. Il était encore souple et véloce pour un quinquagénaire. Il faut dire qu'il avait son petit secret pour avoir autant la pêche : « Je consomme beaucoup de fruits et de céréales, c'est souverain contre la vieillesse et les rhumatismes » racontait-il souvent. Un jour où, sans aucune ironie, je l'avais complimenté sur sa bonne condition physique, il m'avait dévoilé une partie de son secret : « Beaucoup de fruits, je te dis et des céréales. C'est une vraie recette de grand-mère qui a fait ses preuves ! Du raisin surtout je prends, et pas mal d'orge, mais jamais pure ! Les grappes, je les préfère pressées et fermentées, et vieillies dans un vieux fût de chêne. Quant à l'orge, je la consomme avec beaucoup d'eau, du houblon et de la levure, après que le tout ait fermenté bien sûr. » Et il était parti dans un énorme fou rire qui aurait pu faire trembler les lustres.

Pour l'heure, Jacques Minot n'avait pas le cœur à rire ni aucun d'entre nous d'ailleurs.

Il disparut un instant de notre champ de vision. Nous l'avons entendu débarrer un volet avant d'ouvrir une porte-fenêtre pour nous permettre de le rejoindre à l'intérieur. Il avait fait tout cela sans desserrer les dents. Forcément un spectacle pareil, cela vous coupe la chique, même pour une pipelette ou un boute-en-train comme lui. Nous sommes entrés doucement les uns derrière les autres, avec le même respect et la même solennité que des croyants entrant dans un temple sacré.

Nous sommes restés tous les cinq, alignés comme des bidasses qu'on passe en revue, à contempler Erwan, ou plutôt son cadavre.

Sa grande carcasse, bien charpentée, gisait à même le sol, dans une large flaque rouge, juste devant l'âtre de la cheminée où un feu timide grignotait sans appétit un dernier morceau de bûche. Le corps était en chien de fusil, enfin plus recroquevillé, disons en position du fœtus. D'où nous étions, nous le voyions de dos. Un couteau de cuisine, long et ensanglanté, reposait sur la tommette à un mètre de ses pieds.

— Vous… Vous croyez vraiment qu'il est mort ? demandai-je d'une voix hésitante.

Ma question eut le don d'agacer Stevenin. Il me répondit sans me ménager :

— À ton avis ! S'il ne bouge plus et s'il nage dans une mare de sang, tu crois que c'est pour amuser la galerie ?

Loïc Dagorn vint charitablement à mon secours. Il pensait sans doute que je me montrais bien candide, mais en bon professionnel de santé, il fut plus circonspect que l'instituteur.

— Fanch a raison, il faut s'en assurer. Il n'est peut-être que gravement blessé.

Sur ce, il prit dans sa mallette une paire de gants en plastique qu'il enfila soigneusement. Il en profita pour nous recommander de ne toucher à rien afin de ne pas laisser nos empreintes digitales n'importe où et surtout afin de ne pas effacer des traces ou des indices importants. Nous avons tous acquiescé, sans rien ajouter. Loïc s'avança vers son cousin et se pencha pour lui tâter le pouls. Au bout d'un moment qui nous parut interminable, il se retourna en faisant un signe négatif de la tête. Pour plus de précautions, il prit un petit miroir qu'il plaça devant la bouche d'Erwan. Il attendit un petit peu. Cependant, aucune buée ne vint ranimer son espoir.

— Il est bel et bien mort, finit-il par nous dire d'une voix grave. Son corps est encore un petit peu tiède. En tant que modeste médecin de campagne, je ne suis pas un expert en la matière, mais je dirais que cela doit faire une heure qu'il mort, deux heures grand maximum.

Dagorn se tut, restant accroupi près du cadavre de son cousin – enfin, accroupi n'était peut-être pas le terme juste, vu que sa jambe invalide ne se pliait qu'imparfaitement. Elle formait un angle de 75 degrés qui lui donnait une position étrange et me faisait songer à un batracien étendu sur sa feuille de nénuphar s'apprêtant à bondir. Mais notre docteur ne se mit pas à bondir, ni même à bouger. Il restait ainsi statique et mutique, ses souliers baignant dans la grande flaque de sang qui souillait la tommette.

Je trouvais que Loïc ne semblait nullement attristé par cette mort, peut-être juste ébranlé par le macabre de la scène. Je n'étais pas sûr qu'il appréciait beaucoup Erwan. Il faut dire qu'ils étaient brouillés depuis quelques années pour une raison que j'ignorais. À cet instant, c'était plutôt le médecin qui officiait, plus que le cousin. Avec un soin méticuleux, il se mit à inspecter la blessure du bout de ses gants. Il demanda finalement qu'on lui passe sa mallette. Stevenin, muet et anxieux, lui rendit ce service. Le praticien s'empara d'une curette et se mit à la faire entrer entre les lèvres de la plaie avant de l'enfoncer complètement. Lorsqu'il eut fini son examen, il tenta de se relever. Sans l'aide de sa canne, cet effort physique se révéla plus ardu qu'il n'y paraissait. Je dus lui venir en aide pour le remettre debout.

— Alors ?

— Alors il a bien été poignardé comme nous le supposions. La profondeur de la plaie correspond à la longueur de ce couteau de cuisine qui git près de lui. C'est sans nul doute l'arme du crime. Le coup a été porté au niveau de la nuque, exactement à travers le muscle splénius du cou, et a pénétré jusqu'aux vertèbres cervicales. La lame a dû sectionner la veine jugulaire interne et la pointe est ressortie près de la glotte. Un coup mortel, à coup sûr. Il s'est effondré, ici devant la cheminée, mort avant même de toucher le sol. Son corps a dû se vider de son sang comme un cochon qu'on égorge.

— Tu as remarqué autre chose? demanda Stevenin perplexe.

— À ce que j'ai pu voir, l'angle d'entrée de la lame est exactement le même que l'angle de sortie, ce qui signifie à mon sens qu'Erwan est mort aussitôt. Il n'a pas dû voir venir le coup, n'a pas pu l'esquiver, en bref, il n'y a pas eu de bagarre. Soit il n'a pas du tout vu son agresseur, soit…

— Soit?

— Soit il le connaissait et ne s'en méfiait pas. Et l'autre lui a porté le coup fatal. De dos, évidemment…

— Je viens de vérifier, intervint Bonnemayre, la porte d'entrée est fermée à double tour, et la clef est toujours dans la serrure.

L'électricien se mêla également à la discussion. Il avait une théorie qu'il brûlait de nous faire connaître :

— De toute façon, cela se voit comme un nez au milieu de la figure que le meurtrier est passé par la fenêtre. Il a dû voir qu'un volet était mal fermé. Il a cassé le carreau et il s'est faufilé par là. Regardez, il y a des morceaux de vitre partout au sol. Il y en a même qui ont atterri près du corps. Pour moi, cela ne fait pas l'ombre d'un doute. Il est entré par la fenêtre sans qu'Erwan l'entende ou le voie. Peut-être qu'il était venu pour voler, croyant que la maison était vide. Il a dû être surpris en apercevant qu'il y avait un occupant. Il a pris peur, s'est emparé du couteau et l'a frappé par-derrière.

— C'est plausible, admit le docteur en faisant une petite moue.

— Pour moi, c'est sûr et certain que cela s'est passé ainsi. Tu sais, toubib, j'en ai là-dedans, déclara-t-il en se tapant le front. En tant qu'électricien, c'est normal que j'aie des idées lumineuses.

Il se mit à émettre un petit rire, légèrement contenu. Minot avait toujours été son premier fan, son propre fan, devrais-je dire. Il riait toujours de ses saillies, même quand les autres ne trouvaient pas cela drôle… Surtout, d'ailleurs, si les autres ne trouvaient pas cela drôle…

Dagorn en tout cas ne partageait pas son hilarité. Il se contentait de contempler le cadavre. Soudain je vis sa moue dubitative se métamorphoser en petit sourire malicieux. Il se tourna vers l'électricien en annonçant d'un ton un peu vaniteux à mon goût :

— Ton hypothèse est séduisante, néanmoins je n'y crois pas un instant.

— Et peut-on savoir pourquoi ?

— Regardez, les morceaux de vitre ont volé un peu partout entre la fenêtre et la cheminée, dit-il en nous montrant du bout du doigt ces infimes vestiges du carreau. Pour que cela s'éparpille ainsi, le coup a dû être violent, Erwan l'aurait sans aucun doute entendu, mais surtout…

— Mais surtout ? répétai-je de plus en plus intéressé par son discours.

— Surtout nous pouvons voir que deux fragments de vitre ont atterri sur le corps de mon cousin. Là, dans le creux de la hanche, et un autre dans le col de sa chemise.

— Et qu'est-ce que tu en conclus ?

— Que quelqu'un a essayé de nous mystifier, Fanch ! Comment peut-il y avoir des morceaux de carreaux sur le cadavre alors que la fenêtre est censée avoir été brisée avant le meurtre ? On ne devrait retrouver des morceaux qu'au sol, ou sous le corps, mais sûrement pas sur le corps… Vous me suivez ?

Bien sûr qu'on le suivait, c'était tellement limpide comme démonstration. Moi, bêtement, je n'avais rien vu de tout cela. Il n'y avait pas à redire, il était fortiche le Loïc. Intelligent et observateur. Une vraie tête. C'est sans doute pour cela qu'il était devenu médecin et moi, seulement marchand de souvenirs. C'est bien la preuve qu'on ne naît pas tous avec les mêmes chances dans la vie. Il y en a qui sont mieux équipés que d'autres. Lui, il n'a pas été avantagé point de vue carrure, mais pour ce qui concerne le cerveau, le Bon Dieu n'a pas été chiche avec lui, c'est le moins qu'on puisse dire.

Manifestement, Jacques Minot avait été également soufflé par cette brillante démonstration. Il se sentit sans doute un peu ridicule que sa théorie soit si rapidement battue en brèche. Je pense que c'est pour redorer son blason qu'il s'est proposé pour aller interroger les voisins, savoir s'ils avaient aperçu quelqu'un rôder autour de la maison des Abgrall.

Je n'étais pas tellement chaud de le laisser partir.

— C'est risqué de sortir seul avec ce vent, Jacques, lançai-je le plus sérieusement du monde. Il vaut mieux que tu restes à l'abri ici.

Sa décision était déjà prise. Et je crois que personne n'aurait pu l'en dissuader.

— Ne sois pas si mère poule avec moi, Fanch, blagua-t-il en me tapotant le bras, juste au-dessus de mon attelle. Je file jusqu'à la maison la plus proche, chez Guillaume Pelluet, je lui pose deux-trois questions, comme cela l'air de rien, sans lui parler du meurtre et je reviens.

Sans rien ajouter, il reboutonna sa parka, s'empara d'une lampe et s'aventura dans les ténèbres du jardin où les longues branches dénudées des tamaris s'agitaient frénétiquement sous les caresses brutales de Carla.

Il ne fut pas le seul à vouloir prendre des initiatives, à croire que ce soir, tout le monde se sentait l'âme d'un enquêteur. Le proverbe dit que c'est « l'occasion qui faisait le larron », je pensais à cet instant, à voir mes conseillers municipaux s'activer, qu'on pouvait recontextualiser cette maxime en professant que c'était « le meurtre qui faisait le limier ». Bonnemayre lui aussi se prenait pour un détective en herbe. Il avait récupéré une longue corde je ne sais où. Il l'avait enroulée autour de sa taille, avait laissé deux mètres de jeu et avait noué l'autre bout autour du gros ventre de Damien Stevenin. Une vraie cordée d'alpinistes ! Il nous a annoncé très sobrement :

— Il y a quelque chose qu'on voudrait vérifier dans le jardin et près du muret. On en a pour dix minutes et on sera de retour.

Ils ont juste dit cela, avec ce petit air un peu mystérieux, un poil agaçant, et ils sont sortis, armés de leurs lampes-torches, s'enfonçant dans les tréfonds du jardin, sous les gifles virulentes du vent.

Dagorn et moi sommes restés seuls dans cette salle, comme deux ronds de frites, à contempler le mort. Nous n'échangions aucune parole, perdus que nous étions dans nos pensées. Un macchabée, cela n'a jamais été causant, mais cela a surtout le chic pour mettre mal à l'aise et vous enlever toute envie de papoter. Loïc m'a juste demandé, en désignant mon attelle, si ma tendinite me tourmentait toujours. J'avais l'impression qu'il m'interrogeait plus pour faire la conversation que pour s'inquiéter réellement de mes bobos. Je lui ai répondu très laconiquement par la négative, car je n'avais pas tellement envie de bavarder. Et nous sommes restés ainsi encore un bon moment dans un silence monacal.

Subitement, le docteur est sorti de sa réserve. Il venait de prendre trois inspirations de suite, qui ressemblaient à des reniflements un peu marqués. Il finit par me poser une question :

— Tu ne sens rien ?

— Quoi donc ?

— Cette odeur d'eau de javel… Depuis tout à l'heure, je la sens.

— Et alors ?

— C'est une odeur très prégnante. C'est étrange, on a dû en mettre une bonne dose dans cette pièce, s'étonna-t-il.

— Qu'est-ce qu'il y a d'étrange à cela ? répondis-je un peu surpris. Ils ont dû faire le ménage dans la journée et peut-être nettoyer des taches persistantes avec de la javel. Enfin, tu ne fais jamais cela chez toi ?

— Si, cela m'arrive. Mais est-ce que cela arriverait chez les Abgrall ? Là est la question ! Tu connaissais Enora comme moi, et je la vois mal dans le rôle de la parfaite ménagère et encore moins dans celui d'une maniaque de la propreté. Quant à Erwan, macho comme il était, il ne devait pas souvent astiquer les lieux. Et puis, regarde cette salle, regarde les autres pièces, tu conviens avec moi que ce n'est pas le genre d'habitation qui servirait de maison témoin. On ne peut pas dire que ce soit nickel.

— Tu as raison, c'est loin d'être nickel.

— Alors, explique-moi pourquoi, alors que rien ne semble indiquer que le ménage a été fait dans cette pièce, cela empeste à ce point la javel ?

Je l'observai avec des yeux ronds, avec le regard de celui qui ne sait plus quoi dire, tant mon interlocuteur paraissait sûr de sa déduction.

— Je n'en sais foutre rien, mon vieux Loïc.

— Moi non plus, et c'est bien ce qui me turlupine, ajouta-t-il en soupirant. Pourquoi a-t-on nettoyé cette salle à l'eau de javel ?

Dagorn n'eut pas le temps de se poser plus longtemps la question. La brusque arrivée de Minot interrompit le cours de ses réflexions. Notre joyeux drille avait le sourire triomphant d'un vainqueur d'étape au Tour de France. Il nous rapportait un indice qui n'était pas sans intérêt :

— Je reviens de chez Pelluet, nous lança-t-il d'une voix enjouée. Il n'a pas bougé de chez lui depuis le début d'après-midi.

— Est-ce qu'il a vu Erwan à un moment donné ?

— Oui, il l'a vu. À 17 h 15 pétantes !

— C'est très précis. Il est sûr de lui ?

— Sûr et certain. C'est l'heure où Guillaume Pelluet a fermé ses volets ce soir, au moment où le grain a commencé à devenir mauvais et que la nuit n'allait pas tarder à tomber. Et par le plus grand des hasards, Erwan faisait de même, à la même heure. Ils se sont salués de loin, ont échangé quelques mots et ensuite, chacun est resté bien calfeutré dans ses pénates.

— Ce qui prouve qu'il était encore vivant à 17 h 15, ajoutai-je. C'est bon à savoir.

— Et surtout, cela corrobore ce que j'avais pu constater par rapport à sa chaleur corporelle, souligna Dagorn, qu'il avait dû mourir entre 18 h 30 et 19 h 30. Il a donc rencontré son meurtrier durant ce laps de temps, dans un intervalle allant de 17 h 15 à 18 h 30, 19 h 30.

— Cela se précise peu à peu...

Notre docteur était aux anges. Toute cette histoire semblait l'exciter énormément, comme s'il participait à un Cluedo géant dont il était un des personnages principaux. Il récoltait des indices avec une joie enfantine, ce qui me paraissait un peu grotesque pour un homme qui frôlait les 60 ans.

Son sourire hilare toujours accroché aux lèvres, il proposa que nous rentrions tous à la mairie afin d'informer les autres de cette nouvelle tragédie. Et surtout, précisa-t-il, afin de réfléchir sereinement à toute cette histoire, de faire le point pour voir si rien ne nous avait échappé.

Un enfant ! Décidément il était pire qu'un enfant brûlant d'essayer le jouet qu'on vient de lui offrir. C'était incroyable de le voir ainsi. Je ne le reconnaissais pas.

Dagorn prit encore le temps de faire quelques photographies avec son smartphone afin d'immortaliser la scène de crime, disait-il. Il conseilla de bien barricader toutes les ouvertures et d'attendre l'arrivée de la police, ou la fin de la tempête, ce qui revenait au même.

C'est à cet instant que Stevenin et Bonnemayre revinrent de leur mystérieuse expédition. Eux aussi paraissaient excités comme des puces. Ils avaient, paraît-il, découvert quelque chose de crucial. Nous voyant sur le point de quitter les lieux, ils nous firent savoir qu'ils nous dévoileraient tout à la mairie.

De vrais enfants comme je dis ! J'étais un maire entouré d'enfants qui prenaient ce meurtre pour un jeu ! À mon sens, c'était désolant.

Nous avons bien refermé tous les volets de la salle et nous sommes sortis par la porte principale que j'ai pris soin de fermer à clef.

Loïc me regarda faire et me murmura :

— Pas besoin de fermer à double tour, Fanch, il nous faudra sans doute revenir tout à l'heure.

— Pourquoi donc ? demandai-je étonné. C'est à la police désormais de mettre son nez dans cette affaire. Nous, nous n'avons plus rien à y faire.

— Sans doute, mais il faut qu'on revienne mettre les scellés sur toutes les ouvertures pour éviter que quelqu'un n'abîme la scène du crime.

Décidément, il n'y avait pas à redire, il pensait à tout ce Dagorn.

À croire qu'il avait été flic dans une vie précédente.

21 h 38

Jamais je n'avais mis les pieds dans un commissariat, et encore moins un jour de grande enquête. J'imaginais que cela devait être l'effervescence dans tous les bureaux, que les flics recoupaient les faits, collectaient les indices pour échafauder toutes les hypothèses possibles, qu'ils parlaient fort dans tout ce brouhaha pour faire prévaloir leur théorie, bref que les cerveaux étaient en ébullition et les langues en plein marathon verbal.

Voilà ce que j'imaginais, mais je ne devais pas faire un grand effort pour cela, vu que j'avais la sensation de vivre la même scène, ici à Ouessant, dans la salle du conseil accoutumée depuis des lustres à d'autres sujets de conversation où les mots « sanglant », « noyade », « meurtre », « cadavre » ou « couteau » étaient plutôt rares.

Le moins que je puisse dire est que les échanges étaient intenses entre tous mes conseillers municipaux.

À notre retour, il avait d'abord fallu mettre au courant les autres du meurtre d'Erwan, de la façon dont il avait été poignardé, ce qui avait engendré un émoi bien compréhensible, mais un émoi que je qualifierais d'évanescent. En effet, très vite, la consternation avait laissé la place à la spéculation sur les événements extraordinaires de la soirée. Chacun y allait de son petit commentaire, de son jugement sur les caractères ou les habitudes des victimes. Ce qui me dérangeait, c'était que toutes leurs interventions n'étaient souvent que des appréciations très subjectives qui avaient tendance à devenir des extrapolations dans la bouche de certains. Ceux qui n'étaient pas venus au Goubars, notamment

Benoît Leporet et la mère Karadec, se montraient particulièrement volubiles. Par moments, j'avais l'impression de me trouver au comptoir d'un café, à entendre les divagations verbales de quelques clients avinés qui avaient un avis sur tout et tout le monde, qui savaient mieux que les autres. Ils étayaient leurs propos avec peu d'arguments solides ou de faits fiables, parfois sur de simples ragots. La vieille épicière insista tout particulièrement pour nous informer que le couple Abgrall n'allait pas très fort ces derniers temps, que leurs disputes étaient fréquentes. Et elle nous dévoila quelques détails qu'elle avait dénichés je ne sais où. Son chien, assis à ses pieds, émergea soudain de son silence, pour pousser un couinement grinçant, à croire qu'il voulait en rajouter une couche et nous donner à son tour, dans son langage canin, son avis sur ce couple.

En fin de compte, dans tous ces discours, il fallait reconnaître qu'il y avait beaucoup d'hypothèses ou de suppositions, rien que du fragile, rien que du branlant, rien que du théorique.

Le plus étonnant était qu'ils nous redemandaient sans cesse des détails sur la scène de crime, sur la blessure d'Erwan, sur la longueur de la lame, tout cela sous prétexte de dénicher un indice qui aurait pu permettre de mieux cerner le meurtrier. Pour moi, ce n'était que de la curiosité malsaine, voire indécente. J'étais persuadé que c'était une habitude très française de s'intéresser à ce genre de choses. C'était le même sentiment qui devait pousser les badauds autrefois à se regrouper pour assister aux exécutions publiques, ce même sentiment qui amenait le commun des mortels à se passionner aujourd'hui pour les faits divers colportés par des médias complices. Oui, j'étais sûr que c'était un comportement très français.

À moins que ce soit juste un comportement très humain, et rien d'autre.

Ce qui amplifia encore tous les commentaires fut l'intervention de Stevenin et de Bonnemayre. Ils apportèrent un nouvel os à ronger à leur curiosité. Ils finirent par nous relater ce qu'ils avaient découvert lors de leur équipée nocturne, en sortant d'un sac en plastique une paire d'escarpins noirs de petite pointure sans talon prononcé ainsi qu'un bout de tissu carmin. Ils nous racontèrent qu'ils avaient supposé qu'Enora, qui habitait au Goubars et qui avait été retrouvée noyée dans le port, avait selon toute logique pris le chemin le plus court qui reliait ces deux endroits, à savoir le petit sentier en terre qui traversait la prairie rase, qui coupait les terrains colonisés par les mûriers et qui débouchait près du lavoir du port, entre la pancarte « *Enez Eus*[1] » et les poubelles, un sentier qui faisait deux cents mètres à tout casser. Damien Stevenin, qui était spécialement en verve ce soir, expliqua qu'ils avaient retrouvé une chaussure au pied du mur du jardin des Abgrall, à l'angle nord-ouest exactement. Ils avaient supposé qu'Enora avait dû escalader ce mur et courir dans le sentier. Pol Bonnemayre intervint, en se frayant tant bien que mal un chemin parmi le discours-fleuve de son camarade, pour nous dire que deux cents mètres plus loin, ils avaient déniché la sœur jumelle de la chaussure. L'instituteur lui coupa la parole, précisant qu'ils avaient surtout découvert juste à côté ce morceau de tissu, en velours rouge, accroché dans les épines d'un roncier. Ils auraient bien continué leurs recherches d'après lui, mais la virulence des rafales les en avait dissuadés. Ils nous rappelaient qu'ils étaient à cet instant pile face à la mer, devant la gueule béante de la baie où le vent pouvait s'époumoner à loisir, sans aucun obstacle, sans aucun relief pour le freiner. Bonnemayre ajouta en souriant qu'ils étaient même tombés à deux reprises dans le sentier, déstabilisés par quelques bourrasques plus sournoises que les autres.

1 Île d'Ouessant en breton.

Cette intervention, précise et étayée par ces quelques objets, vint conforter une des hypothèses qui circulaient depuis un moment dans cette salle. Plusieurs éléments, tels de légers coups de pinceau tracés sur une toile, devenus de plus en plus nombreux, de plus en plus fournis, commençaient à dessiner un tableau d'ensemble de la situation, à savoir le pressentiment, de plus en plus fort, qu'Enora Abgrall avait poignardé son mari, en le frappant à la nuque, et que, prise de remords, elle avait couru jusqu'au port dans l'intention de se suicider.

Ce postulat était en train de faire l'unanimité parmi nous.

Enfin parmi la plupart d'entre nous.

Loïc Dagorn ne croyait pas en cette théorie et se sentit en devoir de fournir des arguments pour la réfuter :

— Je vous ai dit que le couteau de cuisine avait été enfoncé jusqu'au manche, et toute la lame était rentrée dans la chair. Près de vingt centimètres de lame, allant de la nuque à la glotte ! Cela lui a traversé le cou de part en part, je ne sais pas si vous vous représentez ce que cela signifie ?

Malgré cette question, il n'attendait aucune réponse de l'assistance. Cette question n'était somme toute qu'un élément de rhétorique et il poursuivit son discours dans la foulée :

— Il faut bien comprendre que la lame n'est pas rentrée dans la partie la plus molle du corps humain. Il y a énormément de muscles à cet endroit, il y a les cervicales, il y a le cartilage thyroïde du larynx, bref une lame ne s'y enfonce pas comme dans du beurre…

— Où veux-tu en venir ? demanda Leporet d'un air méfiant.

— Que pour moi, une femme n'aurait pas eu la force d'enfoncer aussi profondément la lame, du moins pas une femme du gabarit d'Enora.

Cela venait sans doute de son statut de médecin, ou qu'il était considéré comme un scientifique, un homme réfléchi et rationnel, ainsi la plupart du temps les dires de Loïc étaient tenus pour parole d'Évangile à Ouessant. Néanmoins sa démonstration reçut quelques réserves, sans doute parce qu'elle remettait en cause une théorie bien séduisante.

Évelyne le contredit d'un ton revêche en déclarant qu'il ne fallait pas sous-estimer la force d'une femme, que dans ce domaine, elles étaient nombreuses à pouvoir en montrer aux bonshommes.

Forcément, il fallut que Leporet lui emboîte le pas, rien d'étonnant pour un type qui faisait de l'esprit de contradiction sa doctrine. Il affirma que la force d'un coup dépendait sûrement de la colère ressentie sur le moment. Peut-être que lors d'une dispute conjugale particulièrement virulente, Enora avait pu trouver la rage et la puissance nécessaires pour porter ce coup.

Devant ce flot de réactions contradictoires, Dagorn comprit qu'il ne remporterait pas le pli avec seulement quelques cartes, qu'il lui fallait utiliser ses atouts pour faire taire ses adversaires. Il se tourna alors vers moi, plongea ses yeux d'un bleu acier dans les miens et me lança :

— Je crois être en mesure de vous prouver que j'ai raison, mais pour cela, il va falloir que Fanch Perrec m'autorise à pratiquer une autopsie !

Si l'intention de Dagorn était de surprendre son monde, on pouvait dire qu'il y était parvenu, et haut la main. Le moins que l'on puisse dire est qu'il avait soufflé toute l'assistance avec sa requête. Moi le premier.

Il me fallut quelques secondes avant de pouvoir rétorquer quoi que ce soit, tant il m'avait stupéfié :

— Une autopsie ? Mais tu n'es pas sérieux ?

— Ce n'est pas vraiment une autopsie que je veux, répondit Dagorn d'une voix posée. Juridiquement, je n'ai pas le droit de pratiquer des ouvertures de cadavres, mais il faudrait que je fasse un examen plus poussé du corps d'Enora.

— Tu sais que tu n'es qu'un modeste médecin de campagne ? Tu n'es pas médecin légiste !

— Je n'oublie pas, dit-il, toujours avec ce calme que seules les personnes sûres d'elles peuvent avoir. Je n'oublie pas non plus que j'ai quelques connaissances qui pourraient faire avancer cette affaire.

« Cette affaire… »

Voilà maintenant qu'il se mettait à parler comme un détective. On aura tout vu !

J'étais persuadé qu'il se réjouissait intérieurement que ces meurtres aient eu lieu sur notre île. Cela avait toujours fait partie de ses marottes de résoudre des énigmes. La preuve était que depuis quelques années, il participait à des *murder parties* organisées dans toute la Bretagne par une association de Saint-Malo. Il y a deux ans, Ouessant avait même servi de décor à l'un de ces jeux de rôles géants où il fallait mener une enquête et trouver un coupable. De son aveu même, Loïc m'avait confié qu'il prenait un grand plaisir à participer à de telles manifestations, que cela le sortait un peu de sa routine qui le pépérisait. Et aujourd'hui, le hasard venait lui servir tout cuit dans le bec un véritable assassinat. Il avait dû se jurer qu'il trouverait le criminel, qu'il en ferait une affaire personnelle, plus pour s'amuser que dans un esprit de justice.

Je lui fis connaître mon désaccord, en tournant mes phrases, en choisissant mes mots pour ne pas vexer mon ami.

Il n'était pas décidé à rendre les armes et il repartit à la charge pour tenter de me convaincre :

— Je sais que je ne suis pas policier, Fanch. Cependant, est-ce que tu réalises qu'il y a un meurtrier qui se balade en toute impunité sur notre île et qui a déjà commis deux crimes ?

— Sauf si c'est Enora la coupable, coupa Leporet avec délectation. Dans ce cas, il n'y a qu'un meurtre et l'assassin ne risque plus de courir les rues.

Dagorn ne prit même pas la peine de lui répondre, voulant d'abord me persuader du bien-fondé de sa demande :

— À cause de la tempête, le tueur ne peut pas quitter Ouessant. Il reste sur l'île, parmi nous, sans qu'on ne connaisse ni son identité ni ses intentions. Peut-être qu'il compte tuer d'autres personnes. Il est donc de notre devoir d'essayer de le trouver avant qu'il y ait une autre hécatombe.

— Mais ce n'est pas légal ce que tu veux ! lâchai-je d'un jet, emporté par mon agacement.

— Fanch, je te rappelle que tu es maire, s'énerva-t-il à son tour. En tant que tel tu es également officier de police judiciaire.

— Loïc a raison, intervint Stevenin qui connaissait toujours tout sur tout. L'article 16-1 du code de procédure pénale laisse aux maires la prérogative, ou plutôt la possibilité, de procéder à des enquêtes préliminaires pour recueillir des indices.

Je répliquai sur le champ pour défendre mon point de vue :

— Toi qui es si calé, Damien, tu n'es pas sans savoir que pour pouvoir mener de telles enquêtes, il me faut en informer le procureur de la République et obtenir son feu vert.

— Mais tu vois bien que c'est un cas de force majeure !

— Et puis, comment veux-tu prévenir le procureur de la République ? poursuivit Dagorn. L'île est coupée du monde pendant plusieurs heures. Tu ne peux pas le contacter, alors prends l'initiative, bordel. Donne-moi ton autorisation !

Cette dernière phrase dut beaucoup réjouir le directeur de banque. Il ne bouda pas son plaisir d'en rajouter une couche, juste pour m'égratigner au passage :

— Ça, si vous attendez que M. Perrec prenne des initiatives, ce n'est pas demain la veille ! Pour augmenter la taxe d'habitation, il est toujours présent, mais pour se conduire en élu responsable, soucieux du bien-être et de la sécurité de nos concitoyens, là, il n'y a plus personne.

J'avais l'impression de l'entendre répéter un de ses vieux discours lors de la campagne électorale de 2014, celle qu'il avait menée à l'artillerie lourde pour me discréditer auprès des électeurs. Il me faisait suer à un point ce Leporet, c'était à peine imaginable. De quoi créer une nouvelle rubrique au *Guinness Book*.

Je changeai subitement d'avis. J'acceptai la requête de Dagorn, non parce que ses arguments m'avaient convaincu, mais plutôt parce que je voulais prouver à l'autre enfoiré de Leporet que j'étais capable de prendre des initiatives, que je pouvais assumer mes responsabilités. C'était sans doute un peu puéril comme réaction, cependant, je voulais enlever à l'autre toute occasion de me vilipender.

— Très bien, Loïc ! Puisque tout le monde a l'air d'accord, je te donne l'autorisation de pratiquer ton examen sur Enora. Cependant, je vous préviens que lorsque le préfet l'apprendra, tout le conseil municipal sera démissionné *manu militari*.

— Pas si on arrive d'abord à coincer l'ordure qui a tué les Abgrall ! Si on fait cela, il nous donnera sa bénédiction *a posteriori*.

21 h 42

Son corps était devenu gris, un gris très léger. En à peine une heure, sa peau s'était altérée comme les sculptures en tuffeau que la pollution atmosphérique et les années ont peu à peu voilé de crasse.

Juste vêtue de son chemisier immaculé, Enora Abgrall reposait sur cette table à la manière des gisants de nos églises, raides et gris, figés dans leur sommeil de pierre pour l'éternité.

À la demande de notre docteur, nous étions pourtant venus perturber ce sommeil.

Il avait été convenu qu'il aurait été plus qu'indécent que tout le monde assiste à cette autopsie officieuse, où l'intimité de la morte aurait été macabrement exposée à la vue de tous. En tant qu'initiateur et principal acteur de cet examen *post-mortem*, Dagorn était bien sûr présent. Moi, en tant que maire et par conséquent officier de police judiciaire, j'avais également le privilège d'être présent, privilège dont je me serais bien passé.

Benoit Leporet, lui, avait revendiqué le droit d'y assister, en tant que chef de l'opposition, avait-il dit d'une voix emphatique comme s'il claironnait un titre de noblesse.

Quant à mes autres conseillers municipaux ainsi que la mère Karadec, ils avaient été refoulés jusque dans le couloir où des chaises avaient été rapidement installées. De cet endroit, ils pouvaient entendre tout ce que nous racontions, sans avoir la possibilité de regarder. Je crois que la vieille épicière en crevait de jalousie d'être reléguée là. Elle n'avait pourtant pas d'autre choix que de prendre son mal en patience.

Avant que tout commence, Dagorn avait demandé qu'on aille lui chercher à l'étage, dans notre petite salle de convivialité des pots de confiture vides et du sel, sans donner un surcroît d'explications. Je crois qu'il se plaisait à maintenir un certain mystère dans ce qu'il allait faire.

Cela ne dura qu'un temps. Lorsqu'il fut fin prêt, équipé de gants en latex et d'une blouse blanche dégotée je ne sais où, il commença à officier en exposant son idée :

— Tout à l'heure, en installant cette malheureuse sur la table, j'ai remarqué que de sa bouche avait coulé de l'eau…

— Pour l'instant, rien d'anormal pour une noyée, persifla Leporet.

— De l'eau donc, poursuivit Loïc sans perdre son calme, et une lentille d'eau. Voyez, elle est encore là, collée sur la peau sous la mâchoire. Et nous savons tous qu'il n'y a pas de lenticules dans la mer.

— Sans doute parce que ce n'est qu'un minuscule morceau d'algue, tout bêtement, lâchai-je en haussant les épaules.

— C'est possible, Fanch, et nous allons le vérifier tout de suite.

Sans attendre, il confia une bassine vide au banquier recommandant de recueillir toute l'eau qui s'écoulerait de la bouche. Puis il se mit à redresser le corps de la femme, plaça son dos contre sa poitrine afin de positionner ses bras au bas de la cage thoracique, au niveau du sternum. Il pratiqua plusieurs compressions abdominales jusqu'à parvenir à faire expulser un flot de liquide qui atterrit dans la bassine.

Je ne sais pas si cette eau provenait des poumons ou de la trachée ou simplement de la gorge, mais on avait récupéré l'équivalent d'un grand verre, pas plus.

Cette scène me mit mal à l'aise, me forçant à détourner le regard comme lors de certains films à la violence gratuite où l'hémoglobine coulait à flots et où les plaies étaient complaisamment montrées béantes. Je me sentais incommodé, contrairement à Dagorn qui agissait avec un sang-froid extraordinaire, sans montrer le moindre trouble. Leporet, dans son nouveau rôle d'assistant légiste, ne semblait pas plus écœuré, ce qui était sans doute normal pour un type qui, à mon sens, n'avait pas de cœur.

Notre médecin allongea de nouveau le corps sur la table et s'empressa d'examiner le contenu de la bassine. Il me parut ravi de découvrir deux petits ronds verdâtres flottant dans ce liquide :

— Voyez ! Il y a encore deux lenticules !

— Tu dis que ce sont des lenticules, mais je te répète que ce ne sont peut-être que des bouts d'algues. Avec ce ressac, la mer doit charrier des monceaux de débris de plantes aquatiques et Enora en aura avalé en se noyant.

— Des algues ? Avec cette forme ? Cela serait une drôle de coïncidence. Les trois spécimens que nous avons sous la main ont tous une forme de disque.

— Une coïncidence est toujours possible.

Sans se démonter, Dagorn fit couler le contenu de la bassine dans un pot de confiture, le remplissant aux trois quarts d'un liquide transparent. Un souri réjoui cloué aux lèvres, il nous tendit le récipient :

— Messieurs, connaissez-vous le phénomène d'osmose ?

Avant que nous ayons pu répondre, une voix surgissant du couloir se fit entendre, la voix docte de notre instituteur :

— Il s'agit du déplacement des liquides les moins concentrés en sel vers les liquides les plus concentrés.

— Exact, cher Damien ! s'écria Dagorn en direction de la porte.

— Et peut-on savoir en quoi cela fait avancer le schmilblick de savoir cela ? lâcha Leporet.

Même si cela me coûte cher de l'avouer, pour une fois, j'étais d'accord avec lui. Je ne comprenais pas où mon ami voulait en venir.

Le docteur se fit un devoir d'éclairer notre lanterne de ses lumières :

— Si une personne se noie dans l'eau de mer, ses poumons vont se remplir d'eau salée. Et le sang qui est un liquide peu concentré en sel va être peu à peu attiré vers cette eau salée. Ce qui veut dire qu'on devrait trouver dans les poumons du noyé de l'eau rougie par le sang. Et donc si vous suivez toujours mon raisonnement, si la personne s'est noyée dans de l'eau douce, l'eau retrouvée dans les poumons ne sera pas rougie, mais restera transparente, comme celle qu'on a sortie du corps d'Enora. CQFD.

Sa démonstration finie, il nous regardait l'air satisfait, et surtout sûr de lui comme s'il venait de nous prouver que la Terre était ronde.

Je me permis d'intervenir de nouveau :

— Tu vas finir par dire que je me fais l'avocat du diable, Loïc, mais ce n'est pas une preuve pour moi. Il faut sans doute que le corps reste un temps précis dans la mer pour que ton fameux phénomène d'osmose se produise. Et peut-être qu'Enora n'est pas restée assez longtemps dans l'eau ? Tu ne crois pas ?

— J'y ai pensé, saint Thomas. J'y ai pensé, même si à mon avis, elle a dû rester plus de deux heures dans le port, ce qui serait amplement suffisant. Mais je vais te prouver que j'ai raison par un autre moyen.

Sans perdre de temps, notre médecin se mit à aligner sur la table deux pots de confiture qu'il nous avait demandé de remplir avec de l'eau du robinet. Il en approcha un troisième, celui contenant le liquide expulsé du corps d'Enora. Dans un silence un tantinet exaspérant, sans daigner nous apporter la moindre explication, Dagorn versa dans le deuxième pot une généreuse cuillerée de sel fin. Il touilla le tout dans un bruyant tintement de verre.

Je le vis ensuite récupérer dans sa mallette une minuscule bouteille dotée d'une pipette.

— C'est du nitrate d'argent. Je m'en sers habituellement pour soigner les verrues, lâcha notre apprenti alchimiste en nous regardant.

— Tu veux soigner les verrues de qui ? s'écria Benoît Leporet qui cachait mal son étonnement.

— Tu n'y es pas ! répondit-il. Le nitrate d'argent a certes des propriétés kératolytiques,[1] mais il a également d'autres vertus, comme celle de détecter le chlorure de sodium.

— Plus tu nous expliques, moins je te comprends, dis-je sans exagérer. Tu es aussi clair qu'un haut fonctionnaire de Bercy qui parle de la bonne santé de l'économie française.

— Si tu étais moins impatient, Fanch, je pourrais achever mon raisonnement. Le chlorure de sodium, ou le sel si tu préfères, n'est pas visible à l'œil nu dans l'eau. Pour le détecter, il y a un moyen fiable.

— Ton anti-verrue ?

— Exactement ! Le mélange d'ions d'argent et d'ions chlorure permet la formation d'un précipité.

— Si tu nous montrais du concret, proposa Leporet, nous y comprendrions mieux que ton charabia de scientifique.

— Tu parles d'or, Benoît ! Je vais joindre le geste à la parole, lança Dagorn le regard pétillant. Je vais concrétiser comme tu dis.

1 Produit qui élimine l'excès de kératine sur la peau (pouvant générer des verrues ou du psoriasis…).

Armé de sa pipette, le docteur fit tomber six gouttes de nitrate d'argent dans le premier pot. La réaction ne se fit pas attendre. Un précipité, très léger et pâle, se forma, comme si une petite méduse venait d'apparaître avant de plonger dans le fond du récipient et de s'y blottir.

Il réitéra l'expérience dans le pot d'eau salée. Cette fois, les gouttes se transformèrent en une sorte de voile un peu épais, d'un blanc laiteux qui restait à la surface, laissant juste quelques filaments s'étirer vers le fond.

— Vous voyez ? commenta Dagorn. L'eau salée qui est plus dense empêche le chlorure d'argent de tomber. Nous allons voir maintenant ce qui se passe avec le liquide qui provient du corps d'Enora.

Il répéta pour la troisième fois son geste, libérant six nouvelles gouttes de la bouche de la pipette.

Une voix impatiente se manifesta du couloir :

— Alors qu'est-ce que cela donne ?

— Oui, vous pourriez nous dire, ajouta une autre personne énervée qui ne pouvait être que Marie Karadec. Nous ne voyons rien ici dans notre purgatoire. Décrivez-nous ce qui se passe !

C'est ce que nous fîmes. Nous décrivîmes la réaction produite dans ce troisième pot, l'apparition soudaine d'une minuscule méduse s'aplatissant dans le fond…

— Qu'est-ce qu'il faut en conclure ? demanda finalement le directeur de banque.

— Qu'Enora Abgrall ne s'est pas noyée dans de l'eau salée, donc pas dans de l'eau de mer.

— Mais où bordel ?

— Dans le seul endroit où il y a de l'eau douce entre sa maison et le bassin où elle a été repêchée ! Au vieux lavoir du port !

— En plus, intervint Damien Stevenin de loin, il y a plein de lenticules dedans. Loïc a raison. Ce ne peut-être que là qu'elle est morte.

Cette phrase eut le don de me faire réagir dans la seconde :

— Mais réfléchissez tous les deux, il n'y a pas assez de profondeur dans ce lavoir. Personne ne pourrait s'y noyer.

— De son plein gré ? Non, personne, tu as tout à fait raison ! Mais je suis persuadé que quelqu'un lui a forcé la main pour boire la tasse, déclara Loïc d'une voix aussi posée que sérieuse.

— Tu as dit toi-même qu'il n'y avait aucune marque de coups ou d'étranglements sur elle.

— C'est ce que j'ai dit et ce que je confirme, répondit-il avec assurance. Néanmoins, l'absence d'ecchymoses ne signifie pas qu'il n'y a pas eu meurtre par noyade. Son agresseur a très bien pu lui maintenir la tête sous l'eau jusqu'à ce qu'elle meure et ensuite transporter le corps jusqu'au port avant de la jeter à la mer. Et j'ai découvert autre chose entre-temps. Regardez, à la main gauche, sous ses ongles, il y a des traces de peau et de sang. Il n'y a rien à la main droite, seulement à celle-ci. Elle a dû réussir à griffer son meurtrier dans un geste désespéré, juste avant de mourir.

Notre docteur se tut et prit soin avec une pince à épiler de retirer ces fragments de chair qu'Enora avait arrachés. Il les plaça dans un autre pot à confiture aussi précieusement que des reliques dans leur reliquaire.

— La police, quand elle remettra les pieds sur notre île, saura faire parler ces lambeaux de peau et de sang, dit-il avec satisfaction. Elle trouvera sans peine l'ADN du meurtrier.

— Et en attendant ? demandai-je.

— En attendant, notre petit examen *post-mortem* a confirmé ce que je soupçonnais depuis un moment. Cette malheureuse n'a pas pu enfoncer avec une telle violence la lame du couteau dans la nuque de son gaillard de mari. Elle n'a pas pu se noyer seule dans un lavoir qui n'a pas plus de soixante centimètres d'eau de profondeur. Et la personne qu'elle a écorchée de ses ongles n'est pas Erwan. Je suis prêt à mettre ma main au feu qu'il n'a aucune trace de griffures sur le corps et ça, il sera aisé de le vérifier en retournant au Goubars. Elle a écorché la peau de l'individu qui était en train de la tuer. Donc je peux vous certifier qu'Enora ne s'est aucunement suicidée et qu'elle n'a pas tué Erwan. Je ne sais pas encore ce qu'il s'est passé ce soir, mais voilà ce dont je suis sûr et certain.

Les bannis du couloir s'étaient tous radinés sur le seuil de la porte pour écouter les conclusions du praticien. Ils me faisaient penser à des fans à la fin d'un concert, groupés devant la sortie des artistes, pour voir leur idole. Vu le physique de Dagorn, je me doutais pourtant bien qu'ils admiraient plus le fruit de ses cogitations que sa beauté. Ces nouveaux éléments révélés par l'autopsie battaient en brèche toutes les hypothèses émises pour l'instant. Enfin je faisais confiance à toutes ces personnes pour extrapoler encore une fois et échafauder d'autres scénarios sur le déroulement de cette tragique soirée.

La mère Karadec était en grande forme, comme toujours. Elle parlait beaucoup, et force est d'avouer qu'elle ne disait pas que des sottises. Elle mit même le doigt sur une chose que mes compagnons avaient négligé !

— Je sais bien qu'Enora n'a jamais été un modèle de vertu, mais de là à battre la campagne les fesses à l'air, il y a quelque chose que je ne m'explique pas.

Il était vrai que la victime n'était habillée que d'un soutien-gorge en dentelle blanche et d'un chemisier de la même couleur. Elle ne portait ni pantalon ni petite culotte. Une tenue un peu trop légère pour la saison, de l'avis de tous.

— Peut-être qu'elle venait de se déshabiller pour aller prendre une douche, et que ce type l'a attaquée ? glissa timidement Évelyne Vallon. Elle s'est sans doute enfuie à demi dévêtue pour lui échapper...

— C'est une possibilité, ajouta l'instituteur, mais il y en a une autre… Plus glauque, si vous voyez ce que je veux dire.

— Tu penses qu'on aurait voulu la violer ? demanda Argouet en grimaçant de dégoût.

— On ne sait jamais ! Un homme pénètre dans la maison du Goubars, tente de violer Enora. Et Erwan qui cherche à s'interposer reçoit un coup de couteau.

— Cela se tient comme raisonnement, déclara Leporet, à l'exception près que le docteur prétend qu'il n'y a pas eu de bagarre entre Erwan et son agresseur, qu'il aurait pris un coup dans la nuque sans le voir venir.

— Et si les faits s'étaient déroulés dans un autre sens, poursuivit Stevenin qui visiblement tenait aussi à porter sa pierre à l'édifice de cette enquête.

— Comment cela ?

— Imaginons qu'un individu réussisse à entrer chez les Abgrall sans effraction, sans coup férir. Il s'approche doucement d'Erwan qui ne le voit pas et il le tue avec le couteau de cuisine. Et seulement après, il tente de violer la femme.

Ça y est ! Ils étaient repartis dans leurs agaçantes suppositions, se prenant pour des détectives amateurs. Chacun leur tour, ils tentaient de retracer tous les événements de cette pénible soirée, avec un plaisir que je trouvais à peine dissimulé. À croire que ces meurtres les excitaient follement. Ils avaient trouvé un moyen de se désennuyer l'existence au cœur de l'hiver dans notre petite île perdue. Dehors, la tempête s'intensifiait, décuplait de rage et eux, ils bavardaient le plus tranquillement du monde sur le mode opératoire de ce tueur qu'il qualifiait tour à tour de monstre, de brute avinée, de violeur abject ou de psychopathe.

Ne partageant pas un instant leur frénésie morbide et leur désir d'enquête, je me permis de refréner leurs ardeurs :

— Je crois que vous vous emballez encore une fois, mes chers concitoyens. Néanmoins, je me permets d'ajouter un petit bémol à ce concert d'hypothèses.

— Quel bémol ?

— Vous parlez d'un viol, mais êtes-vous certain qu'Enora a été victime d'un tel acte ?

Ma phrase eut le mérite de provoquer un silence total, que Dagorn fut le premier à rompre :

— Fanch a raison. Il faut s'en assurer.

Il pria tout le monde de reculer dans le couloir, affirmant qu'il n'était pas très décent qu'il y ait du public pour l'examen gynécologique de la morte. Nous avons obéi sans broncher. Je restai au seuil de la porte et vis mon ami changer de gants avant d'écarter les jambes d'Enora. Il inspecta soigneusement l'intérieur du vagin, utilisa un speculum et une curette, avant de nous annoncer qu'il avait retrouvé du sperme.

— Mais est-ce qu'il y a eu viol d'après toi ? demandai-je.

— C'est difficile pour moi de répondre, je ne suis qu'un modeste médecin généraliste qui n'a pas été formé à ce genre d'examen, avoua-t-il soudain avec une grande humilité.

— Tu as bien un avis ? insistai-je dans la foulée.

— Disons que les lèvres me paraissent intactes, il n'y a aucune déchirure. Les parois du vagin sont saines, sans traces de sang, continua-t-il d'une voix mal assurée, un peu timide comme le serait un interne proposant le diagnostic d'un patient devant un parterre de sommités médicales. Je ne décèle ni contusion ni excoriation qui pourraient être générées par la compression et le tiraillement de ces parties lors d'un acte sexuel non consenti.

Il avait été hésitant, sans doute de peur de se tromper, mais nous avions confiance en cet homme, en ses connaissances. Il n'était pas du genre à affirmer des faits approximatifs, il était trop consciencieux pour cela. Personne ne pouvait douter que son avis s'approchait de la réalité : Enora n'avait pas été violée.

— Mais s'il n'y a pas eu viol, pourquoi avez-vous retrouvé du sperme ? insista Évelyne.

D'une voix goguenarde, l'électricien vint lui apporter une réponse, enfin une réponse à la Minot :

— Tu n'as pas entendu le docteur ? Il n'y a pas eu viol, cela veut dire que ce soir, avant de calancher, Erwan avait encore de l'appétit. Il a dû faire coulisser son andouillette une dernière fois et envoyer la purée. Et si cela se trouve, il n'a pas réussi à faire jouir sa femme et furax, elle l'a zigouillé pour lui apprendre les bonnes manières.

Il se mit à partir dans un énorme rire, bien gras, bien lourd, un rire qu'il ne partagea avec personne. Une tape assez virulente contre son épaule mit fin à son hilarité. Bonnemayre lui lança d'un ton peu aimable :

— Oh, Jacques ! Si ta connerie t'empêche de savoir ce qu'est la bienséance et la pudeur, essaye au moins de comprendre le sens du mot décence. Tu te moques de deux morts, mon vieux, de deux personnes qu'on côtoyait tous les jours sur l'île, alors un conseil, mets-la en veilleuse.

C'était de notoriété publique que Bonnemayre ne faisait pas partie des grands phraseurs, des messieurs bien éloquents qui savaient vous clouer le bec par une série d'arguments, mais à défaut de rhétorique suffisante, il avait un gabarit qu'on n'osait pas contredire. Quand un type de cet acabit vous intimait de vous taire, vous ne cherchiez pas chicane et vous vous exécutiez dans la seconde. C'est ce que fit Minot en lâchant un inaudible pardon.

Il était temps de mettre fin à cette pénible et profane autopsie. On décida d'arrêter là.

Dagorn prit encore le temps de vérifier que les escarpins noirs retrouvés par Bonnemayre et Stevenin correspondaient à la pointure de la victime, ce qui était le cas.

Avec une curette, il préleva un peu de liquide séminal qu'il mit dans un autre pot à confiture. En homme ordonné et prévoyant, il rangea sur une étagère les récipients qui renfermaient les différents éléments pouvant permettre plus tard aux forces de police d'avancer dans cette enquête et peut-être de confondre le coupable. Il fut le dernier à quitter le bureau de la garde champêtre, laissant enfin en paix le corps d'Enora Abgrall.

Nous nous dirigeâmes tous vers la salle du conseil, à la queue leu leu dans le couloir, graves et silencieux, chagrinés plutôt que tristes comme le sont parfois les gens dans un cortège funèbre pour mener une connaissance au cimetière. C'était une atmosphère particulière, une sorte de malaise ambiant. J'avais l'impression que mes pseudodétectives se sentaient un peu gênés, ils avaient une sorte de gueule de bois après l'euphorie de l'enquête et l'ivresse des premières théories et des supputations à l'emporte-pièce, comme s'ils réalisaient le côté morbide de la situation.

Le problème avec la gueule de bois, c'est que certains récupèrent plus vite que d'autres. La mère Karadec faisait partie de ces gens-là, elle était du genre coriace :

— Le docteur pense qu'Enora a eu un rapport sexuel peu de temps avant sa mort. Moi, je dis que c'est possible, mais sûrement pas avec Erwan…

— Qu'est-ce que vous voulez dire ?

— Je vous ai confié tout à l'heure que le couple battait de l'aile chez les Abgrall, ce n'était pas du baratin. C'était au contraire un euphémisme. Ils se disputaient tout le temps à la fin. Il paraît qu'ils couchaient presque plus ensemble, qu'ils faisaient même chambre à part.

— Mais comment êtes-vous au courant de tout cela ? lâcha Évelyne interloquée.

La vieille épicière ne prit pas la peine de répondre. En digne commère qu'elle était, elle savait qu'il ne fallait jamais divulguer ses sources. Elle esquissa un léger sourire avant de poursuivre :

— Et surtout, elle voyait quelqu'un d'autre…

— Vous voulez dire qu'elle avait un amant ?

— Oui, depuis trois ou quatre mois à peu près.

— C'était qui ? demanda Argouet avec empressement.

— De toute évidence pas toi, mon pauvre Brendan, lança-t-elle en ricanant, même si tu avais bien voulu.

— Si vous savez son nom, intervint Dagorn, vous devez nous le dire ! Cela peut être crucial dans notre affaire.

La vieille ne se fit pas prier :

— Il s'agit de Tristan Borvon.

— Notre cantonnier ?

Elle se tourna vers moi et répondit en haussant les épaules :

— Vous connaissez d'autre Tristan Borvon sur notre île, monsieur le maire ?

Elle était incroyable cette vieille femme. Elle savait tout sur tout à Ouessant. Je me demandais souvent par quel tour de force ou de passe-passe elle parvenait à engranger ainsi tous les secrets des insulaires. À croire qu'épicière n'avait été qu'une couverture pendant des années et qu'en réalité la mère Karadec bossait pour la DCRI[2]. Quoique je n'étais pas vraiment sûr que le gouvernement aurait fait une bonne affaire en recrutant une femme, surtout experte pour dénicher les histoires de coucheries entre Ouessantins ou pour dévoiler les querelles de voisinage. Pas convaincu que ce genre de révélations soit de l'ordre de la sûreté de l'État.

Comme on pouvait s'y attendre, sa déclaration eut son petit succès et généra un nouveau flot de questionnements ou de réactions.

J'entendais notamment notre factrice à l'autre bout de la table qui parlait fort. Elle semblait scandalisée que Tristan puisse ainsi tromper son épouse Marianne, quelqu'un de formidable d'après elle, une femme aimable et rendant service.

Assis près d'elle, Minot se fit un malin plaisir de venir la titiller :

— Allons, fais pas ta mijaurée, Évelyne ! Ce n'est pas un drame, un petit coup de canif dans le contrat, comme ça de temps en temps. C'est humain, non ?

— Toi, c'est sûr que cela ne t'a jamais dérangé d'aller voir ailleurs, mais résultat des courses, un jour, ton épouse en a eu marre d'être cocue à tout bout de champ et elle s'est barrée, en te laissant tout seul comme un pauvre couillon.

— Moi, madame, je n'ai jamais trompé ma femme lors de mes soirées arrosées ! rétorqua-t-il en jouant l'offusqué. Par contre, des fois, j'avais tellement bu qu'il m'est arrivé de me tromper de femme en rentrant, mais ce n'est pas pareil, conclut-il en riant sans retenue.

— Décidément, tu es vraiment trop con.

2 Direction centrale du renseignement intérieur.

Rapidement, une question s'imposa : que devions-nous faire ?

Certains affirmaient que cette histoire de meurtre nous dépassait complètement et qu'il valait mieux attendre la fin de la tempête. C'était au tour de la gendarmerie de prendre les choses en main et de mener cette enquête, en vrais professionnels et pas en amateurs comme nous. Je partageais cette opinion, ainsi qu'Évelyne et Argouet.

Presque tous les autres étaient d'avis contraire. Pour eux, il fallait mettre la main sur le meurtrier au plus vite. Leur principal argument était qu'avec l'accalmie, le coupable risquerait d'en profiter pour quitter l'île à bateau et disparaître sur le continent.

Je rétorquai que nous n'avions pas le pouvoir d'arrêter des personnes et de les mettre hors d'état de nuire.

Fidèle à ses habitudes, Leporet m'attaqua aussitôt. Il prétendit que je faisais preuve de mauvaise foi, que je savais très bien qu'Amélie Gallec, en tant que garde champêtre, faisait office de police municipale en l'absence des gendarmes et qu'elle pouvait tout à fait appréhender des suspects. Il ajouta que nous avions les clefs de la gendarmerie et des cellules, tout ce qu'il fallait pour mettre quelqu'un sous les verrous.

Je savais qu'il avait raison. Les gendarmes n'étaient présents qu'en juillet et en août sur notre île, lors de la saison touristique, et ensuite ils ne revenaient que très occasionnellement. Le reste du temps, notre gendarmerie était désespérément vide, et seule Amélie pouvait constater les contraventions ou les délits, dresser des procès-verbaux. Notre garde champêtre palliait, à elle seule, l'absence de policiers.

Minot plaisantait souvent sur le sujet, affirmant que les forces publiques nous négligeaient :

— Tu as remarqué que les poulets venaient rarement se balader à Ouessant ? Je crois qu'ils n'aiment pas trop les îles. À mon avis, ce ne sont pas des poules d'eau qu'on a.

Il était temps de trancher.

C'est à main levée que je fis voter mes conseillers municipaux, ainsi que Marie Karadec, sur la marche à suivre. Quasiment tout le monde donna son avis, seul Pol Bonnemayre préféra s'abstenir.

Ce comportement agaça Leporet qui lui en fit la remarque :

— Alors, toi, tu n'as pas d'opinion ? Tu ne sais pas ce que tu veux ?

Devant le mutisme de mon ami, le banquier renchérit :

— Tu ne dis presque rien, tu donnes rarement ton avis. Pour un conseiller municipal, tu ne trouves pas cela embêtant de ne jamais ouvrir la bouche ?

La statue de granit se tourna vers lui et rétorqua avec un calme olympien :

— C'est faux, cela m'arrive souvent d'ouvrir la bouche. Tu n'as peut-être pas remarqué, mais c'est surtout lors des réunions que cela m'arrive. Lorsque tu prends la parole, je ne sais pas pourquoi, mais je ne peux pas m'empêcher de bâiller.

À part un juron étouffé, Benoît Leporet n'eut pas d'autre argument. Il préféra s'astreindre au silence, de crainte de se faire rembarrer de nouveau.

Le résultat du vote fut explicite et me donna tort. Nous décidâmes de poursuivre nos investigations pour mettre la main sur le suspect. Je devrais plutôt dire sur celui dont les soupçons pesaient le plus depuis les révélations de l'ancienne épicière, à savoir notre cantonnier Tristan Borvon. La plupart avaient estimé qu'il fallait entendre sa version des faits, découvrir s'il avait vu Enora aujourd'hui ou s'il s'était rendu au Goubars.

En conséquence, Minot, Dagorn, Leporet, Stevenin et moi-même nous apprêtions pour une nouvelle expédition en pleine tempête. Nous avions convenu de prendre au passage Amélie afin qu'elle dresse un procès-verbal de l'interrogatoire.

Alors que j'enfilais mon ciré, j'aperçus Damien Stevenin en pleine conversation avec la mère Karadec. Il l'interrogeait sur un point qui le tracassait. Je m'approchai de quelques pas et je pus capter l'essentiel de leur conversation :

— Pourquoi avoir dit tout à l'heure à Brendan qu'il aurait bien voulu être l'amant d'Enora ?

— J'aurais pu tout aussi bien dire qu'il aurait voulu être le mari d'Enora, que ce n'aurait pas non plus été faux.

— Expliquez-vous !

— Durant leur adolescence, tu ne te souviens pas que le jeune Brendan, tout timide qu'il était, tout réservé, avait peu d'amis à Ouessant ? Et encore moins de petites amies... La seule qui ne le rejetait pas était la belle Enora, cette farouche sauvageonne. Ils ont passé beaucoup de temps ensemble à courir dans la lande.

— Ils ont eu une aventure ?

— Pas à ma connaissance. Pour la fille, Brendan n'était qu'un ami, un ami fragile à aider dont il fallait prendre soin, au même titre que tous les animaux de la lande qu'elle recueillait et qu'elle soignait. Mais lui, en était amoureux fou.

— Vous êtes sûre ?

— Pardi ! Cela se voyait autant qu'un renard lâché dans un poulailler. Cela crevait les yeux qu'il en était raide dingue. Je suis prête à parier que lorsqu'il est parti à

Rennes faire ses études et qu'il est revenu en tant qu'employé de banque, il espérait la demander en mariage.

— Et il ne l'a pas fait ?

— C'était trop tard, lâcha-t-elle. Entre-temps, le jeune Abgrall avait débarqué sur l'île. Il venait d'hériter de la maison de son grand-père au Goubars. Tu l'aurais vu à son arrivée. Il était beau et solide, bien charpenté. Un jeune homme fringant et vif comme un chien fou, mais qui avait déjà tout du vieux loup de mer, un gaillard qui avait de l'allure et du charisme. Comment le pauvre Brendan aurait-il pu lutter contre lui ? Ils n'étaient pas à armes égales. La belle Enora avait toujours eu pitié de Brendan alors qu'Erwan, elle en était tombée amoureuse rien qu'en le voyant. Ils n'ont pas mis longtemps à coucher ensemble ni à se marier, puis ils ont eu leur petit Frédéric. L'autre a été malheureux comme les pierres. Plus tard, bien plus tard, il a épousé la sœur de Benoît Leporet, pas par amour, juste pour ne pas être seul, et peut-être parce que son patron lui avait forcé la main. Va savoir…

— Je comprends mieux maintenant pourquoi Brendan a été si affecté lorsqu'on a découvert le cadavre d'Enora. Il a versé toutes les larmes de son corps.

— Ça, c'est certain qu'en apprenant la mort d'Erwan, il n'a pas dû beaucoup pleurer, lâcha-t-elle lucide. Il le jalousait tellement que cela en faisait pitié.

22 h 39

Amélie Gallec était notre garde champêtre depuis près de onze ans. Elle habitait au cœur du bourg de Lampaul, sur la route menant au phare du Creac'h, juste à quelques mètres de l'hôtel du Fromveur, dans une haute maison d'un blanc délavé, coiffée d'une toiture en ardoises envahie par le lichen.

Amélie était une femme petite, âgée de 47 ans, à la poitrine généreuse, avec des hanches aussi larges que celles des modèles de Rubens ; une femme gironde comme on dit. Une assez belle femme en vérité, même si elle ne correspondait aucunement aux canons de beauté véhiculés arbitrairement par les magazines de mode ou les affiches publicitaires mettant au pinacle de grandes bringues anorexiques, au visage surmaquillé et émacié, à la chevelure interminable.

Notre garde champêtre, elle, avait les cheveux châtains, le plus souvent coupés au carré, et légèrement ondulés. Son visage rond et joufflu reflétait la générosité et la gentillesse, deux qualités dont elle ne se départait jamais.

Enfin presque jamais… puisque l'accueil que je reçus en frappant chez elle fut loin d'être très chaleureux.

— Tiens pour une surprise, Fanch ! lâcha-t-elle en m'ouvrant sa porte, visiblement étonnée. Il y a longtemps que tu n'es pas venu à l'improviste chez moi ! Quel mauvais vent t'amène ?

Son regard froid, plus que cette dernière phrase, me mit au parfum que ma visite ne l'enthousiasmait guère.

Je lui glissai un bonjour timide, un peu gêné. Alors que je commençais à lui exposer le but de ma présence à une heure aussi tardive, elle m'interrompit brusquement. Elle venait sans doute de remarquer la virulence des bourrasques qui s'engouffraient dans la rue et giflaient les façades des maisons. Elle dut avoir pitié de moi, enfin je pense.

— Reste pas planté là sur le seuil, il y a un vent à faire envoler les moulins. Il va t'arriver des bricoles. Allez, rentre prendre une tisane puisque tu es là !

Je ne bougeai pas. Mon intention était qu'elle vienne avec nous pour interroger Tristan, et non investir les lieux pour siroter un pisse-mémère. J'allais lui expliquer la raison de ma visite, mais mon hésitation fut mal interprétée :

— Qu'est-ce que tu fais ? Tu préfères rester dehors ? C'est bien la première fois que tu fais des manières. Je t'ai connu plus impatient de rentrer chez moi, et même dans moi, ajouta-t-elle d'une voix plus grinçante.

C'était clair comme de l'eau de roche, le ton était donné. Notre dernière discussion qui avait viré à la dispute n'avait pas été digérée. Notre engueulade datait d'un mois, mais visiblement la hache de guerre n'était toujours pas enterrée. Elle m'en voulait beaucoup, mon Amélie, assez pour être à couteaux tirés contre moi. Ce n'était pas un conflit armé entre nous, plutôt une guerre froide. Quelques rencontres furtives et glaciales, des échanges peu chaleureux en tout cas. Je l'aimais beaucoup pourtant cette femme. Cela faisait un peu plus d'un an que nous étions amants et confidents, que nous avions unis nos deux célibats pour former un couple. Un ersatz de couple d'après elle, un couple qui ne se voyait que pour la bagatelle, que pour les bons moments autour d'une table ou dans un lit. Moi, je trouvais très sain et très satisfaisant ce genre de relation. Nous ne risquions pas de tomber dans la routine ou dans l'ennui comme beaucoup d'autres couples… Mais cela ne lui convenait pas à Amélie, cela ne lui convenait plus en tout cas. Elle voulait plus, elle voulait qu'on vive ensemble, sous un même toit, peut-être même qu'on se marie. Comme si cela était l'aboutissement d'une relation de partager le ménage, les feuilles d'impôts ou le choix du programme télé !

Elle me reprochait de venir la voir seulement pour partager une bonne bouteille ou lui faire l'amour, comme si tirer un coup ou en boire un était ma seule raison d'être. Elle me disait que j'étais trop lâche pour m'engager…

M'engager… Voilà un mot que j'avais toujours détesté. Un mot qui était aux antipodes pour moi de l'amour et d'un couple épanoui. Pour moi, il avait une connotation de contrainte ou de sacrifice. Ne dit-on pas qu'on s'engage dans les ordres, qu'on s'engage dans l'armée ou dans la Légion étrangère ? Il n'y avait pas à tergiverser, le mot s'engager était antinomique d'aimer.

Lâche, je l'étais sans doute, car je finis par entrer chez elle alors que les autres m'attendaient dans les voitures sous la tempête. Je suis entré pour éviter une nouvelle salve de reproches, je n'étais pas d'humeur, surtout ce soir.

Il faisait bon chez elle. Dans son salon où les murs étaient drapés de grandes tentures orientales aux teintes chaudes et chamarrées, le chauffage ne ménageait pas sa peine pour maintenir une chaleur douce et apaisante. Sur le gros divan, recouvert de coussins épais, sa chatte dormait en boule, enfouie dans un sommeil profond.

Vu les habits qu'elle portait, Amélie ne semblait pas avoir froid. Elle avait un jean noir, les pieds nus et pour le haut un joli top jaune moutarde à bretelle, assez échancré. Son décolleté mettait en valeur ses seins, gros et rebondis. Je ne savais pas si c'était le fait de vivre sur une île où les montagnes étaient absentes, mais ce genre de relief m'attirait beaucoup, je devais avoir besoin de compenser le manque de dénivelé. Les reliefs de cette femme me plaisaient énormément : des seins lourds avec des aréoles autour des tétons très larges et très foncés, si prononcés que je n'avais jamais vu cela chez mes précédentes conquêtes ; des fesses généreuses, lisses et bien dessinées ; un petit ventre moelleux… Après nos ébats, il m'arrivait souvent pour badiner de vanter les charmes de son corps, que je trouvais rembourré et douillet. En me caressant le ventre, elle rétorquait d'une voix taquine que ma brioche était aussi bien rembourrée et douillette, avant de partir dans un grand fou rire.

Mon intrusion à une heure aussi tardive avait éveillé sa curiosité. Elle espérait sans doute que j'avais réfléchi à ses arguments et que je venais lui présenter ma capitulation, que j'acceptais toutes ses conditions, que je renonçais à mon célibat tranquille pour l'engagement dans la vie à deux.

Impatiente, elle me demanda la raison de ma présence.

Dès les premiers mots, elle comprit qu'elle s'était fait une fausse joie. Je ne venais pas capituler, juste la réquisitionner…

En quelques phrases, je lui résumai la soirée que mes conseillers et moi venions de vivre, qu'Erwan avait été poignardé et Enora noyée.

Forcément, ce n'était pas le genre de nouvelles qu'on avait l'habitude d'entendre sur l'île, et très vite, elle manifesta une surprise sans bornes, réalisant avec peine la réalité de ce que j'étais en train de lui exposer. Je crois qu'elle n'aurait pas eu d'autre réaction si je lui avais appris que sa mère de 80 ans était une *Serial Killer* recherchée par Interpol. Elle resta bouche bée, ouvrant des yeux grands comme des lucarnes.

Je poursuivis mon discours en expliquant que je ne venais pas voir mon ancienne amante ce soir, mais la garde champêtre.

— En quoi as-tu besoin de moi ? demanda-t-elle le plus sérieusement du monde.

— Nous voudrions interroger Tristan Borvon et il faudrait que tu sois présente pour dresser le procès-verbal de ce qu'il va nous dire ou nous avouer.

— Pourquoi l'interroger lui ?

— Certains d'entre nous pensent qu'il n'est sans doute pas étranger à ces deux meurtres…

— Vous vous trompez, coupa-t-elle subitement. Jamais Tristan n'aurait fait de mal à Enora.

— Qu'en sais-tu ?

— Parce qu'il l'aimait et qu'il était son amant depuis plusieurs mois !

— Mais comment sais-tu cela toi aussi ?

— Ouessant est une petite île, beaucoup de choses se savent pour ceux qui savent écouter ou voir…, glissa-t-elle en souriant malicieusement. À ton poste de maire, à gérer la destinée de notre commune, avec toutes tes responsabilités, tu ne remarques peut-être plus les petites gens comme nous, lâcha-t-elle en riant.

— En tout cas, amant ou pas, on pense qu'il a peut-être noyé Enora.

— Je te dis que ce n'est pas possible.

— C'est une piste à suivre pourtant.

— Vous faites fausse route ! déclara-t-elle avec gravité. Il l'aimait trop et cet amour était réciproque. On peut seulement avoir des envies de meurtre lorsque l'amour est bancal, lorsque l'un des deux se montre trop timoré. Par exemple, moi, ces derniers temps, il m'est souvent arrivé d'avoir envie de te tuer à cause de ta lâcheté, de ton manque d'engagement…

— C'est bon, j'ai compris le message, mais là, je ne suis pas venu pour parler de nous…

— Tu as toujours eu du mal à parler de « nous », de notre avenir commun.

— Je suis venu pour Tristan et Enora ! insistai-je avec fermeté.

— J'ai l'intuition que Tristan n'a fait aucun mal à sa maîtresse, lança-t-elle sans aucune hésitation dans la voix.

— Écoute, Amélie, je ne veux pas remettre en cause ton intuition féminine, mais nous avons tout de même de grosses suspicions contre lui. Donc je ne suis pas venu pour te demander ton avis sur la psychologie de ce couple, mais pour nous épauler.

— Dommage, car j'ai l'intime conviction que je suis plus douée que toi question psychologie de couple, voire même question couple tout court.

On peut dire que mon ex était d'humeur hérissonne ce soir. Elle ne ménageait pas ses piques à mon égard, preuve que mon attitude l'avait vraiment mise en rogne ces derniers temps.

Elle me laissa planté là, dans le salon, à digérer ses reproches, le temps pour elle de s'habiller plus chaudement. Elle enfila des bottes en caoutchouc d'un rose dragée, puis elle s'emmitoufla dans un gros manteau au coloris fantaisiste, du blanc et du fuchsia en rayures torsadées, son manteau guimauve comme je disais souvent pour la blaguer. Je savais moi, que sous cet emballage, se dissimulait une friandise fort appétissante, qui savait prodiguer des baisers doux et sucrés. Dommage que depuis notre brouille, je n'avais plus droit à toutes ces gourmandises. Elle m'avait mis au régime.

Amélie disparut de mon champ de vision et je l'entendis discuter à l'autre bout du couloir. Sa voix était trop ténue pour qu'elle me soit adressée. De toute évidence, elle parlait à quelqu'un.

L'échange fut bref, mais tout en tendresse, d'une attention attendrie qui ne me plaisait pas.

Lorsqu'elle réapparut devant moi, dans son accoutrement de confiserie, je ne tardai pas à l'interroger assez sèchement :

— Tu n'es pas seule ?

— Non, pourquoi ? dit-elle le plus innocemment du monde.

— Tu parlais à qui ?

— Serais-tu jaloux, Fanch ?

— Tu n'as pas répondu à ma question.

— Toi non plus, tu n'as pas répondu. Tu es jaloux ? Tu tiens un tantinet à moi alors ?

— Qui est dans la chambre d'ami ?

— C'est maman, idiot, lâcha-t-elle en souriant, manifestement satisfaite de me faire des frayeurs.

— Qu'est-ce que ta mère fait chez toi ?

— Avec la tempête qui s'annonçait, elle ne se voyait pas rester toute seule chez elle. Cela lui faisait trop peur, alors je lui ai dit de venir dormir à la maison.

— Ah, fis-je avec soulagement.

— Tu vois, elle, malgré ses 80 ans, elle a compris qu'être deux, c'était une bonne chose. Cela permet de se rassurer, de s'épauler dans les moments difficiles, de se soutenir.

Elle conclut en esquissant un sourire rayonnant. Je ne répondis rien. Décidément, le hérisson était rancunier ce soir... À rester plus longtemps avec lui, je risquais d'autres pointes tout aussi blessantes. Il était plus que temps pour nous de rejoindre les autres et d'aller interroger Tristan.

22 h 55

Tristan et Marianne Borvon habitaient à Kerlann. Ce hameau n'était pas loin, juste au nord de Lampaul. Il était à peine à six cents mètres de chez Amélie, mais avec cette tempête, à pied, cela nous aurait semblé le bout du monde. Nous avions donc choisi la prudence et c'était en voiture que nous avions décidé d'y aller.

Nos véhicules remontèrent la petite rue qui se faufilait derrière le restaurant *Ty Korn* et empruntèrent le premier virage.

Ma vieille 405 restait dans le sillage de la grosse Volvo de ce frimeur de Leporet. Je parvenais à la suivre sans problème, car nous avions convenu pour plus de précautions de rouler en convoi, même s'il était un peu exagéré de parler de convoi pour seulement deux voitures. Nous voulions nous porter mutuellement assistance si une des voitures faisait une embardée et finissait dans le décor. Le proverbe prétendait que la prudence était mère de sûreté, eh bien, au cœur de la tourmente, nous avions besoin de cette mère pour limiter les déconvenues.

Les bourrasques nous prirent d'assaut avant même la sortie du bourg, tapant fiévreusement contre la tôle de nos véhicules. Il n'y avait pas à redire, mon Amélie n'était pas la seule rancunière ce soir, Carla l'était tout autant, elle devait nous en vouloir qu'on se permette de se déplacer impunément pendant sa grosse colère sans qu'on cherche à s'abriter. Je dois avouer que je trouvais nos allées et venues bien téméraires. Même les animaux étaient plus malins que nous, ils avaient compris eux, qu'il fallait se terrer lorsque les éléments étaient déchaînés et ne pas tenter le diable à battre la campagne.

L'averse avait repris de plus belle, très brusquement, avec beaucoup de hargne et de virulence. Des trombes d'eau s'échappaient de ce ciel de suie, martelant dans un bruit désagréable la carrosserie de ma Peugeot. Nous avancions très doucement sous ce déluge, à la même vitesse que des pilotes du Paris-Dakar en plein désert, roulant à l'aveugle au cœur d'une tempête de sable. Mes essuie-glaces étaient pris de frénésie et enchaînaient les va-et-vient à un rythme entêtant, peinant à évacuer l'eau qui gênait ma visibilité. J'étais concentré au maximum, les yeux braqués sur la petite route que mes phares faisaient émerger du rideau de pluie. Je me demandais bien quand nous allions toucher au but. Jamais six cents mètres ne m'avaient paru aussi longs à parcourir.

Sur la banquette arrière, Minot et Stevenin gardaient le moral, se permettant de badiner.

— « Que d'eau, que d'eau » ! récita l'instituteur, le front collé contre la vitre. Jamais la citation de Mac Mahon ne m'a semblé aussi à propos[1].

— Moi, je citerai plutôt Mackinlay ou Macallan, ajouta l'électricien en ricanant. Trop d'eau, trop d'eau ! Pas assez de whisky !

— Attention, mon vieux, l'abus d'alcool est dangereux pour la santé.

— Eh bien, ce soir, je dirais plutôt que c'est l'abus de chutes d'eau qui est dangereuse. Regarde Fanch, il a tellement la pétoche sous cette averse qu'il ne va pas plus vite qu'un escargot centenaire et asthmatique.

— Tu sais ce qu'il te dit l'escargot ? lâchai-je énervé. J'aimerais t'y voir ! J'y vois que dalle avec toute cette pluie.

1 Cette phrase aurait été prononcée par le président Mac Mahon en juin 1875 dans les environs de Toulouse suite à de graves inondations de la Garonne.

— Le pauvre, il n'y voit goutte avec toutes ces gouttes, s'exclama Damien Stevenin en riochant.

— Et puis avec ce vent qui nous pousse au cul, ajoutai-je, il n'y a pas intérêt à faiblir du volant sinon on va quitter la route.

Heureusement, mon calvaire prenait fin : je vis la Volvo tourner à droite et s'arrêter près d'un muret. Je garai ma voiture juste à côté.

Ce muret en pierres de granit beiges et grises entourait une longue bâtisse un peu délabrée en forme de U, composée de la maison et d'anciens bâtiments agricoles mal entretenus.

— Tu te souviens, Fanch ? demanda Stevenin. C'était la ferme du père Tuard autrefois.

— Je sais bien, répondis-je. Tristan a épousé sa fille, c'est pour cela qu'il vit dans sa maison aujourd'hui. Le père Tuard est mort depuis au moins quinze ans, mais sa femme est encore vivante et vaillante. Elle partage les lieux avec sa fille et son gendre.

— De quoi est-il mort au fait le père Tuard ? demanda Amélie.

— D'une cirrhose ! De quoi d'autre à ton avis ?

— C'est vrai qu'il buvait comme un puits sans fond, le salaud, ajouta Jacques Minot. Il avait une de ces descentes que je n'aurais pas aimé remonter à vélo !

— À ce point-là ? lâcha mon ex.

— Un peu mon neveu ! Il y avait plus de chance de voir un jour la mer d'Iroise à sec que lui ! À la fin, il était toujours torché, il en a fait baver à sa femme. Je peux te dire que quand il a calanché, elle n'a pas porté le deuil longtemps. C'était plus une libération pour elle.

— Comme quoi la vie à deux, ce n'est pas toujours l'idéal, lançai-je en toisant Amélie.

— Toi, je te conseille de ne pas remettre le sujet sur le tapis, rétorqua-t-elle sèchement, sinon je te prédis qu'il y aura un troisième meurtre ce soir.

Nous vîmes Leporet et Dagorn sortir de la Volvo et courir sous la pluie jusqu'à la porte d'entrée. Le docteur, avec sa jambe raide, n'était déjà pas taillé pour la course, mais là, avec les rafales qui vous balançaient des bourrades dans les guiboles, cela devenait le parcours du combattant. Le pauvre s'affala de tout son long sur la pelouse détrempée. Pour une fois, ce couillon de banquier ne fut pas chien et vint le relever.

Il était temps pour nous de braver les éléments. J'ai compté jusqu'à trois et nous sommes tous sortis de la 405, nous précipitant dans la mêlée, recevant notre lot de poussées par le vent et de coups par l'averse. Je crois que nous avons battu un record de vitesse pour atteindre la maison.

Ce fut Marianne Borvon qui ouvrit la porte, toute surprise de voir débouler six personnes à une telle heure, malgré les intempéries. L'étonnement fut si grand qu'elle nous laissa entrer dans sa cuisine sans avoir encore prononcé une parole. Sa bouche était restée ouverte, mais aucun son n'en sortait. Notre invasion la laissait sans voix.

Marianne était une femme assez ordinaire, plutôt mince, de taille moyenne, avec un visage anguleux et une mâchoire carrée. Ses cheveux noir corbeau, tout grisonnants à la racine, étaient sévèrement maintenus par une queue de cheval. Ses paupières retombant sur ses yeux lui conféraient un air constamment fatigué. Je ne peux pas dire qu'elle était vilaine, mais elle était loin d'être un prix de beauté. Ce n'était pas le genre de femmes sur lesquelles on se retournait dans la rue.

Dans cette cuisine qui avait dû être à la mode dans les années 1970, à une époque où la table en formica et les placards en similichêne étaient tendance, se trouvait également une vieille femme, la mère de Marianne, la vraie propriétaire des lieux. Charlotte Tuard était vissée sur une chaise, nous toisant avec le regard d'une personne qui n'appréciait guère les visites impromptues, surtout celles des élus de sa commune, synonyme pour elle de soucis.

— Monsieur le maire ? Qu'est-ce qu'il vous arrive ? demanda Marianne, en nous dévisageant tous.

En guise de réponse, je lui posai une autre question :

— Est-ce que Tristan est ici ? J'aimerais lui parler.

Cette phrase n'eut pas l'effet escompté. La femme ne répondit rien. Elle se ferma subitement en m'entendant, comme si j'avais prononcé une formule magique pour la statufier. Elle devait sentir qu'il y avait un piège, que quelque chose ne tournait pas rond.

Son visage se métamorphosa. Sous ses paupières plombées, son regard s'assombrit. Les joues cramoisies de colère, elle m'attaqua, l'index pointé vers moi comme une baïonnette :

— Qu'est-ce que vous lui voulez à Tristan ? Ne me dites pas que vous êtes venu le chercher pour le travail ! À cette heure-ci en plus ! En pleine tempête ! Vous n'avez pas honte ?

Son débit de paroles était si rapide et si virulent que je ne pus lui dire qu'elle faisait erreur.

— Il a fini sa journée et il est hors de question qu'il retourne travailler, surtout dans ces conditions. C'est incroyable, c'est le goulag à Ouessant maintenant ! Et tu as vu, maman ? Il vient avec tous ses conseillers municipaux pour réquisitionner mon mari, dit-elle en se tournant vers sa mère, dont la seule présence encourageait sa véhémence. Non, mais, pour le prix qu'il est payé par la commune, vous ne croyez tout de même pas qu'il va faire des heures sup en pleine tempête ?

J'étais pris au dépourvu. Je ne m'attendais pas à une telle réaction de sa part. J'essayais de me faire entendre, mais je recevais aussitôt une volée de bois vert. Je compris surtout qu'elle profitait de ce que je fus à sa portée pour me servir de vieux dossiers, pour remettre en question des tâches que je donnais occasionnellement à son cantonnier de mari, sur les risques inconsidérés que, paraît-il, je lui faisais prendre parfois. Elle en vint à me reprocher la faiblesse de son salaire et me demanda quand la municipalité comptait l'augmenter…

Je ne m'en serais pas sorti si Dagorn n'était pas venu à mon secours. Il usa de toute la diplomatie dont il était capable pour l'apaiser :

— Madame, vous vous méprenez sur notre visite. Monsieur le maire n'avait pas du tout l'intention de solliciter l'aide de votre mari ce soir pour un travail quelconque. Il serait criminel de faire intervenir M. Borvon sur le mobilier urbain en pleine tempête.

Le vieux filou avait si bien enrobé ses phrases de douceur nappée de courtoisie qu'il avait fini par l'amadouer :

— Qu'est-ce que vous faites là alors si vous n'êtes pas venu chercher mon mari ? lâcha-t-elle avec un soupçon de méfiance dans la voix.

— Il y a un léger souci à la mairie, un écoulement d'eau dans la salle du conseil, mentit-il avec un aplomb déconcertant, et il nous manque quelques outils pour limiter les dégâts.

Loïc n'avait pas eu besoin de puiser dans son imagination pour lui servir ce mensonge. Il ne faisait que répéter une réplique que nous avions décidée tous ensemble avant notre départ. Nous savions bien que nous ne pouvions pas débarquer ainsi à l'improviste et déballer à cette femme qu'elle était cocue ou que son mari était soupçonné d'avoir trucidé deux personnes. Nous avions donc inventé une excuse qui avait le double avantage d'être plausible et de nous donner le prétexte de nous éloigner quelques instants avec Tristan pour pouvoir l'interroger à notre guise.

Le petit laïus du médecin l'avait convaincue.

D'une voix un peu penaude, elle nous fit savoir que son mari était occupé dans le garage à bricoler sur son canot comme d'habitude et que nous n'avions qu'à le rejoindre. Elle nous indiqua une porte en tendant le bras.

Amélie, Loïc et moi y allâmes. Les autres restèrent avec Marianne et sa mère. Il fallait bien que certains d'entre nous fassent diversion. Ceci également était prévu dans notre petit plan : séparer le mari et la femme pour pouvoir les questionner chacun de leur côté afin de pouvoir ensuite confronter leurs versions.

C'était une idée de Dagorn. Encore une fois, il avait pensé à tout.

Le garage ressemblait moins à un garage qu'à un vaste atelier imprégné de fumée de cigarette, d'odeur de graisse et de cambouis. Tristan était affairé devant son établi, les pieds dans la sciure et dans les mégots. Il nous tournait le dos, tout occupé à serrer les mâchoires d'un étau sur une planche en bois. C'était un homme assez grand et bien bâti. Il portait les cheveux très courts presque ras, un moyen utilisé pour rendre moins apparente une calvitie naissante. Une vieille radio placée sur une étagère diffusait une chanson criarde de Johnny, parasitée par un léger grésillement. Honnêtement, je doutais que Tristan puisse entendre grand-chose de cette musique tant le vent faisait du raffut contre la charpente et la toiture. Cela craquait et tapait sans cesse, à tel point que j'imaginais une armée de petits gnomes vicelards en train de prendre d'assaut le bâtiment, s'échinant à cogner furieusement pour faire une ouverture et s'y engouffrer. Le cantonnier était si absorbé par sa besogne qu'il ne paraissait pas s'inquiéter si l'armature de bois pouvait s'effondrer à force d'être malmenée par les rafales.

Je m'approchai et je prononçai son nom. Il se retourna, la clope au bec, et nous découvrit tous les trois près du canot qu'il était en train de rafistoler. La surprise lui fit lâcher sa cigarette au sol.

— Mon… Monsieur le… le maire, bredouilla-t-il.

— Bonsoir Tristan !

— Que… qu'est-ce que vous faites là ?

Je répondis sans perdre de temps :

— Nous avons dit à ta femme que nous avions besoin que tu nous prêtes des outils.

— Des outils ? Quels outils voulez-vous ?

— Aucun, en fait.

— Mais vous venez de me dire que…

Dagorn lui coupa la parole. Il était impatient d'aller au cœur du problème :

— Nous sommes venus te parler d'Enora Abgrall.

— D'Enora ? Mais… enfin qu'est-ce que…

— Nous savons que vous étiez amants tous les deux.

— Qu'est-ce que vous racontez, docteur ?

— Nous voudrions savoir si tu l'as vue aujourd'hui.

La tournure de la conversation ne lui plut pas du tout. L'agacement se lisait sur son visage avant qu'il nous dise de vive voix :

— Qu'est-ce que cela peut vous foutre de ce que je fais dans ma vie, et avec qui je le fais ? Je n'ai pas de comptes à vous rendre et…

— Elle est morte, Tristan.

Dagorn avait lâché cette phrase d'un coup, sans prendre de gants, sans précaution. J'espérais qu'à son cabinet, lorsqu'il apprenait à certains de ses patients qu'ils avaient un cancer, il y mettait un peu plus la forme, qu'il savait les ménager, parce qu'il y avait de quoi faire un infarctus à l'entendre divulguer les mauvaises nouvelles à brûle-pourpoint.

Ce n'était pourtant pas son genre d'être aussi abrupt. Je soupçonnais là un nouveau stratagème de mon ami pour essayer de démêler le vrai du faux ou, au moins, de voir la réaction de son suspect. Celle-ci fut immédiate et assez impressionnante.

Le visage de notre interlocuteur se métamorphosa subitement. Il devint blafard. Ses traits se décomposèrent. Je crus un instant qu'il allait nous faire un malaise. Il posa une main sur son établi pour s'aider à s'asseoir sur un tabouret en métal. Ses jambes ne le portaient plus.

— Co… Comment ? Qu'est-ce qui…

Le cantonnier n'arrivait plus à aligner deux mots.

Amélie s'approcha de lui, posa sa main sur son épaule avec une douceur extrême, presque maternelle. Elle lui annonça d'une voix très calme :

— Le docteur dit la vérité, Tristan. Elle est morte noyée.

Dagorn jugea bon de préciser :

— On l'a repêchée dans le port. Elle a dû y tomber par accident et s'y noyer.

Je ne sais pas pourquoi il mentait, lui qui savait qu'elle avait été noyée dans le lavoir, mais comme toujours, il devait avoir ses raisons.

Tristan Borvon éclata en sanglots, émettant de petits râles aigus qui semblaient presque féminins. De curieux soubresauts agitèrent sa grande carcasse. Amélie essuya les la rmes qui coulaient en torrents sur ses joues. Ses larmes étaient réelles.

À moins d'être un très grand comédien en lice pour un césar, il n'y avait pas de doute à avoir sur le fait qu'il était effondré. Le chagrin le submergeait littéralement.

Après avoir attendu un moment, Dagorn se mit à l'interroger sur son emploi du temps de l'après-midi. Tristan entama un récit haché, souvent entrecoupé de pleurs et de reniflements. Il raconta qu'il avait retrouvé Enora vers 15 h 30 au hameau de Pennorz, dans une maison qui lui appartenait, une maison qu'il avait transformée en gîte pour les touristes. À la morte-saison, le gîte n'était jamais loué et cela faisait des mois qu'ils avaient pris l'habitude de s'y retrouver tous les deux… Les sanglots reprirent de plus belle. Il fallut patienter, attendre que le gros du chagrin passe, attendre encore qu'il se mouche et qu'il reprenne son souffle.

— À quelle heure est-elle repartie ?

— À 17 h 30 pile.

— Comment peux-tu être aussi précis ?

— Nous avons eu chaud aujourd'hui. Ma femme a failli nous surprendre. D'habitude, elle ne vient jamais dans le gîte quand des locataires ne sont pas attendus, mais avec l'approche de la tempête, elle a voulu vérifier que tous les volets étaient bien fermés, que la télévision était débranchée, enfin elle voulait tout vérifier…

— Elle vous a vus ensemble ?

— Oui, mais une chance, nous allions bientôt repartir. Nous étions rhabillés et le lit avait été refait. Mais quand ma femme a débarqué à l'improviste, je n'ai pas su quoi dire. C'est Enora qui a eu assez de présence d'esprit.

— Qu'a-t-elle dit ?

— Elle a dit qu'elle comptait louer le gîte pour le mois de mars durant une semaine pour accueillir de la famille à elle, à l'occasion de l'anniversaire d'Erwan. Elle a justifié sa présence avec moi à ce moment, sous prétexte que je lui faisais visiter les lieux, pour voir si cela lui convenait. Elle a si bien baratiné Marianne qu'elle a tout gobé. Elle était même ravie de pouvoir louer le gîte une semaine entière.

— Et ensuite ?

— Ensuite, nous nous sommes quittés. Je suis rentré en voiture avec ma femme jusqu'à chez nous.

— Tu n'as pas quitté ta maison par la suite ?

— Non, répondit-il. Ma femme a été catégorique sur ce point. Elle ne voulait pas que je retourne au bourg. Elle n'était pas rassurée avec la tempête Carla qui approchait. Elle voulait que je reste avec elle, avec les enfants et ma belle-mère, bien à l'abri.

— Et Enora ? Elle est repartie à 17 h 30 comme toi ?

— Oui, elle nous a dit au revoir et elle est repartie à pied en direction du bourg.

— Toute seule ? Malgré le vent qui soufflait déjà fort ?

— Vous connaissez Enora, non ? Elle passe sa vie à se balader sur l'île, elle ne craint ni les vents ni les embruns. C'est bien pour cela que certains sur l'île la surnomment la Sauvageonne… Elle ne mène pas sa vie comme les autres. Enfin… Je… Je veux dire, elle ne menait pas sa vie comme…

Pris dans son récit, il avait oublié un instant son chagrin. Mais l'idée qu'il ne puisse plus parler de sa maîtresse qu'au passé le bouleversa de nouveau.

Nous le regardions pleurer, un peu gênés de violer ainsi son intimité. Dagorn en profita pour me glisser à l'oreille que son alibi serait facile à vérifier, qu'il suffisait de savoir si Marianne donnait la même version que lui.

Ce fut à mon tour de lui poser une question :

— Depuis combien de temps fréquentais-tu Enora ?

— Depuis quatre mois.

Je pensai une fraction de seconde que décidément, la mère Karadec avait eu raison sur toute la ligne. Je ne savais pas où elle pêchait ses informations celle-là, mais elle était redoutable.

— Enora était malheureuse dans son couple, poursuivit Tristan en essuyant ses narines humides avec un mouchoir. Elle m'a confié que son mari voyait une autre femme depuis six mois et qu'il la délaissait totalement.

— Sais-tu qui est cette femme ?

— Je ne sais pas, elle ne m'a jamais dit son nom. Une étrangère qu'elle disait, qui venait de très loin, mais elle ne m'en a pas dit plus. Quand j'insistais, elle se bloquait. Elle affirmait qu'elle n'avait pas le droit d'en parler, sinon son mari aurait été capable de la tuer.

— De la tuer ? Tu es sûr ?

— C'est ce qu'elle m'a dit.

Il était temps pour nous de partir, cependant Dagorn n'en finissait plus de lui poser des questions :

— Durant le rapport sexuel que vous avez eu aujourd'hui, est-ce que vous avez utilisé un préservatif ?

— Pourquoi demandez-vous cela ? lâcha-t-il en écarquillant les yeux.

— Tu te doutes bien qu'il y aura une autopsie. La police risque de s'interroger si elle constate que la victime a eu un rapport sexuel.

— Non, je n'ai pas mis de capote.

— Et est-ce qu'Enora a pris une douche après vos ébats ?

— Non, elle n'a pas eu le temps.

— Bien, c'est important que nous le sachions. Quand la tempête sera passée, nous dirons aux policiers le type de relation que tu entretenais avec elle et que tu l'avais vue dans la journée. Ne t'inquiète pas, cela ne portera pas à conséquence, mais ils voudront t'interroger pour plus d'informations. Maintenant nous allons te laisser. Sèche bien tes larmes avant de retourner voir ta femme. Et surtout, n'oublie pas que nous sommes venus t'emprunter des outils.

Il esquissa un curieux petit sourire pincé pour signifier qu'il appréciait notre discrétion. Il me confia une boîte en métal contenant des marteaux, des tournevis et tout un fourbi.

— Alors cela sera plus crédible si vous repartez avec des outils, glissa-t-il.

Nous lui avons serré la main, avons prononcé quelques banalités censées le consoler et nous nous sommes éloignés.

Avant de franchir la porte, Dagorn lui lança une dernière question :

— Ah, une dernière chose, Tristan. Comment Enora était-elle habillée lorsque vous vous êtes vus ?

— Elle portait un chemisier blanc, un pull noir et son pantalon en velours rouge. Et elle avait un ciré blanc avec une doublure blanche hachurée de bleu.

— Et ses chaussures ?

— Des chaussures noires, sans lacets. Des chaussures de femme quoi. Sans talon.

— Merci, c'est tout ce que je voulais savoir.

Nous avons pris congé auprès de Marianne et de la mère Tuard, avec une courtoisie un peu excessive, sans doute inconsciemment pour nous dédouaner d'avoir fait des cachotteries derrière leurs dos. Nos trois compagnons, attablés autour d'un café relevé à la goutte, ne furent pas moins hypocrites. Ils souhaitèrent aux deux femmes une excellente nuit, espérant que le bruit de la tempête ne troublerait pas leur sommeil. Ils se levèrent de table, les remercièrent encore une fois pour ce café chaud, ajoutant qu'ils avaient apprécié de pouvoir bavarder avec elles.

Sur le seuil de la porte, nous leur avons encore servi leur lot de politesses saupoudrées de superlatifs avant de regagner nos voitures dans un sprint mouvementé. La pluie avait cessé comme par enchantement, mais le vent ne nous avait pas fait la même faveur. Il nous soufflait toujours dessus sans ménagement, et même en pleine figure alors que nous courions sur le gazon, nous obligeant presque à être en apnée.

Je dus m'y prendre à plusieurs reprises avant de faire démarrer ma 405. La pauvre vieille devait être frileuse et ne semblait pas apprécier que je la sorte par ce temps de chien. Elle toussota et tremblota avant de nous faire entendre le bruit régulier de son moteur.

Je fis reculer mon véhicule pour rejoindre la route et me mis à suivre la Volvo sur le chemin du retour.

À l'arrière, Minot et Stevenin ne tardèrent pas à commenter leur rencontre avec Marianne :

— En tout cas, je comprends que le gars Tristan trompe sa femme. Non, mais vous l'avez vue ? demanda l'électricien. Elle est aimable comme une porte de prison celle-là. Je peux vous dire que lorsque je naviguais encore, j'ai croisé des icebergs qui dégageaient plus de chaleur qu'elle.

— Tu as raison, elle me faisait penser à Adèle, l'épouse du navigateur Dumont d'Urville, précisa l'instituteur.

— Ah bon ? Elle était comme Marianne cette Adèle ?

— Elle ne devait pas être très sympathique, à mon avis.

— Comment sais-tu cela ?

— Que penser d'une femme dont le mari baptise une terre glaciale et inhospitalière de son prénom ?

— C'est un raisonnement qui se tient, monsieur le professeur. Adèle devait avoir les mêmes caractéristiques que la Terre Adélie.

— J'espère que comme l'Antarctique, elle n'était pas en plus frigide, ajouta Stevenin en souriant.

— Comment cela ?

— Ce mot a deux sens, il signifie absence de désir ou de plaisir sexuel, mais il est également synonyme de froid.

— Il n'y a pas à dire, c'est beau l'instruction ! souffla-t-il en rigolant. Tu en sais des choses.

Nos deux joyeux lurons avaient décidément le cœur à rire. À croire qu'ils avaient oublié le but de notre visite chez les Borvon. Je dus endosser le rôle du rabat-joie de service et leur demander ce qu'il avait appris par Marianne.

Ils nous racontèrent tout, point par point. Une version qui correspondait exactement à ce que Tristan nous avait révélé dans le garage.

Tous les quatre dans l'habitacle de ma voiture, nous ne pouvions arriver qu'à la même conclusion : le cantonnier avait un alibi en béton puisqu'il n'avait pas quitté sa femme d'une semelle à partir du moment où Enora était repartie à pied chez elle. Comme disait Damien d'un ton amer, notre suspect n'était donc pas le coupable. Ce n'était pas lui qui avait assassiné le couple Abgrall.

Amélie en profita pour me lancer une petite phrase avec une satisfaction non dissimulée :

— Je te l'avais dit que Tristan n'avait pas pu tuer Enora. Il l'aimait trop. J'avais raison, une fois de plus…

— Moi aussi, j'avais raison ! rétorquai-je dans la foulée.

— À quel propos ?

— Que la vie à deux tue l'amour ! Regarde, il a épousé Marianne, il vit avec et ne semble plus avoir de sentiments pour elle. La seule qu'il aimait d'un amour sincère et passionnel, c'était sa maîtresse, celle qu'il ne voyait qu'occasionnellement. Si ce n'est pas une preuve, ça !

— Tu commences à me faire suer, Fanch, avec tes certitudes et tes peurs ! s'écria-t-elle vexée. Continue comme cela et je te prédis que tu vieilliras tout seul, dans ta petite baraque, comme un con, à regretter de ne pas avoir eu un jour le cran de t'engager.

Sa réplique eut le don de créer une atmosphère de malaise dans ma 405. Minot et Stevenin se trouvaient aux premières loges de notre petite querelle d'amoureux et s'en sentaient très gênés. Le ton et les mots employés jetèrent un froid que même l'électricien n'osa pas venir briser en sortant une de ses fameuses blagues.

En me voyant emprunter certaines rues dans le bourg, l'instituteur prit la parole, plus pour faire diversion que par nécessité :

— Eh bien, Fanch, nous ne rentrons pas à la mairie ?

— Non, nous retournons d'abord au Goubars.

— Pour quoi faire ?

— Pour poser les scellés sur les portes et fenêtres, et surtout…

— Surtout ?

— Loïc voudrait vérifier deux trois petites choses chez les Abgrall.

— On dirait que notre toubib prend son pied à jouer au détective, intervint Jacques Minot.

— Ça, on ne peut pas dire le contraire. Il semble dans son élément ce vieux Dagorn.

23 h 24

Le corps d'Erwan était toujours là, devant la cheminée sans feu, recroquevillé sur la tommette empoissée de sang. Il gisait dans la même posture dans laquelle nous l'avions abandonné, sans même prendre la peine de le recouvrir d'un drap ou juste d'avoir un geste un peu décent, un peu civilisé vis-à-vis d'un homme mort. Nous l'avions laissé là, par terre, avec encore moins de considération qu'on aurait eue pour un chien crevé.

C'était la réflexion que je faisais à Damien Stevenin alors que nous étions tous les deux plantés dans la grande salle à contempler son cadavre.

Il me répondit que ce mal était nécessaire, qu'il fallait manipuler le moins possible le corps pour ne pas détruire des preuves essentielles pour la police. Il disait être conscient de notre comportement qui pouvait paraître malséant au premier abord, mais pourtant primordial pour l'enquête future.

Je n'ai pas osé lui dire que ce cadavre me dégoûtait, que je sentais une incessante répulsion de voir cette peau livide et presque flasque comme si l'enveloppe de l'épiderme était devenue trop grande pour sa chair et ses os, tel un costume trop large dans lequel on flotte. Je ne savais pas si mon ami avait la même impression que moi, à moins que ce ne fût ma perception qui eût été altérée par mon aversion. Je ne voyais que cette vision repoussante de la dépouille qui n'avait rien à envier aux images effrayantes qui peuplaient parfois nos cauchemars.

Les cheveux d'Erwan étaient englués dans du sang noir qui avait séché, un peu comme un vieux fond de sauce qui s'était figé en refroidissant. J'aperçus quelques mouches errant dans cette tignasse souillée. Pas n'importe quelles mouches, des bien grosses, celles avec une carapace luisante de bleu, celles qu'on appelait familièrement les mouches à viande. L'une d'entre elles était d'ailleurs affairée à téter une goutte de sang séchée dans la nuque du cadavre.

Je ne m'expliquais pas la présence de ces insectes, là, en plein hiver. Il n'y en avait jamais en cette saison d'habitude ! Était-ce la mort qui les avait attirés ? On racontait que les requins étaient capables de sentir une goutte de sang à des kilomètres à la ronde dans l'océan et qu'ils se précipitaient pour se repaître d'une charogne. Peut-être en était-il de même pour les mouches qui flairaient les morts pour se nourrir et pour pondre leurs larves ?

Je ne pus m'empêcher de parler de ces insectes à Stevenin, chose que je regrettai tout de suite, car il commença à me faire un exposé comme s'il était en classe avec ses élèves. Il me raconta que c'était un phénomène très naturel, une sorte d'instinct pour ces diptères. Il poursuivit sur la corrélation qui existait entre eux et la mort dans beaucoup de croyances, avant de faire une digression sur Belzébuth surnommé le seigneur des mouches. Je crois que j'ai perdu le fil de son discours lorsqu'il a commencé à m'expliquer qu'en médecine légale, il était possible de déterminer la date d'un décès rien qu'en répertoriant les différentes espèces de larves qui avaient été pondues dans un cadavre, chaque espèce ayant déposé ses œufs à un moment différent de la décomposition.

« Madame, messieurs ! Je demande votre attention juste un instant ! »

Loïc Dagorn ne pouvait pas mieux tomber à sonner ainsi le rassemblement. Il me permettait de couper court au laïus de Stevenin sans passer pour un malotru. J'aimais beaucoup Damien, ce n'était pas pour rien qu'il était mon meilleur ami, mais force était d'avouer qu'il pouvait se montrer ennuyeux lorsqu'il se perdait dans ses longs commentaires.

Nous reçûmes tous une paire de gants en latex de la part de notre médecin qui nous recommanda de les enfiler afin de ne pas laisser d'empreintes sur le lieu du crime.

Nous étions encore en cercle autour de lui, tous gantés de blanc, lorsqu'il nous donna ses consignes :

— Je vais avoir besoin de votre concours à tous.

— Pour quoi faire ? interrogea Amélie.

— Pour fouiller la maison à la recherche de quelques indices.

Il y eut un blanc à la fin de sa phrase. Nous pouvions tous sentir ce sentiment d'embarras que ces mots étaient en train de faire naître parmi nous. Dagorn le décela également et nous demanda ce qui nous gênait.

Je me fis le devoir d'éclairer sa lanterne, en me doutant bien que je me faisais le porte-parole des autres :

— Loïc, nous ne pouvons pas faire cela.

— Pourquoi donc ?

— Parce que si le préfet ou le procureur de la République apprend que nous avons saccagé une scène de crime, nous allons avoir des problèmes, voilà pourquoi.

— Je ne vous ai jamais dit de saccager quoi que ce soit, répondit-il d'un air étonné, juste de faire quelques recherches.

— C'est du pareil au même ! lâchai-je en m'énervant. Nous allons tous finir en prison avec tes initiatives à la con !

Dagorn s'emporta son tour :

— La seule chose que mes initiatives vont permettre est de mettre la main sur un assassin avant qu'il ne fasse d'autres victimes.

— Qui te dit qu'il y aura d'autres victimes ?

— Je n'en sais rien du tout, mais c'est un risque que je ne veux pas courir. Si quelqu'un d'autre devait perdre la vie alors que je me tourne les pouces, je crois que je m'en voudrais jusqu'à la fin de mes jours. Donc je préfère agir et chercher. Et si, tous ici, vous craignez les conséquences, ce que je peux concevoir, j'accepte d'endosser l'entière responsabilité. Si les autorités nous reprochent quoi que ce soit, je m'engage à tout prendre sur moi, cela vous convient-il ?

Quelques hochements de tête approuvèrent cette décision. D'autres visages restèrent fermés, signe qu'ils ne savaient quoi penser ou dire.

C'est alors que Benoît Leporet prit la parole. Lui qui aimait tant se faire remarquer, je pouvais dire qu'il avait réussi son coup :

— M. Dagorn, vous êtes un homme honnête et courageux. Néanmoins, je refuse de vous voir porter le chapeau seul. Si cela tourne au vinaigre, j'accepte de partager la responsabilité avec vous. C'est mon devoir envers tous les Ouessantins qui me font confiance, lâcha-t-il en me jetant un coup d'œil vachard. Ils doivent savoir que leur futur maire ne se dérobe pas devant ses devoirs et qu'il est prêt à se sacrifier.

Le salaud ! Il fallait qu'il profite de ce moment pour se faire mousser ! Je pourrai mettre ma main au feu qu'il saurait exploiter son pseudosacrifice lors des élections de 2020. Voilà qu'il se targuait déjà d'être le futur maire. On pouvait dire qu'il n'avait pas peur de vendre la peau de l'ours avant de l'avoir tuée, cet enfoiré.

Et comme si cela ne suffisait pas, Damien intervint à son tour, déclarant que nous avions commencé nos investigations ensemble et qu'il nous fallait donc les finir ensemble, quitte à partager les conséquences. En tout cas, il affirmait qu'il ne laisserait pas tomber Loïc.

— Je vous remercie, mais…

Dagorn n'eut pas le temps de finir sa phrase que Minot commença à s'exprimer. Il prétendit qu'il avait bien des défauts, mais pas celui de laisser un copain dans la panade. Si Damien voulait poursuivre l'enquête, il ferait comme lui. Il ajouta d'un ton de matamore qu'il emmerdait le procureur de la République et que si cela ne lui plaisait pas, c'était pareil.

Mon Amélie se mêla de la partie, estimant que si chacun de nous prenait sa part de responsabilité, au lieu d'un seul individu, les sanctions seraient sans doute moins sévères.

J'étais comme fou à les entendre faire leurs belles petites déclarations pleines de bons sentiments.

— Vous êtes tous dingues ! m'écriai-je. Vous ne vous rendez pas compte de ce que vous dites ? Vous risquez tout bonnement la prison pour entrave au bon déroulement de la justice, pour dissimulation de preuves et je ne sais quoi d'autre.

— Allez, Fanch ! Ne nous laisse pas tomber ! déclara Jacques d'une voix déconcertante pour un type qui m'avait plutôt habitué aux blagues salaces servies d'un ton goguenard.

— C'est cela aussi l'engagement, mon chéri ! ajouta mon ex. C'est s'entraider, se soutenir dans les moments difficiles.

J'avouai que je ne savais plus quoi dire. J'étais persuadé d'être dans le vrai, mais ils étaient tous si désarmants à s'épauler mutuellement. Et puis, il fallut que ce bonimenteur de Leporet en rajoute une couche :

— J'étais sûr que M. Perrec n'avait pas le sens de la solidarité et de l'entraide. Quand vos administrés vont le savoir, cela va faire chuter votre cote de popularité. Déjà qu'elle ne doit pas être très haute…

Je crois que c'est sa réflexion plus que celle des autres qui rallia mon consentement. Je leur fis savoir que je partagerais les conséquences avec eux, quoi qu'il arrive.

Certes, il n'était pas dans la nature de Dagorn d'extérioriser ses sentiments. Il sut pourtant nous dire sa reconnaissance, d'une manière succincte, sans débauche de compliments ou de superlatifs, mais cela avait suffi. Il n'était plus temps aux grandes effusions. Il ne perdit pas une seconde de plus pour nous exposer ses idées :

— Mes amis, voilà où nous en sommes : premièrement, nous savons désormais que Tristan Borvon n'a rien à voir avec le meurtre. Le témoignage de son épouse suffit à le dédouaner. Deuxièmement, j'ai vérifié sur le corps d'Erwan qu'il n'y avait aucune trace de griffures et par conséquent, les lambeaux de chair et de sang retrouvés sous les ongles d'Enora ne lui appartiennent pas. Ce n'est donc pas contre son mari qu'elle s'est débattue.

— Et troisièmement ?

— Après avoir quitté Tristan, Enora a eu le temps de retourner chez elle. J'en ai la preuve, car j'ai retrouvé dans la penderie du couloir son ciré blanc qu'elle portait encore au gîte du Pennorz. Ce qui signifie qu'elle n'a pas rencontré son meurtrier sur le chemin du retour entre le Pennorz et le Goubars, mais bien après son retour chez elle.

— Il y a un quatrièmement ?

— Oui, et c'est le dernier point. Je pense que Damien et Pol ont raison lorsqu'ils affirment qu'Enora s'est enfuie de chez elle pour échapper à quelqu'un et qu'elle a couru jusqu'au port. Les escarpins noirs qu'elle a perdus près du mur et sur le sentier permettent de le penser. Ils ont également trouvé un bout de tissu rouge en velours, ce qui correspond au pantalon qu'elle portait cet après-midi. En courant à travers les ronciers, elle a dû en déchirer un morceau, mais ce que j'ai remarqué sur le cadavre d'Enora, c'est qu'elle avait de minuscules griffures au niveau des chevilles et des pieds.

— Sans doute à cause des épines des mûriers, osa Amélie.

— Oui, c'est exact. Mais elle n'avait aucune griffure sur les cuisses ou les genoux, car l'épaisseur de son pantalon l'a protégée des épines.

— Et alors ? En quoi est-ce important ?

— Évelyne avait suggéré qu'Enora s'était dévêtue parce qu'elle allait prendre une douche, mais nous savons maintenant que ce n'est pas cela. Elle était encore habillée lorsqu'elle a quitté sa maison en fuyant, et également lorsqu'elle a traversé les ronciers. Par conséquent, cela veut dire que c'est son agresseur qui, une fois l'avoir rattrapée au niveau du lavoir, lui a enlevé son pantalon et sa petite culotte. Sans doute voulait-il la violer…

— Mais tu as dit qu'il n'y avait pas eu de viol.

— Et je confirme ! Le sperme retrouvé en elle appartenait à son amant. Il n'y a pas eu viol, mais peut-être tentative de viol. La malheureuse a dû essayer de se défendre et son agresseur a fini par la noyer parce qu'il n'était pas parvenu à ses fins et qu'il ne voulait pas qu'elle le dénonce.

Je voyais dans leurs regards que mes compagnons étaient épatés par le résultat des cogitations de notre docteur. C'était simple et évident, mais il fallait y penser, comme disait Minot, et Dagorn l'avait fait. Décidément, il était surprenant ce petit médecin de campagne.

— Et maintenant, qu'est-ce que vous attendez de nous ? demanda Benoît Leporet. Qu'est-ce que vous voulez qu'on recherche ?

— Je vois deux pistes possibles : d'abord retrouver une trace, une photo ou une lettre, de la femme que fréquentait Erwan Abgrall. Si nous découvrons son identité, elle pourra nous en apprendre plus. Nous ne savons rien d'elle, sauf que d'après Tristan, c'était une étrangère.

— Comment cela une étrangère ? C'est un peu vague.

— Il faudra pourtant s'en contenter. Il a aussi ajouté qu'elle venait de très loin.

— C'est toujours vague comme indication…

— Quant à la seconde piste, je pense qu'il faut essayer de voir si rien n'a été dérobé dans cette maison ou si rien ne vous semble anormal, un meuble déplacé, des tiroirs ouverts ou des piles de vêtements dérangés. Sans doute le meurtrier était-il venu chercher quelque chose de précis et que sa visite a dégénéré. Si nous découvrons quelque chose, nous aurons peut-être le mobile du crime.

— C'est encore plus vague que la première piste ! commenta Minot en se grattant le menton. On va rigoler !

— Allons, ce ne sont pas quelques vagues qui vont faire peur à des insulaires ! plaisanta Stevenin en lui tapotant l'épaule.

D'une voix encourageante, Dagorn donna le signal pour commencer nos investigations, un peu comme un moniteur de centre aéré aurait donné le départ d'une chasse au trésor. Et aussitôt, nous nous sommes égaillés dans la maison, telle une troupe de gamins enthousiastes.

Il y avait pourtant un gamin qui freinait des quatre fers. C'était moi.

Je ne partageais nullement l'euphorie presque enfantine de mes compagnons, persuadé que tout cela ne servait à rien. Il n'y avait rien à découvrir dans cette baraque, en tout cas rien que de simples civils comme eux seraient en mesure de déceler. Les flics seraient peut-être capables de tirer des informations, mais eux, pauvres amateurs qu'ils étaient, ils restaient inutiles. Néanmoins, je ne voulais pas être de nouveau celui qui jouerait les rabat-joie, qui tacherait leurs belles illusions de son pessimisme, alors je me suis contenté de déambuler dans cette maison, inspectant les pièces comme le ferait un touriste qui visite un immense musée surchargé d'œuvres d'art, regardant au lieu d'observer et d'analyser. Dans le couloir, mon regard s'attarda sur un grand nombre de photographies encadrées, toutes représentant des moments de la vie des Abgrall. Je pouvais contempler Erwan et Enora en jeunes amoureux devant le phare du Stiff ou sur le parvis de l'église le jour de leur mariage. Sur une autre, je voyais leur petit Frédéric courant derrière un troupeau de moutons, sans oublier une ribambelle d'anniversaires immortalisés au moment crucial du gâteau et du soufflage de bougies chaque année plus nombreuses. Il y avait même l'*Emvrud*, le chalutier d'Erwan qui était clouté sur le mur, comme s'il était un membre de la famille à part entière.

À bien y penser, les gens avaient tous cette manie de figer les grandes étapes de leur vie, que les bons moments, bien sûr, mettant les mauvais aux oubliettes. Ils savaient que la mémoire était faillible, alors ils immortalisaient les souvenirs avant de les oublier, d'omettre les détails ou les nuances, de perdre les traits de certains visages et ils les encadraient… En fin de compte, ils agissaient avec leurs souvenirs comme ils agiraient avec de beaux oiseaux, des oiseaux sauvages et colorés, qu'ils craindraient de ne plus pouvoir admirer s'ils s'envolaient, alors ils les attrapaient et ils les encageaient…

Cela me fit tout drôle de voir les Abgrall ensemble dans des lieux familiers, des images de leur vie passée, de leur vivant, alors que maintenant, ils étaient morts ; c'était inéluctable, le mal était fait. Ils ne reviendraient plus dans le monde des vivants, je ne les croiserais plus à Ouessant. Je me sentis brusquement mal à l'aise, peut-être un peu triste. Mon ventre se tordit comme un vieux linge que l'on essorait et je préférai m'éloigner.

J'entendis à quelques mètres de moi du bruit de vaisselle. Intrigué, je quittai le couloir pour la cuisine où je retrouvai Amélie et Damien en train de farfouiller dans les placards et les tiroirs. Qu'est-ce qu'ils pouvaient bien espérer trouver ici ? Tout cela devenait vraiment absurde et inutile ! Quelle dépense d'énergie pour rien !

Et Loïc n'était pas mieux. Je le surpris à moitié agenouillé dans la salle malgré sa jambe invalide, le nez baissé, à longer les murs. Je me demandais si toute leur agitation ne leur servait pas à combler leur impuissance. Ils n'avaient pas pu empêcher deux crimes de survenir sur notre île, alors ils s'affairaient dans cette maison, se donnant l'illusion de faire quelque chose, d'aider le couple Abgrall au moins à titre posthume.

Une voix forte nous héla soudain, provenant de l'étage. Nous accourûmes comme des chiens obéissants qu'on venait de siffler. Benoît Leporet et Damien Stevenin se trouvaient dans la chambre du couple, une grande chambre au style un peu vieillot, tapissée de vert bouteille, avec un lit en bois sculpté et plusieurs hautes armoires au style austère. Je trouvais cette chambre très froide et très laide, rien qui convienne à un couple aimant. Elle datait d'une autre époque, d'une autre génération. C'était le genre d'endroit qui me paraissait idéal pour servir de décor aux derniers instants d'un vieillard agonisant ou même à une veillée mortuaire, mais sûrement pas à des ébats torrides pour des amoureux, jeunes ou moins jeunes.

Une réflexion de Damien me confirma que mon impression était la bonne. Il supposait qu'Erwan devait dormir seul ici, puisqu'il n'y avait que des vêtements d'homme dans les armoires et dans la salle de bains attenante, il n'y avait qu'une brosse à dents et aucun produit de beauté ou de maquillage. Minot en profita pour nous rappeler que, d'après la mère Karadec, Erwan et Enora faisaient chambre à part.

— Ce n'est pas cela le plus important, précisa le directeur de banque. Avec M. Stevenin, nous étions occupés à regarder les étagères, à fouiller entre les piles de vêtements, lorsqu'il a eu une idée…

— En effet, une des armoires ressemble à celle que je tiens de ma grand-mère, poursuivit l'instituteur. Un meuble qui a une particularité, qui possède entre les deux tiroirs une sorte de cache où les anciens planquaient leur bas de laine. De face et portes ouvertes, rien n'est visible ! Mais en enlevant un des tiroirs, on peut faire coulisser cette fameuse cache.

— Et c'est ce que nous avons fait.

— Qu'avez-vous trouvé ? demanda Amélie.

— Ceci ! déclara Leporet en nous tendant un passeport de sa main gantée.

Entouré par nous tous, Dagorn se mit à l'examiner.

Sur la couverture bleue, était frappé en lettres d'or le mot *Eritrea*, ainsi que des caractères arabes et d'autres d'une langue qui nous était inconnue. Damien présumait que c'était du guèze sans pouvoir être catégorique. Au centre, entouré d'une couronne de feuilles de laurier se trouvait un dromadaire doré. En le feuilletant, nous avons découvert la photographie d'une femme à la peau foncée, au visage juvénile et épuré. Cette Érythréenne se prénommait Nurah et son nom de famille était Hashim. Elle mesurait 1 mètre 75, elle n'avait que 19 ans puisqu'elle était née en 1999. D'après ce passeport, elle avait quitté l'Érythrée en janvier 2017 et elle était passée par le Soudan, la Libye, l'Algérie puis le Maroc. En juillet 2017, elle se trouvait en Espagne. Aucun tampon de l'administration française n'indiquait qu'elle avait séjourné dans notre pays, mais dans ce cas-là, que faisait ce passeport chez les Abgrall ? Et qui était cette femme ? Quel était son lien avec le couple ? Nous nous perdions en conjectures devant cette découverte.

Amélie suggéra que c'était peut-être elle la femme étrangère que fréquentait Erwan.

Elle avait sans doute raison, sans que nous puissions en être certains.

— En tout cas, on peut dire qu'elle vient de très loin comme l'a dit Tristan, ajouta Amélie.

Aucun d'entre nous n'avait déjà vu cette jeune femme auparavant. Moi, j'étais persuadé de ne jamais l'avoir aperçue sur l'île. Pourtant, j'en voyais défiler des touristes dans mon magasin de souvenirs, mais une comme elle, à la peau noire, je l'aurai immanquablement remarquée.

Encouragés par cette découverte, mes compagnons reprirent leurs recherches avec encore plus d'ardeur et d'enthousiasme. Ils me faisaient songer à des chasseurs qui avaient déniché une touffe de poils dans un fourré et qui étaient persuadés qu'ils étaient sur une bonne piste, qu'ils n'allaient pas tarder à avoir leur gibier à portée de fusil. Ils étaient déterminés à en apprendre plus sur cette mystérieuse Nurah.

J'errai dans ce couloir de l'étage au papier peint défraîchi, dont le fond bleu ciel quadrillé de fleurettes était par endroits piqueté par l'humidité. Là où je me tenais, j'entendais beaucoup plus distinctement les rafales de vent frappant sur la façade, faisant frissonner les combles. Quelques mauvaises toiles décoraient ce couloir, rien qui aurait pu s'apparenter à des tableaux de maître, juste des brouillons de barbouilleurs du dimanche à mon goût, des gâcheurs de peinture qui avaient tenté de représenter de grands voiliers sur des mers démontées, le tout en usant de couleurs très vives et pour le moins originales…

Une petite porte donnant sur le grenier était entrouverte. J'avais vu Jacques Minot s'y faufiler. Il ne s'y était pas attardé. À peine trois minutes après, il était redescendu quatre à quatre, tout essoufflé, des toiles d'araignées accrochées à sa tignasse. Son visage me parut un peu pâlot comme s'il avait eu peur.

— Putain, sous la charpente, ça craque et ça grince à tout va, me dit-il en agitant sa paume de main de haut en bas. Je peux te dire que je ne faisais pas le fiérot là-haut. Le vent cogne comme c'est pas possible. Un moment, j'ai cru que tout le toit allait s'envoler… et moi avec.

— C'est du solide, ces vieilles maisons ! ajoutai-je. Nos anciens savaient les construire en connaissance de cause, assez robustes pour résister aux grands vents, surtout face à la baie.

— Il n'empêche que j'ai eu les jetons ! J'ai cru que le faitage, les chevrons et toutes les poutres allaient casser comme du petit bois… En tout cas, j'ai eu le temps de regarder, il n'y a rien là-haut : pas plus d'Érythréenne que de vierges à Pigalle !

Et il s'éloigna en riant d'une voix tonitruante, bien forte, bien exagérée, qui avait l'avantage de chasser les reliquats de cette peur ressentie.

Dans une petite pièce sobrement peinte en blanc, je retrouvai Dagorn assis sur une chaise à roulettes, devant un ordinateur éteint. Il se trouvait dans le bureau d'Erwan, farfouillant dans les tiroirs.

— Tu trouves quelque chose, Loïc ?

— Rien d'intéressant, juste quelques factures.

— Rien d'autre ?

— Si, des relevés de banque. Apparemment, les fins de mois devaient être difficiles chez les Abgrall.

— Il fallait s'en douter. Entre une femme chômeuse et un mari marin-pêcheur, il y avait peu de chances qu'ils roulent sur l'or !

— Avec la concurrence des Espagnols et des Néerlandais, vivre de la pêche côtière devient un vrai challenge ! Regarde sur notre île, ils ne sont plus que deux à faire ce métier. Le marin ouessantin va devenir une espèce en voie de disparition en France, autant que l'ours des Pyrénées, le lynx boréal ou les communistes.

J'approuvai d'un signe de tête, en souriant de sa plaisanterie.

— Erwan était à quelle banque ? Est-ce qu'il était au Crédit Marin de l'Ouest de notre cher ami Leporet ? demandai-je avec ironie.

— Non, plus depuis quelques années. Je sais qu'ils s'étaient engueulés tous les deux.

— Qui ne le ferait pas avec Leporet ?

— Je me souviens que la pêche avait été très mauvaise il y a quatre ou cinq ans, et Erwan était allé voir son banquier pour obtenir un crédit et investir dans un nouveau sonar ainsi que dans un treuil pour ses filets, mais cela lui avait été refusé.

— Tu m'étonnes ! Leporet a fait pareil avec moi quand je lui ai réclamé un prêt pour agrandir ma boutique. Ah ça, quand il s'agit d'ouvrir un compte chez lui, tu es accueilli avec le sourire aux lèvres et le compliment à la bouche. Tu es reçu dans son agence comme un magnat du pétrole qui a réservé une suite au Ritz, mais ensuite, ce n'est plus le même accueil ! Dès que tu demandes à sa banque de te soutenir dans une idée un peu audacieuse, de te laisser du temps pour que ton investissement devienne rentable, là, il n'y a plus personne ! Je ne sais plus qui disait « une banque vous prête un parapluie quand il fait beau et vous le reprend quand il pleut[1] », mais il avait sacrément raison. Cela pourrait même devenir la devise de l'agence Leporet.

Le docteur me laissa parler, sans m'interrompre. Il savait pertinemment que cela me soulageait de vider mon

1 Citation de Georges Bernard Shaw.

sac sur mon projet avorté, de dire ce que j'avais sur le cœur une énième fois, de critiquer mon opposant politique sans retenue. Il m'écouta avec patience. À aucun moment, il ne me signifia qu'il désapprouvait ce que je racontais. Il m'écouta sans me contredire, sans m'encourager non plus. Il me laissa crever cet abcès qui me tiraillait depuis des mois. En tant que médecin, il était bien placé pour savoir que cela ne pouvait que m'apaiser.

— Tu sais comme moi que sur notre île, il n'y a plus que le tourisme qui peut nous faire vivre, continuai-je sur ma lancée. La pêche, c'est terminé. L'agriculture est devenue insignifiante. Quant au commerce maritime, il y a belle lurette que les Philippins et les Indiens ont remplacé les Ouessantins sur les cargos. Il n'y a que le tourisme, je te dis. C'est pour cela que mon idée d'agrandir mon magasin de souvenirs, c'était de l'or en barre, c'était du tout cuit ! Et cet enfoiré de Leporet qui me dit non, qui me dit que je n'ai pas assez d'apport. Je discute, je parlemente, et lui, il me propose un prêt à un putain de taux ! Quand il m'a annoncé le pourcentage, j'ai cru qu'il me donnait le dénivelé du Tourmalet. Alors j'ai dû renoncer. Quand je pense à l'argent que j'aurais pu gagner s'il m'avait donné ma chance.

Loïc se mit à me sourire doucement, sans se plaindre que je lui rabâche cette sempiternelle histoire. Avec une certaine habilité, il se mit juste à dévier la conversation sur Erwan, m'expliquant qu'il n'avait pas été bien après le refus de son prêt et qu'il était venu plusieurs fois le voir dans son cabinet pour des hausses de tension :

— Il n'avait pas trop le moral, il ruminait. Il ne cessait de me dire que Leporet était chiche avec des petits artisans comme lui, mais qu'il se montrait généreux avec les Parisiens bourrés aux as qui venaient le solliciter pour investir dans leurs projets. Il me certifiait que notre directeur de banque magouillait avec certains types pour faire des affaires, et qu'un jour, il le prouverait à tous que ce n'était qu'un nuisible. Enfin bref, il délirait, il lui en voulait énormément et l'accusait de tous les maux.

— Ça, on n'a jamais de mots assez durs quand on parle de Leporet.

Dagorn préféra ne pas me suivre sur ce sujet et il fit diversion en me parlant de l'ordinateur :

— Impossible de le mettre en marche, je n'ai pas le code d'accès. C'est dommage, j'aurais peut-être pu apprendre des choses sur Erwan.

— Si tu avais le code d'accès, il y aurait violation de la vie privée, dis-je.

— C'est de sa vie tout court qu'il a été privé pour le moment, rétorqua-t-il assez vivement. J'essaye juste de découvrir son meurtrier.

— J'avais compris.

— Je n'ai pas accès aux données de son ordinateur, mais j'ai retrouvé dans la poubelle des feuilles qu'il a dû imprimer récemment.

— Et c'est important ce qu'il a imprimé ?

— Je ne sais pas. Regarde, lança-t-il en me montrant trois pages chiffonnées, noircies d'écritures et de schémas. On dirait des dessins de pales avec des chiffres. Cela provient du site de la société *Sabella*, tu connais ?

Je jetai un coup d'œil rapide. J'avais tout de suite compris de quoi il s'agissait. J'avais reconnu les plans et le nom de la société.

— C'est un nouveau type d'hélices à bateau, dis-je en lui rendant les feuilles.

— Pour son chalutier ?

— Oui, Erwan m'en avait touché deux mots. Il voulait équiper l'*Emvrud* d'hélices nouvelle génération, plus profilées, moins consommatrices en fuel, paraît-il.

— Dis donc, elles me paraissent immenses les pales, et très fines. Tu es sûr qu'il ne voulait pas transformer son chalutier en hydrojet ?

— C'est bien possible ! répondis-je en riant.

En s'appuyant sur sa canne, Dagorn se leva de la chaise et me proposa de quitter le bureau. Il estimait que nous n'y apprendrions plus rien de bien utile. Nous marchâmes dans le couloir lorsqu'il me confia une de ses nouvelles idées. Dans ce domaine, il ne me décevait jamais mon Loïc, c'était une véritable mine, surtout ce soir, surtout en ce qui concernait sa marotte sur les histoires de meurtre. Pour lui, bien des crimes étaient résolus en découvrant le mobile, et bien des mobiles étaient liés à un héritage. J'acquiesçai plus par courtoisie que par connaissance de cause. Il me proposa d'aller voir sur l'heure le notaire afin d'en apprendre plus sur ses héritiers. Je n'eus pas le temps de répondre qu'un appel se fit entendre dans toute la bâtisse :

— Venez ! Nous sommes à la cave ! Venez vite !

Un petit escalier sombre en colimaçon, solidement bâti avec de la pierre en grès, nous mena dans les entrailles de la maison.

Nous y avons retrouvé Stevenin et Leporet, dans une vaste pièce en terre battue, intensément éclairée par une série de néons diffusant une lumière blanche et fantomatique. Ils nous y attendaient avec une joie non dissimulée, des sourires immenses fendant leurs visages. Décidément, ils étaient en veine ces deux-là ! Ils découvraient tout ce soir, à croire qu'ils possédaient des flairs de chiens policiers. Ils n'avaient pas trouvé la caverne d'Ali Baba, mais au moins une cave à mystère, un lieu qui ne pouvait que décupler nos interrogations.

Il y avait là, entre un puits et un mur grisâtre blanchi par le salpêtre, un matelas avec draps, couverture et oreiller.

À côté, sur un petit meuble en contreplaqué gonflé par l'humidité, se trouvaient quelques vêtements de femme, ainsi qu'un livre.

Damien s'empara du bouquin et le feuilleta. Il nous fit remarquer que les pages étaient flétries et gondolaient comme s'il avait pris l'eau. D'après les motifs en forme de croix en début de chaque chapitre, il en conclut qu'il s'agissait d'une bible. L'alphabet utilisé était énigmatique et indéchiffrable pour nous. Comme pour le passeport, l'instituteur supposa qu'il s'agissait du guèze. Il repéra à l'avant-dernière page deux lignes imprimées en italien, indiquant le nom de l'éditeur et le lieu d'impression, *Asmara*.

— Il s'agit de la capitale de l'Érythrée, lâcha mon ami Damien sans une seule hésitation.

— Tu sous-entends que la fille à qui appartient le passeport logeait dans cette cave ?

— Je ne sous-entends rien, moi ! Je fais comme vous, je constate. Mais il semblerait que cette Nurah Hashim vivait ici, ou vive encore ici.

— Dans la cave ? souffla Minot d'une voix étranglée par l'incompréhension.

— Mais c'est qui à la fin cette fille ? lança Amélie.

— Et comment connaît-elle les Abgrall ? ajouta Leporet.

Un florilège de questions sortait des bouches de mes compagnons. Tous se demandaient qui était cette fille, ce qu'elle faisait dans cette maison, où elle était en ce moment…

Je n'étais pas le moins interrogatif du groupe. Était-il possible qu'elle fût présente ce soir ? Qu'avait-elle vu ou entendu ? Savait-elle ce qu'il s'était passé ? Avait-elle découvert quelque chose ?

Cette découverte changeait tout à la situation. Cette fille devenait un témoin crucial de ce qu'il s'était déroulé ce soir. J'en étais tout estomaqué.

Dagorn devait être dans le même état d'esprit que moi. Il avait compris que cette Nurah détenait peut-être la solution aux deux meurtres et il se mit à sonner le branle-bas, exhortant nos compagnons à retrouver cette jeune femme. Il multiplia les consignes, conseillant de revisiter chaque pièce, fouiller chaque recoin, regarder sous les lits ou dans les armoires et même de visiter l'abri de jardin ainsi que le garage. Pour lui, elle ne pouvait qu'être dans cette maison. Impossible pour une étrangère de se réfugier ailleurs sur l'île, disait-il, surtout en pleine tempête.

— Soit elle est encore là, soit elle est morte ! lâcha-t-il d'une voix sinistre. Ce n'est pas possible autrement.

Je vis le docteur s'approcher de Damien Stevenin et lui confier la direction des opérations. Il lui recommanda d'amener la fille à la mairie ou à la gendarmerie une fois qu'il l'aurait trouvée.

— Pourquoi dis-tu cela ? demanda l'instituteur. Tu ne restes pas avec nous ?

— Non, Fanch et moi, nous allons rendre une petite visite à Pierre Weil.

— Le notaire ?

— Oui, répondit-il sobrement. C'est pourquoi je voudrais que tu gères tout ici. Et surtout après avoir retrouvé l'Érythréenne, lorsque vous quitterez la maison, tu n'oublieras pas de poser les scellés à toutes les ouvertures. Nous avons laissé la cire et le sceau de la mairie dans le couloir du rez-de-chaussée.

— Entendu. Cela sera fait, du moins pour les scellés, précisa Damien en grimaçant, car pour la fille, je ne peux rien te promettre.

— Si elle est encore là, je te fais confiance pour la dénicher.

Sur le seuil de la porte d'entrée, Loïc et moi sommes restés un moment, immobiles et indécis, comme le seraient des nageurs plantés au sommet d'un immense plongeoir, hésitant encore à faire le grand saut.

Les bourrasques qui fouettaient la zone entre la maison des Abgrall et ma voiture nous rendaient soudain moins téméraires. Et puis, le spectacle qui s'offrait à nous était déconcertant : un véritable blizzard faisant violemment tournoyer un flot de flocons, couvrant le sol et les buissons de blanc. Nous savions que si nous avions pu saisir un de ces flocons, il ne nous aurait pas paru glacé. Nous savions que si nous le portions à nos lèvres, nous aurions décelé un petit goût salé.

Ce n'était pas de la neige, juste de l'écume en quantité impressionnante.

Le phénomène était rare, mais pas inédit pour des Ouessantins. Sous l'effet de la tempête en pleine mer, le déferlement des rouleaux devenait intense et brutal. L'océan était blanc d'écume. Telle une créature sauvage et enragée, il se déchaînait, bavait de colère, crachait toute son agressivité. La crête des lames bouillonnait en une mousse épaisse qui s'envolait dans les airs à chaque rafale de vent et qui envahissait la côte, recouvrant tout, semblable à un tapis neigeux et éphémère.

Je restais silencieux, complètement immergé dans mes pensées.

Un coup de coude de Dagorn me sortit de mes réflexions :

— Alors tu viens, Fanch ? Je te rappelle qu'on a un notaire à aller réveiller !

00 h 35

Il en est de certains hommes que rien ne semble jamais surprendre, qui gardent en toute circonstance un calme stoïcien.

Pierre Weil était de ceux-là.

Je ne prétends pas qu'il ne fut pas étonné de nous voir sonner à sa porte en pleine nuit ni d'apprendre la mort du couple Abgrall, je dis juste que rien dans son attitude ne manifesta son étonnement. Il y eut seulement le passage fugace d'une expression troublée sur sa figure, mais rien de plus.

Il nous dévisagea longuement, de sa mine grave et réfléchie, engoncé dans une épaisse robe de chambre couleur cendre, les charentaises aux pieds.

Notre visite impromptue l'avait sorti du lit et il nous recevait dans son bureau imprégné d'une odeur forte, semblable à celle que l'on trouverait dans l'atelier d'un cuiratier. Les murs étaient recouverts d'étagères d'une rectitude et d'une symétrie parfaites, presque martiales, où reposaient, au garde-à-vous, une quantité de livres impressionnante. Ces bouquins paraissaient tous reliés et dorés sur tranche, comme s'ils étaient revêtus de l'uniforme de rigueur.

Sans paroles superflues, l'homme nous désigna du bout des doigts deux gros fauteuils Chesterfield bien pansus, un peu vintage, au cuir noir luisant sous le halot d'une applique en verre de Murano. Nous nous sommes assis, sans cesser de lui exposer les événements tragiques de la soirée.

Il nous écouta patiemment, sans chercher à nous interrompre. Les coudes posés sur les accoudoirs, ses bras formaient un triangle dont le sommet se terminait par le bout de ses doigts boudinés, pile sous son double menton.

Ce notaire avait tout du vieux sage, mais pas le sage grec, ascétique et barbu, plutôt un sage bouddhiste avec un bon embonpoint, et le crâne lisse et brillant. La seule différence est que son visage replet n'était pas orné d'yeux bridés, juste de gros yeux ronds, un peu globuleux comme ceux d'un bouledogue.

Pierre Weil était connu sur l'île pour être un homme pondéré et intelligent, aux propos rassurants. On le disait également fortuné, il faut reconnaître qu'il était rude en affaires et qu'il n'était pas du genre à faire cadeau des frais notariaux.

Il finit par nous poser une unique question :

— Ce que je ne comprends pas, c'est en quoi un vieil homme tel que moi peut vous être d'une quelconque utilité dans ce drame ?

— En réalité, nous aimerions savoir si vous pouviez nous donner un petit renseignement, répondit Dagorn avec une prudence finement travaillée, à savoir si Erwan Abgrall avait rédigé un testament et quels en étaient les bénéficiaires.

— Vous êtes conscients que ce genre d'information relève du secret professionnel et que je ne peux rien vous divulguer de tel.

Mon ami avait manifestement prévu ce genre de réponse, et sans se démonter, il insista en usant d'un vocabulaire et d'une patience que n'aurait pas reniés un diplomate :

— Je comprends bien et je peux vous assurer qu'il n'a jamais été dans nos intentions de vous faire trahir les confidentialités inhérentes à votre métier, maître. L'ensemble du conseil municipal et moi-même avons seulement espéré que vous pourriez nous fournir quelques renseignements sur des éléments qui auraient pu vous paraître anormaux pour une succession.

— Que voulez-vous dire ?

— Par exemple s'il y avait eu des modifications récentes dans la succession d'Erwan et d'Enora Abgrall, s'il y avait des bénéficiaires inattendus ou très récents... quelque chose de ce genre-là. Rassurez-vous, il ne s'agit nullement de vous demander les montants ou la nature du legs, seuls les héritiers nous intéressent...

— À quel titre ?

— Comme nous vous l'avons dit il y a un instant, le criminel est forcément encore sur l'île et nous aimerions le démasquer avant qu'il ne commette un nouveau meurtre. Si l'héritage des Abgrall est le mobile, comme je le suppose, alors toute information que vous pourriez nous dévoiler nous permettra d'y voir un peu plus clair.

— N'est-ce pas là le rôle de la gendarmerie ?

Je vis que Dagorn avait tiqué en entendant la remarque du notaire, mais il se reprit rapidement, en gardant juste un soupçon d'agacement dans la voix, si léger que seul un proche tel que moi était en mesure de le déceler :

— Si vous voyez un seul gendarme sur Ouessant à cette heure, je suis tout à fait disposé à lui laisser la place, mais comme je doute que ce soit le cas, je poursuis mes investigations, accompagné de monsieur le maire, qui, comme vous le savez, est également officier de police judiciaire, et de Mme Gallec, qui fait office de police municipale. Nous espérons juste ne pas perdre trop de temps à discourir inutilement, laissant ainsi le champ libre à l'assassin de perpétrer un autre forfait. Nous devons l'appréhender avant qu'il cherche à quitter l'île.

Ses dernières phrases avaient fait mouche.

Le notaire avait compris le message. Visiblement, il ne voulait pas qu'on vienne un jour lui faire reproche d'avoir mis de la mauvaise volonté à apporter son concours à cette enquête. Il se leva de son fauteuil avec autant d'aisance que lui permettait son embonpoint.

— Je vais chercher dans mes archives le dossier que vous me demandez, mais je pense sincèrement que vous vous bercez d'illusions. De mémoire, je crois que le couple Abgrall avait peu de biens, rien qui puisse en tout cas expliquer leurs décès. À mon avis, l'héritage n'est pas le mobile du crime, déclara-t-il en toisant le docteur.

— Nous verrons bien.

— À part son chalutier et la maison du Goubars, Erwan Abgrall ne possédait que quelques terres sur l'île, rien de plus, insista-t-il.

— Si vous alliez chercher ce fameux dossier, nous pourrions en avoir le cœur net, rétorqua Dagorn un peu plus froidement.

— J'y vais, répondit le notaire d'une voix imperturbable.

Il se dirigea d'un pas pesant jusqu'à la porte, mais avant de sortir, il se tourna vers nous, ou plutôt vers moi. Il me dévisagea avec insistance, sans se départir d'un sourire espiègle, avant de me lancer :

— Vous devez connaître les terres dont je parle, M. Perrec. Je crois savoir que vous vouliez lui en racheter quelques-unes. Du côté de Cadoran, si je ne m'abuse ?

Son sourire roublard était toujours figé sur ses lèvres, sans que je sache s'il attendait vraiment une confirmation de ma part.

Il pouvait se vanter de m'avoir épaté. Comment était-il au courant de cela, d'abord ? Je n'en avais parlé à personne sur l'île, à part à Erwan bien sûr. Sans doute Weil voulait-il me prouver qu'aucune transaction à Ouessant ne pouvait échapper à son œil aiguisé, qu'il était au courant de tout, même si on essayait de passer par un autre office notarial que le sien.

Il quitta la pièce finalement, sans attendre la moindre réponse, nous laissant tous les deux dans ce bureau embaumant les fragrances de vieux cuir.

Loïc m'interrogea du regard. Curieux comme il était, je me doutais bien qu'il voudrait un surplus d'informations.

— Pierre Weil dit vrai, déclarai-je doucement. Il y a quelques mois je suis allé voir Erwan pour savoir s'il accepterait de me vendre quelques hectares de terres à Cadoran, pas loin de la baie de Béninou.

— Que veux-tu faire de ces hectares ? Par là-bas, ce ne sont que de mauvaises terres, où ne poussent que les callunes, les isoètes et les mûriers, lâcha-t-il en ricanant. Il n'y a rien dans ce coin.

— C'est pour mes moutons, dis-je.

— Tes moutons ?

— Oui, je voulais agrandir mon cheptel. Je possède déjà quelques terrains à l'ouest du phare du Stiff, cela m'aurait permis d'avoir plus de terres pour mes bêtes.

— Cela t'aurait avancé à quoi ? Les moutons sont en totale liberté sur l'île durant six mois de l'année.

— Je sais bien, mais j'avais dans l'idée de créer une petite exploitation agricole.

— Toi ? Fanch agriculteur, on aura tout vu !

— C'était une idée parmi d'autres. Vu le succès du miel des abeilles noires, je me suis dit pourquoi pas me lancer dans la laine et la viande d'Ouessant, voire le fromage de brebis. On aurait pu créer une AOP qui aurait bénéficié à tous les éleveurs de l'île.

— Et Erwan a bien voulu te vendre ses terres ?

— Oui, il était partant, répondis-je. J'ai cru comprendre qu'il avait un besoin urgent d'argent pour son activité de pêche. Mais moi, je n'étais pas encore décidé et pas du tout pressé. C'était une idée que j'avais eue et je lui en avais touché deux mots pour savoir le prix qu'il me demanderait. C'était tout récent comme projet, et cela n'a pas abouti puisqu'Erwan est mort avant. Je verrai peut-être avec Frédéric s'il veut bien me vendre les terres de son père.

— Je serais toi, je renoncerais, glissa Dagorn avec tendresse. Ce n'est pas un projet d'avenir.

— On ne sait jamais. L'agriculture durable, le bio, les productions locales bien ancrées dans un terroir, c'est plutôt dans l'air du temps. Cela peut marcher, non ?

— Je n'y crois pas pour Ouessant.

— Par contre, je me demande comment Weil était au courant de cette transaction. Il n'y avait rien d'officiel encore, juste quelques démarches, des tâtonnements et beaucoup d'hésitations.

— Tu sais, il a le flair pour ces choses-là. Presque un sixième sens, le sens des affaires en fait. Il craignait peut-être que tu ailles signer l'achat des terres chez un notaire du continent, et pas chez lui, un collègue qui lui aurait raflé sa commission.

— Chut ! Le voici qui revient.

Le dossier en carton rouge, attaché par un lacet noir élastique, n'était pas bien épais. Il contenait juste une enveloppe, deux feuillets noircis de lignes régulières et quelques photographies, assez anciennes à première vue. Tous les biens des Abgrall se trouvaient résumés à cela. C'était peu de chose finalement.

Assis devant la table de son bureau, la main posée sur son gros crâne nu, Pierre Weil parcourait les différents documents avec une application rare et une lenteur exaspérante. Il ne voulait tout de même pas nous faire croire qu'il lui fallait tant de temps pour lire ces malheureux bouts de papier.

— J'avais raison !

C'est par ces mots qu'il acheva sa lecture. Il nous regarda, son visage serein doté d'un sourire ravi :

— J'avais raison, répéta-t-il. Cet héritage est on ne peut plus normal. Erwan l'avait rédigé en 2003. Il voulait mettre sa famille à l'abri au cas où il disparaîtrait en mer. Tout revient à sa femme Enora. Et puisque celle-ci est décédée également, tous leurs biens reviennent à leur fils unique, Frédéric, qui doit avoir près de 19 ans aujourd'hui.

Je voyais bien qu'il cherchait une confirmation. Je lui répondis :

— Oui, 19 ans. Il bosse à la centrale électrique du Doulou depuis juin dernier.

— Est-il au courant du décès de ses parents ?

— Non, pas encore. Il est sur le continent à passer les fêtes de fin d'année dans la famille de sa copine. Et avec cette tempête, il était impossible de le contacter.

— Le pauvre gars, il apprendra la nouvelle bien assez tôt, lâcha le docteur en grimaçant.

Le notaire se tut quelques secondes après cette phrase, sans doute pour accentuer tout le tragique de la situation. Mais était-ce vraiment de la compassion ou seulement une posture qu'il affectait de prendre devant nous ? Il faut quand même se rendre à l'évidence que les notaires côtoyaient régulièrement des personnes touchées par un deuil, au moins lors de la succession. Est-ce qu'à l'instar des employés des pompes funèbres, ils n'avaient pas appris à affubler leur visage de masques de gravité et de solennité, parfois avec un soupçon de tristesse feinte ? Je ne saurais le dire, mais je m'étais souvent posé la question.

— En dehors de Frédéric, reprit Weil, il reste un héritier.

— Qui ça ?

— Vous, M. Dagorn !

Le gros notaire avait accompagné sa phrase d'un signe de l'index pour le désigner.

Mon ami ne répondit pas tout de suite. Un sautillement de sourcil avait réagi avant même que ses lèvres ne s'entrouvrent.

— Mo... Moi ?

— N'êtes-vous pas son cousin germain ? Son plus proche parent en l'absence de frère ou de neveu ?

— C'est possible, mais…

— Vous paraissez surpris.

— D'autres le seraient pour moins. Erwan et moi étions brouillés depuis presque deux ans, je le vois mal me coucher sur son testament.

Je me permis d'intervenir, ou plutôt une curiosité mal placée me força à poser une question qui me taraudait depuis un bon moment déjà :

— Pourquoi est-ce que vous étiez en froid tous les deux ? Tu ne m'as jamais expliqué la raison de votre dispute. Vous étiez pourtant en bons termes autrefois.

J'ai supposé un instant qu'il refuserait de répondre, cependant il n'eut même pas une hésitation. Il se livra sans aucune gêne ni retenue. Et la présence du notaire ne le freina pas davantage :

— C'est venu après le décès de sa mère, Christiane Abgrall, née Duchesnay, qui était également ma tante comme tu le sais. Tu te souviens qu'elle est morte du cancer, il y a près de vingt mois ?

— Je me souviens.

— Un cancer du sein. Cette fichue tumeur s'est propagée à une de ces vitesses sur le poumon et le foie, et l'a emportée en un rien de temps. J'étais son médecin traitant et Erwan m'a tenu responsable de la progression foudroyante de ses métastases. Il disait que j'avais négligé la santé de sa mère, que j'avais sous-estimé la maladie et il a commencé à s'énerver, affirmant que je n'étais qu'un charlatan, qu'il me ferait une sacrée publicité sur l'île et qu'on saurait partout que je n'étais plus bon à rien à mon âge, qu'il était temps que je prenne ma retraite sinon il serait nécessaire d'agrandir le cimetière d'Ouessant pour y enterrer mes patients. Enfin bref, son chagrin lui a fait déblatérer pas mal d'âneries. Pour un peu, c'était moi qui avais tué sa mère, et non le crabe[1].

Il marqua un temps d'arrêt et pencha la tête, fixant du regard la pointe de ses chaussures. Sans doute se remémorait-il des moments désagréables, des discussions envenimées avec son cousin.

Cet instant de recueillement ne dura pas longtemps. Il n'était pas trop dans la nature de Dagorn de s'épancher sur lui-même. La pratique de son métier l'avait habitué à plus penser aux maux des autres qu'aux siens et il reprit la parole :

— Erwan n'était pas un mauvais bougre, mais il avait la rancune tenace. Ce n'est pas pour rien qu'on dit « têtu comme un Breton » et mon cousin était très breton. Il ne m'a plus jamais adressé la parole après le décès. C'est pourquoi je ne m'explique pas qu'il m'ait mis sur son testament.

— Pour être exact, Erwan ne vous a pas désigné comme héritier, mais votre grand-mère l'avait fait bien avant.

— Je ne vous suis plus.

— Votre grand-mère maternelle possédait une maison en Vendée.

— Oui, je me rappelle. À Saint-Hilaire-de-Riez. J'y suis allé plus d'une fois lorsque j'étais gosse.

— Sachez que votre grand-mère avait donné cette maison en héritage à sa fille aînée, donc à Christiane

1 Surnom donné au cancer.

Duchesnay, la mère d'Erwan. Si celle-ci devait décéder, c'était son fils qui bénéficierait de l'héritage. Par contre, il était notifié noir sur blanc dans le testament de votre aïeule que si Christiane et son fils n'étaient plus de ce monde, la maison reviendrait en droite ligne à sa fille cadette, Marthe Duchesnay, ou à défaut à son fils unique, c'est-à-dire vous, mon cher M. Dagorn.

— En théorie, cette maison ne devrait-elle pas revenir à Frédéric Abgrall ? s'enquit mon ami.

— Ne vous faites pas de souci pour lui. Le testament de votre grand-mère ne le lèse en rien. Il héritera de la maison du Goubars et de tout ce que ses parents possédaient sur notre île. Mais la maison de Saint-Hilaire vous revient de droit.

Cette révélation produisit chez notre médecin une expression de surprise béate qui se figea peu à peu en une moue gênée.

À ma connaissance, Loïc n'était pas un homme d'argent. Jamais je ne l'avais vu avoir un comportement vénal ou purement intéressé. Voici pourquoi l'annonce d'un tel legs paraissait le mettre quelque peu mal à l'aise. J'ai même pensé un instant qu'il craignait qu'on se mette à le soupçonner d'avoir commis le crime du Goubars puisque cet héritage vendéen constituait un mobile plausible.

Je souris de cette idée qui était absurde. Mon ami était bien sûr au-delà de tout soupçon, et cela je pouvais le garantir, estimant que j'exprimais là un sentiment partagé par l'ensemble des habitants de notre île.

Persuadé d'avoir rempli sa fonction, le notaire referma le dossier en carton rouge, l'enroula soigneusement avec le lacet noir avant de le placer sous son bras gonflé par les plis de sa robe de chambre. De sa main libre, il remit à sa place deux stylos que la lecture des feuillets avait bousculés. Il les rangea bien soigneusement, bien parallèles, à égale distance d'une agrafeuse et d'une boîte oblongue en acajou, preuve que la maniaquerie était une des composantes du personnage. L'ordre et la rigueur n'étaient pas de vains mots chez lui. Chaque chose avait sa place et chaque place avait sa chose. Je ne savais pas si cette habitude lui venait de son enfance ou s'il l'avait acquise à force de vivre au milieu de documents ordonnés et classés. Les exigences de rangement avaient peut-être fini par déteindre sur son tempérament. Il faudrait vérifier si tous les archivistes du monde n'étaient pas condamnés un jour à devenir d'incorrigibles maniaques.

L'homme à l'embonpoint se leva soudain de sa chaise.

Nous nous sentîmes obligés de l'imiter. Il était temps pour nous de partir. Aucune parole de Weil ne nous le demanda, mais son attitude ainsi que son sourire silencieux nous y invitaient.

En s'appuyant sur le pommeau argenté de sa canne, Dagorn tenta de s'arracher de son fauteuil. Il échoua à la première tentative et je vins à sa rescousse pour le mettre debout à la seconde.

Le notaire nous conduisit jusqu'à sa porte d'entrée en déviant la conversation sur Carla. Il nous servit quelques banalités sur l'intensité de la tempête et ses conséquences immédiates pour Ouessant. Son laïus s'acheva dès qu'il posa ses doigts sur la poignée. Il nous regarda avec une certaine mansuétude et finit par déclarer de sa voix posée et sage :

— Désolé, messieurs, d'avoir déçu vos espérances. Cependant, ce n'est pas chez moi que vous trouverez le mobile de ces deux crimes. Il va falloir vous tourner vers d'autres pistes.

Il ouvrit la porte, laissant le sifflement des rafales s'engouffrer dans le couloir, et il nous tendit sa grosse main.

— Oui, vous avez raison, M. Weil, souffla Dagorn en lui serrant la main. Et nous allons nous y atteler de suite !

— Encore désolé pour le dérangement, ajoutai-je dans la foulée avant de courir jusqu'à ma voiture.

01 h 12

La mairie était d'un calme étrange et agréable, une oasis de quiétude dans un désert de vent et de tourmente. Il n'y avait pas un bruit à l'intérieur, à tel point que je crus au départ qu'il n'y avait plus âme qui vive en ce lieu et qu'on avait laissé les lumières allumées pour éclairer seulement des pièces vides.

Je me trompais.

À gauche, dans la salle du conseil, une silhouette filiforme nous tournait le dos, figée entre la table et une chaise. Brendan Argouet était tellement perdu dans ses pensées qu'il n'avait pas dû nous entendre rentrer. Dagorn se dirigea vers lui pour aller aux nouvelles.

Je ne le suivis pas, préférant gagner l'étage pour me servir un café. Je n'avais plus l'habitude de veiller aussi tard, et même si l'adrénaline me maintenait éveillé, je sentais qu'il me fallait du carburant chaud pour faire fonctionner la machine de façon optimale et surtout, pour aiguiser les rouages de mon cerveau.

En pénétrant dans notre petite salle de convivialité, je découvris Marie Karadec assise près du photocopieur, son cabot roulé en boule sous sa chaise. Elvis couinait d'une façon lancinante, mais ne jappait plus depuis un petit moment, depuis que la tempête avait redoublé de vigueur en fait. Cela devait lui ficher la trouille. À moins que, mauvais perdant, il n'eût pas apprécié qu'on se mette à gueuler plus fort que lui. Il faut dire que le ciel était particulièrement en voix ce soir et qu'il aboyait sa colère sans perdre haleine. La queue entre les pattes, le chien s'était blotti sous sa maîtresse qu'il devait voir comme son ultime refuge. S'il avait pu se faire plus petit encore, ou même rentrer dans un trou de souris, je crois bien qu'il l'aurait fait.

Je m'approchai de la mère Karadec et fis mine de m'intéresser à son cabot, plus par politesse que par un réel intérêt :

— On dirait que votre Elvis a peur.

— Il n'est pas le seul, monsieur le maire.

— Allons, Mme Karadec, en Ouessantine pure et dure, ce n'est pas le premier coup de vent que vous vivez. Il en faut plus pour vous effrayer, non ?

— Il est bien question de coup de vent ! Je vous parle de ce meurtrier qui se trimbale sur l'île et dont on ne sait rien de son identité, ni de ses intentions. M. Leporet m'a dit que vous ne soupçonniez plus Tristan Borvon, et que cela pouvait être n'importe qui, lança-t-elle le regard noir. Et n'importe qui, cela peut être tout le monde !

Je ne répondis pas tout de suite, prenant le temps d'avaler quelques gorgées d'un café tiède, un peu trop clair à mon goût. Je prenais surtout le temps de peaufiner une réponse rassurante.

— Voyons, il ne faut pas se mettre martel en tête. Vous ne risquez rien, vous, une femme en retraite, une ancienne commerçante. Je ne sais pas du tout ce que cherche cet assassin, mais je peux vous garantir qu'il n'en a pas après vous.

— C'est gentil de dire cela, M. Perrec, mais en étant un minimum honnête, vous diriez que vous n'en avez aucune idée. Vous êtes comme nous tous, vous nagez en plein mystère, sans savoir pourquoi ce type a tué Erwan et Enora, et s'il a encore d'autres victimes en vue.

J'avoue que je ne savais plus quoi lui répondre.

C'est à cet instant précis que Loïc Dagorn fit son apparition, me servant de diversion très appréciable, m'évitant ainsi de poursuivre cette conversation embarrassante.

— Ils ont retrouvé l'Érythréenne ! lâcha-t-il subitement, tout excité. Argouet vient de me dire qu'ils l'ont enfermée dans une cellule de la gendarmerie et qu'ils sont en train de l'interroger. Ils veulent en savoir plus sur sa présence sur notre île. Tout le monde est là-bas. Allez viens, Fanch, il faut que nous y allions aussi.

La vieille épicière crut bon d'intervenir pour corriger une erreur de Dagorn :

— Détrompez-vous, docteur, tout le monde n'est pas parti à la gendarmerie.

— C'est pourtant ce que M. Argouet vient de me dire.

— Il a omis de vous dire qu'Évelyne Vallon n'en pouvait plus de rester ici, loin de ses enfants alors que la tempête était imminente.

— Elle n'est tout de même pas repartie chez elle toute seule ?

— Non, M. Bonnemayre s'est proposé de la raccompagner en voiture jusqu'au Frugullou[1]. Il a dit que c'était moins risqué.

— Il a eu bien raison. Quand sont-ils partis ?

— Il y a bien une heure et demie.

— Et Pol Bonnemayre n'est toujours pas rentré ?

— Non, pas encore, mais cela ne saurait tarder.

La gendarmerie n'était qu'à cinquante mètres de la mairie. Pas plus.

Pourtant, je crus plus prudent de prendre ma voiture, au moins pour éviter à Loïc de devoir affronter la virulence du vent avec sa patte folle. À l'instar d'un char d'assaut qui protège de la mitraille sur le champ de bataille, ma Peugeot 405 était fort utile pour se frayer un chemin au milieu des bourrasques. Mes essuie-glaces battaient à plein pour évacuer l'écume liquide qui dégringolait des cieux.

1 Hameau de l'île sur la route entre le bourg et le Stiff.

Heureusement, le portail bleu était déjà ouvert et je pus rouler jusqu'au plus près de la porte. La lumière vacillante d'un réverbère malmené par les rafales éclairait les lettres blanches sur fond bleu de la pancarte « gendarmerie » qui trônait au milieu de la façade jaune ocre du bâtiment.

À mon signal, nous sortîmes de la voiture pour franchir à pied le dernier mètre qui nous séparait de la porte.

À peine entrés, Jacques Minot vint à notre rencontre, un grand sourire fendant sa figure ronde.

— C'est bon, on l'a retrouvée !

Il avait lâché cette phrase, simplement, avec juste un accent de fierté comme le ferait un chasseur qui signifie à un proche qu'il n'est pas rentré bredouille, qu'il a même fait une belle prise. Il était tout content de nous annoncer que c'était lui qui avait finalement déniché l'Érythréenne. Il nous expliqua qu'elle s'était cachée dans la cave, derrière des planches près de l'établi, un endroit où ils étaient passés plusieurs fois sans la repérer :

— Vous savez, on n'aurait jamais pu se douter que quelqu'un puisse se planquer là, il y avait tellement peu de place. Mais elle, elle n'est pas bien grosse et elle a réussi à se faufiler dans ce recoin. Quand on l'a retrouvée, elle était toute blottie dans son coin, comme un animal apeuré. Elle ne disait rien, ne pleurait pas, nous fixant juste de ses yeux inquiets. Elle était pieds nus, portant un grand vêtement, vous savez comme ceux qu'ont les Africains, une sorte de grand drap bariolé.

— Un boubou ?

— Ouais, un truc dans le genre, enfin un machin pas pratique à porter, aussi large que la voile de mon *Lascar*[2].

Notre Minot national avait toujours été un peu bavard, mais la découverte de l'Érythréenne semblait le mettre

2 Le *Lascar du Toul'Ru* est le nom d'un canot à voile.

particulièrement en verve. Quand il était lancé comme cela, on ne savait jamais où il allait s'arrêter, il n'avait pas vraiment de limites. Il se mit à nous parler de sa chevelure, fournie et crépue, si abondante qu'elle aurait pu perdre un peigne dedans sans espoir de le retrouver un jour.

Comme pour nous prendre à témoin, il nous fit approcher de quelques pas. Elle était dans la cellule de dégrisement, assise dans une posture raide, faisant face à un Damien Stevenin qui tentait de l'interroger en usant d'une combinaison lexicale où se mêlaient de l'anglais et quelques expressions italiennes. De ma place, je la voyais très mal, les dos d'Amélie et de Leporet formaient un rempart qui la dissimulait à mon regard.

À mes côtés, l'électricien n'en finissait plus de parler :

— Moi, je trouve qu'elle n'est pas si noire que cela pour une Africaine, elle est plutôt café au lait.

Je ne pus m'empêcher de hausser les épaules de consternation en l'entendant déblatérer ses âneries. Cela ne volait pas bien haut parfois son humour franchouillard.

— Et toi, tu es blanc comment ? répliquai-je. Plutôt blanc chantilly ou blanc cassé ? Peut-être blanc rosé ?

— T'es con, Fanch, je veux dire qu'elle fait plus métisse que noire. Et puis, elle n'est pas épaisse, une vraie planche à pain. Je ne sais pas s'il y a encore des cannibales en Érythrée, mais ce n'est pas en bouffant ce genre de fille qu'ils risqueraient une indigestion.

Décidément, qu'est-ce qu'il pouvait être lourd le Minot parfois avec ses réflexions ! Lourd et vulgaire, mais en me rapprochant encore un peu de la cellule, je pouvais rajouter à cette liste de qualificatifs, les termes « peu observateur » ou « injuste » tellement il avait tu sa principale caractéristique. Au premier regard, je réalisai que cette Nurah Hashim était une jeune femme d'une grande beauté, une beauté froide et un peu hautaine. À moins que ce soit la peur qui l'ait paré de ce masque un peu rigide, sans sourire, sans étincelle dans ses yeux brunâtres en forme d'amandes effilées. Ses joues étaient creuses, le nez fin et petit. Elle avait un port de lèvres légèrement altier et fier, suffisamment pour conférer à sa bouche une certaine noblesse. Elle me faisait songer à une princesse égyptienne ou nubienne, comme celles dont on pouvait encore admirer les profils peints dans les ruines de palais antiques reposant au bord du Nil.

Benoît Leporet remarqua soudain notre présence et vint jusqu'à nous pour nous mettre au parfum des dernières nouvelles. Sans se gêner, il brûla la priorité à Minot en lui coupant la parole. Sa voix était plus affable que de coutume, plus basse également, comme s'il voulait nous confier un secret, à moins qu'il cherchât plutôt à ne pas perturber Damien dans ses tentatives laborieuses de traduction.

— On a réussi à en apprendre un peu plus sur elle, glissa-t-il sans attendre. Cela ne s'est pas fait sans mal, mais notre instituteur, à force de patience et d'un mélange de diverses langues qu'il maîtrise avec plus ou moins de succès, est parvenu à lui arracher quelques bribes de son histoire.

— Qu'a-t-elle dit ? demanda Dagorn impatient.

— Si je vous dis l'*Insobornable* ? Cela vous rappelle quelque chose ?

— Ce n'est pas le nom de ce bateau espagnol qui, l'été dernier, a été drossé vers l'île de Balanec[3] ?

— C'est bien cela. Ce bateau de commerce avait quitté le port de Gijón en Asturies pour officiellement aller à Plymouth, mais en plein coup de vent, suite à une panne de leur système électronique, il avait quitté le rail d'Ouessant[4] et avait dérivé vers l'est, avant d'éventrer sa coque sur des récifs.

---

3 Île au nord de l'île de Molène.

4 Couloir maritime au large d'Ouessant où la navigation est réglementée.

— Je me souviens, cela avait été dramatique. En pleine nuit, le navire avait sombré avant que les secours soient sur place. La plupart des membres d'équipage avaient péri, ainsi que leurs… passagers…

J'avais cherché le mot le plus adéquat avant de le prononcer et j'avais choisi celui-ci, bien que je sache qu'il n'était pas conforme à la réalité. J'aurais dû dire « migrants » ou « réfugiés », même « malheureux » aurait mieux convenu que passagers. Je me rappelais, cela avait fait scandale à l'époque, la presse avait découvert que l'armateur de l'*Insobornable* n'était autre qu'une immonde crapule, un salaud de passeur. Il monnayait auprès des Africains qui s'échouaient dans sa ville natale le passage clandestin jusqu'au Royaume-Uni. Ce petit trafic illégal, mais ô combien lucratif durait déjà depuis quatre ans et aurait pu durer encore des années si ce drame n'avait pas porté à la connaissance du monde entier la nature réelle de ses activités. Lorsque le bateau avait coulé à pic, au milieu d'un grain particulièrement virulent, nombre de migrants enfermés dans les soutes y avaient laissé leur peau. Le hasard avait fait que quelques chalutiers français qui frayaient dans le secteur s'étaient déportés vers le lieu du sinistre et ses environs. Quelques rescapés furent repêchés, mais surtout quantité de cadavres, essentiellement africains.

— Que devons-nous comprendre au juste, M. Leporet ? interrogea le docteur. Que cette fille était à bord de l'*Insobornable* ?

— C'est ce qu'on a interprété en tout cas de tout son charabia, répondit-il d'un ton assuré.

— Mais co… comment est-ce…

— Comment cette Nurah se trouve-t-elle désormais sur Ouessant ?

— Oui, comme cela se fait-il ?

— À ce qu'on a compris, l'*Emvrud* d'Erwan Abgrall était en mer la nuit du naufrage et il a dû repêcher cette fille.

Dagorn et moi, nous nous sommes regardés, un peu abasourdis, sans oser comprendre ce que le banquier était en train de nous expliquer.

— Il a repêché la fille en toute discrétion, reprit-il, et sans le signaler aux autorités, il l'a ramenée à Ouessant. Chez lui, quoi...

— Qu'est-ce que vous essayez de nous dire au juste ?

— J'essaye de vous dire l'intraduisible, l'impensable, lâcha-t-il d'une voix plus ténue. Mais il semblerait que notre cher concitoyen ait voulu garder cette fille pour lui.

— Vous voulez dire que…

— Qu'il l'a séquestrée au Goubars, dans sa cave, à l'abri de tous les regards, lui confisquant son passeport, et qu'il en a fait son esclave, son esclave sexuelle… Enfin c'est ce que nous avons cru comprendre de ses tentatives de réponses et de ses gestes malheureusement explicites.

Je devinai que Minot allait surenchérir sur les propos de Leporet, mais avant qu'il puisse même entrouvrir les lèvres, je le fusillai du regard, lui intimant de la fermer, il n'était plus temps aux blagues grivoises ou aux conneries qu'il avait tendance à proférer à tire-larigot.

L'électricien comprit le message et referma la bouche avant d'avoir proféré le moindre son.

Notre médecin prit la parole à son tour, moins pour nous parler que pour penser à haute voix, essayant de synthétiser ces dernières révélations, histoire de faire avancer ses investigations. Maintenant qu'une raison logique expliquait la présence de l'Érythréenne au Goubars, il voulait savoir si elle avait été témoin du meurtre d'Erwan.

Cette fois, Leporet ne put lui répondre. Il haussa simplement les épaules, disant que c'était justement ce que M. Stevenin tentait de savoir.

Nous nous sommes approchés de la cellule, un peu rapidement peut-être, apparaissant subitement dans le champ de vision de la fille.

Elle poussa aussitôt un cri, court et rauque, qui avait une certaine similitude avec le cri d'alarme du crave[5]. De peur, elle se recroquevilla sur le banc, relevant ses genoux et ses bras devant son corps, tel un fragile rempart entre elle et nous.

Amélie s'emporta, disant que nous étions d'irrécupérables idiots à surgir ainsi devant cette malheureuse qu'ils s'échinaient à mettre en confiance depuis une bonne demi-heure pour qu'elle se confie un minimum et voilà que nous faisions tout tomber à l'eau. Elle ne décolérait pas de notre manque de discrétion. Damien ne dit rien, mais visiblement il partageait l'avis de mon ex. Il voyait bien que Nurah s'était refermée sur elle-même comme une huître devant un danger et qu'il ne serait pas évident de la remettre en confiance. Il nous demanda de le laisser seul avec elle, qu'il pensait être capable de l'amadouer et même de faire envoler toute défiance à son égard. Il insista, ajoutant qu'après tout, il était le seul à être en mesure de traduire ses paroles. Sa demande, toute courtoise fût-elle, n'en était pas moins ferme. Nous ne pouvions que nous incliner et rentrer à la mairie. Amélie se proposa pour rester et l'épauler, mais il déclina son offre, préférant rester seul.

Elle n'insista pas, et nous non plus.

Amélie et Loïc ne firent pas d'histoires pour grimper dans ma 405, bien à l'abri du vent. J'avais proposé à Minot et à Leporet de faire de même, mais ils s'y étaient refusés, prétextant que la mairie était toute proche et qu'il était ridicule d'utiliser une voiture pour un trajet si court.

---

5 Le crave à bec rouge est une espèce d'oiseau de la famille des corvidés vivant sur les falaises côtières.

L'électricien se moqua, affirmant même qu'ils y seraient avant nous. J'insistai, argumentant que ce n'était guère prudent de braver ainsi Carla, mais ils ne cédèrent pas.

Tant que le muret de la gendarmerie les protégeait, ils pouvaient continuer de fanfaronner, mais une fois le portail franchi, ils se trouvèrent en plein vent, les rafales ne les épargnaient plus, rendant leur déambulation difficile, voire grotesque. Ils avançaient un peu courbés, se tenant par les mains, cherchant à ne pas tomber sur le bitume.

À les voir ainsi, ils me faisaient penser à quelques malheureux insectes qui s'enhardissaient à progresser sur une table et qu'un humain à l'esprit taquin s'amusait à faire envoler en leur soufflant dessus de toutes ses forces.

Ils finirent par atteindre la porte de la mairie, mais après nous.

L'envie de fanfaronner leur était passée.

01 h 49

— Ah, je raffole de ça ! J'en mangerais sur la tête d'un pouilleux tellement c'est bon.

Jacques Minot était aux anges. Il enfournait les cuillerées de bouillie à une cadence d'usine, un vrai travail à la chaîne pour rassasier son appétit.

Nous étions tous attablés dans notre salle de convivialité à manger ce plat qui sentait bon, qui avait le goût sucré de notre enfance et de nos souvenirs de vacances chez nos grands-parents.

Les événements de la soirée nous avaient donné faim et la mère Karadec s'était proposée pour nous concocter un petit frichti, pas un repas de satrape, juste de quoi nous caler l'estomac et c'était très bien ainsi. Elle avait fait de son mieux, avec les moyens du bord, avec les quelques ingrédients à sa disposition, de la maïzena, du sucre, du lait et du *Van Houten*. Et c'est autour de cette bouillie au chocolat, chaude et épaisse, que nous avons repris nos conversations, l'esprit plus léger :

— Dis donc, le Erwan, attaqua Jacques Minot en léchant sa cuillère, il ne s'emmerdait pas. Cela ne lui suffisait pas d'avoir une épouse, il fallait en plus qu'il ait une autre femme, à domicile et à disposition, s'il vous plaît.

— Remarquez, cela ne lui a pas porté bonheur, puisqu'il est mort, ajouta Argouet.

— Les femmes, ça porte malheur aux marins, c'est bien connu.

— Oui, mais à bord seulement, précisa Leporet.

— Je peux te dire qu'avoir deux bonnes femmes sous un même toit, avec un seul homme, à bord ou sur le plancher des vaches, cela porte malheur tout pareil. C'est source de tracasseries et d'engueulades, s'esclaffa Minot. Moi, je n'en ai eu qu'une, mais c'était déjà la guerre, alors deux, j'imagine même pas !

Nous nous sommes mis à rire, bien que sa saillie ne soit pas si drôle, je crois surtout que nous étions tous en train de décompresser, d'essayer de nous changer un instant les idées. La noirceur de cette soirée et des événements avait besoin d'un tantinet d'éclaircies. Mais il faut croire que plus l'esprit était léger, plus les propos étaient lourds. En tout cas, pour Amélie, notre discussion paraissait bien pesante, assez pour nous en faire la remarque. Avec elle, c'était toujours franc et direct, il n'y avait pas deux poids et deux mesures. Quand elle avait un reproche à faire, elle y allait franco :

— Non, mais vous vous entendez ? Vous écoutez ce que vous êtes en train de dire ? Vous réalisez qu'il avait réduit cette pauvre fille à l'état d'esclave sexuelle ? On ne parle pas d'un phantasme, là, mais d'une situation réelle et bien sordide. Ce n'était qu'une gamine, loin de chez elle, loin des siens, enfermée dans une cave, obligée d'assouvir les besoins libidineux d'Erwan.

— Ah, vous êtes bien des bonhommes à parler comme ça ! lâcha Marie Karadec, sans que je sache si c'était par conviction ou par solidarité féminine.

— Et Enora, vous y avez pensé ? poursuivit mon ex avec le ton d'une prof qui réprimande des élèves fautifs. Elle était forcément au courant, mais n'osait sans doute pas dénoncer son mari. Rappelez-vous, Tristan Borvon nous a appris qu'elle avait peur d'Erwan, qu'il avait menacé de la tuer si elle parlait. Vous vous rendez compte que ce type terrorisait deux femmes, son épouse et sa prisonnière ? Alors je ne crois vraiment pas qu'il y ait de quoi rigoler.

Sur ce, elle nous planta là.

Elle préféra quitter cette pièce pour une autre, le temps de se calmer ou juste pour ne plus voir nos trombines de mâles.

Quelques secondes après, la vieille épicière fit de même.

Nous restâmes tous les cinq, un peu penauds autour de cette table, devant nos assiettes vides. Le moins que l'on puisse dire était que la diatribe d'Amélie avait jeté un froid. Nous savions qu'elle avait raison et nous ressentions un peu de remords de n'avoir pas pris plus au sérieux et au tragique cette situation.

Peu à peu, notre conversation ressuscita d'une manière plus réfléchie. C'était Benoît Leporet qui l'avait fait renaître en lui donnant une nouvelle direction, sur le chemin de nos précédentes investigations. Le meurtrier était toujours introuvable, et lui pensait avoir une nouvelle piste :

— Et si c'était l'Érythréenne qui avait fait le coup ?

— Comment ça ?

— Si c'était elle qui avait tué Abgrall ? Elle n'a pas supporté plus longtemps qu'il la viole et elle lui a réglé son affaire une bonne fois pour toutes.

— Cela me paraît peu probable, intervint Dagorn. Erwan est mort poignardé dans la salle et la fille était enfermée dans la cave.

— Peut-être qu'il la libérait de temps en temps, qu'il la laissait venir au rez-de-chaussée quand Enora était partie et elle en a profité pour le planter.

— Tu oublies que nous avons retrouvé la porte de la cave fermée à clef, et avec la fille à l'intérieur.

— Je ne sais pas, peut-être qu'elle a crocheté la porte avec un fil de fer ou un outil quelconque, comme on voit dans les films.

Le banquier était en train de s'empêtrer dans des explications et des hypothèses qui ne convainquaient personne. Et comme si cela ne suffisait pas, son beau-frère lui servit un nouvel argument qui mettait à mal sa théorie déjà chancelante :

— Cette fille n'avait même pas 20 ans et même si elle avait réussi à aller dans la salle, elle était trop fluette pour venir à bout d'un morceau comme Abgrall. Il devait faire le double de son poids. C'était un vrai bestiau par rapport à elle.

— Cela ne veut rien dire ! tenta encore Leporet avec l'énergie du désespoir. Dans son pays, les femmes ne sont pas élevées dans du coton comme les filles de chez nous. Toutes jeunes, elles doivent travailler pour gagner leur croûte. Cette vie rude les endurcit, les rend plus coriaces. Même si elle a des bras pas plus épais que des baguettes de coudrier, elle doit avoir de la force.

Cette fois, c'est moi qui pris la parole :

— Qu'elle tue Erwan, c'est encore plausible, mais qu'elle course Enora jusqu'au lavoir du port pour la noyer, cela me paraît trop gros. Pour moi, elle n'a pas pu faire le coup.

Je crois qu'en ces quelques mots, j'avais résumé la pensée de la plupart des gens attablés. Nurah Hashim n'était pas la meurtrière.

Devant tous nos arguments, Leporet dut se rendre à l'évidence qu'il faisait fausse route, mais ce n'était pas pour autant qu'il acceptait de rendre les armes. Il avait une autre hypothèse qu'il nous dévoila sans attendre :

— Et si c'était quelqu'un de son pays qui avait retrouvé sa trace sur notre île, un mari ou un frangin. Ce gars-là, lorsqu'il a compris qu'Erwan abusait d'elle, a peut-être voulu lui rendre la monnaie de sa pièce. Il est rentré chez les Abgrall et il a dessoudé le mari comme la femme.

— Tu penses à un Érythréen ? demandai-je.

Le banquier n'eut pas le temps de répondre que l'électricien donna son avis, d'une voix éclatante :

— Alors là, j'y crois pas une seconde, s'écria-t-il en claquant sa main sur sa cuisse. S'il s'était baladé sur l'île, on l'aurait tout de suite remarqué. Un type comme ça, cela se voit comme un nez au milieu du visage.

Il n'avait pas encore fini sa phrase que tout le monde s'était retourné vers lui, le fixant assez sévèrement. On se méfiait toujours de ce qu'il était capable de sortir lorsqu'il était lancé sur un sujet. Il faut dire que Minot, il était un peu pareil qu'un tonton éloigné qu'on aurait invité pour une noce et dont on ne savait jamais ce qu'il allait dire comme ânerie dès qu'il avait un coup dans le nez. Le genre de tonton qui n'était pas raciste, mais qui charriait beaucoup les Arabes et les Africains en général, qui n'était pas non plus misogyne pour un sou, mais qui n'était pas avare de blagues de cul ou sur les blondes. L'archétype du lourdaud qui prétendait n'avoir rien contre les femmes, au contraire qu'il aimait bien être contre, enfin tout contre, surtout si elles avaient de bons pare-chocs. Le type même du gars qui affirmait ne rien avoir contre les étrangers, la preuve, c'est qu'il aimait le couscous et les nems. Eh bien, notre Minot, il était pareil, toujours un peu *borderline*, sans savoir quand il allait franchir la limite. Il avait bien remarqué d'ailleurs tous nos regards désapprobateurs pointés vers lui.

Il hésita encore un brin, puis finit par lâcher ce qu'il avait sur le bout de la langue :

— Ben quoi ? Je n'ai pas dit de bêtises. Il n'y a quand même pas beaucoup de Noirs qui se trimbalent sur notre île, non ? On ne risque pas encore de confondre Ouessant avec le Cap-Vert. J'ai pas raison ?

C'est vrai qu'il n'avait pas tort. Nous le concédions tous. Une personne de couleur sur notre île en période de fête de fin d'année aurait été vue, immanquablement.

Elle aurait pu se cacher, mais on ne se cache pas si aisément sur une île qu'on ne connaît pas. À moins qu'elle ait eu un complice parmi les Ouessantins, mais cela nous paraissait peu concevable.

En bref, rien ne semblait clair ni évident. Tous les suspects supposés à un moment ou à un autre de cette pseudo-enquête apparaissaient au fur et à mesure des réflexions et des arguments moins coupables qu'au départ. Enora, Tristan, l'Érythréenne ou un de ses compatriotes, toutes ces pistes suivies n'aboutissaient plus à rien. À chaque fois, un élément ou une incohérence venait remettre en cause l'hypothèse envisagée.

Les coudes appuyés sur la table, Brendan Argouet n'en démordait pas. Pour lui, l'assassin était forcément un pervers qui avait voulu violer la belle Enora. Il s'était débarrassé du mari et avait essayé d'assouvir son désir en la forçant, il n'y avait pas de doute, disait-il. Sa voix commença à tressaillir lorsqu'il lista les qualités de cette femme, ses cheveux blonds magnifiques, la cambrure de son dos qui aurait fait mourir de jalousie une danseuse andalouse, son sourire assez large pour mordre la vie à pleines dents, ses bras si fins, si blancs, si doux... Ses yeux s'embuèrent en se remémorant la beauté d'Enora. Il injuria l'ordure qui avait fait du mal à son amie d'enfance, qui avait osé la toucher, peut-être la souiller, avant de la noyer. Seuls un malade mental, un pervers sexuel pouvaient avoir commis une telle abomination. Les larmes dévalèrent le long de ses joues creuses, en un torrent intarissable, inconsolable.

Notre directeur de banque prit la parole à son tour, de sa voix imposante, cherchant à couvrir les pleurs de son beau-frère, pour évoquer les défauts d'Erwan Abgrall. Il nous rappela que c'était un type colérique qui aimait la chicane, assez procédurier, qui se fâchait avec pas mal de monde sur l'île, lui-même avait eu maille à partir avec le marin-pêcheur à l'agence. Combien de fois, glissa Leporet, avait-il menacé un voisin ou un commerçant d'Ouessant de lui faire un procès ou juste de lui faire une sale réputation? Dagorn ne put qu'acquiescer, reconnaissant avoir reçu une telle menace de son cousin lors du décès de sa tante. Cette confirmation apporta de l'eau au moulin à paroles du banquier qui ne tarissait pas de reproches contre Erwan. Il y allait si vertement, si violemment, que le mort était rhabillé pour l'éternité. Il ajouta que l'assassin était à coup sûr une des victimes des menaces d'Erwan, quelqu'un qui se sentait acculé et qui avait fini par craquer, qui était venu s'expliquer avec lui et qui l'avait tué dans la dispute…

Notre docteur, qui se targuait d'être assez bon limier, reconnut que l'idée n'était pas absurde, qu'il faudrait peut-être creuser en ce sens. Mais pour l'instant, il revenait sur des points de détails qui le chiffonnaient : sur la chronologie des décès, Enora avait-elle été tuée avant Erwan ou l'inverse? Sur le nettoyage à l'eau de javel que quelqu'un avait pu faire dans une maison mal entretenue; sur le fait qu'Enora ait été retrouvée à moitié nue alors qu'il était persuadé qu'elle n'avait pas été violée… Chacun essaya de commenter ces différents points sans avoir de réelle réponse. Quant à Minot, il n'avait aucun avis. Il s'était juste servi une bière et la sirotait tranquillement en nous écoutant, disant qu'à une heure aussi tardive, il n'avait plus l'esprit assez alerte pour jouer au détective. Cette histoire était si alambiquée qu'il en perdait son latin, et son français tout pareil, ajouta-t-il en riochant.

Et moi, je ne pris presque pas la parole, seulement pour faire part de mon inquiétude à propos de Pol Bonnemayre qui n'était pas encore revenu à la mairie. Cela faisait trop longtemps qu'il était parti, ce n'était pas normal ce retard. Les autres ne prenaient pas la chose au sérieux, affirmant qu'il avait juste dû être retardé par la tempête, mais ils ne me convainquirent pas.

Je craignais qu'il se soit passé quelque chose.

Nous finîmes par nous séparer. Je sentais mes compagnons, agacés de ne pas avancer, de ne pas trouver le moindre indice. Et puis surtout, nous commencions tous à sentir les effets de la fatigue. Plusieurs fois, je me mis à bâiller assez bruyamment. Minot m'en avait fait la réflexion :

— À force, tu vas te décrocher la mâchoire, mon vieux.

Je souris, lui disant que j'allais me reposer. Chacun fit de même, s'éparpillant dans tout le bâtiment, cherchant un endroit où s'asseoir ou juste se détendre.

Loïc Dagorn se leva, disant qu'il allait se reposer dans le bureau de la comptable, mais avant, il prit la peine de mettre de côté une assiette de bouillie qu'il posa dans le micro-ondes à l'attention de Damien et une sur un plateau pour notre prisonnière.

— Ils risquent d'avoir faim après leurs échanges, ces deux-là, lâcha-t-il en esquissant un petit sourire.

Je quittai la pièce alors que Minot était en train de s'installer sur la banquette qui encombrait notre salle de convivialité.

— Avec une petite couverture, je vais être aux petits oignons, lança-t-il en cherchant à s'allonger le plus confortablement possible.

Je finis par entrer dans mon bureau. Je me sentais nerveux, très nerveux même. Mes mains tremblaient. Dehors, la tempête battait son plein et je pensai à Pol qui n'avait toujours pas reparu. Je n'osai pas l'admettre, mais j'avais peur.

Je m'installai dans un de mes fauteuils. Je me mis à faire un peu de sophrologie, travaillant sur ma respiration pour m'apaiser et c'est à ce moment que les cris se firent entendre.

Ils venaient du rez-de-chaussée.

J'étais à peu près certain que c'était Benoît Leporet qui battait ainsi le rappel à travers toute la mairie.

Presque aussitôt, des pas précipités résonnèrent dans le couloir, dans les différentes pièces ou dans l'escalier. Tout le monde accourut pour savoir ce qu'il se passait encore, quelle nouvelle catastrophe venait de se produire.

02 h 46

Je fus le dernier à arriver sur les lieux.

Les autres étaient déjà agglutinés devant la porte du bureau d'Amélie, aussi serrés que des fans qui attendaient leur idole à la sortie d'une salle de concert, se bousculant pour mieux voir à l'intérieur.

La lumière était allumée et je crus apercevoir derrière ce rideau de corps la silhouette boiteuse de Dagorn.

— Que se passe-t-il ? demandai-je.

On ne me répondit pas tout de suite, tellement tous étaient interdits par ce qu'ils venaient d'apprendre.

Je réitérai ma question et cette fois, Argouet se retourna vers moi, les yeux éberlués. Il paraissait visiblement étonné que je ne sois pas encore au courant de ce nouvel événement qui avait ébranlé tout le monde. Je dus insister pour qu'il daigne enfin me servir une réponse valable.

— C'est Benoît qui nous a appelés. En allant aux toilettes, il est passé devant le bureau de Mme Gallec, celui-là même où nous avions entreposé le corps d'Enora, prit-il la peine de préciser.

— Oui, je suis au courant qu'Enora repose là-dedans, dis-je un peu excédé d'avoir ainsi les informations au compte-gouttes.

— Eh bien, il a été surpris de voir la porte entrebâillée et surtout qu'il y avait de la lumière à l'intérieur.

— Et alors ?

— Il a regardé et s'est aperçu que son cadavre avait été bougé, qu'il n'était plus tout à fait positionné de la même manière sur le bureau. Il a appelé le docteur Dagorn pour savoir si c'était lui qui avait examiné le corps de nouveau.

— Et qu'a-t-il répondu ?

— Que ce n'était pas lui, qu'il n'avait pas remis un pied dans cette pièce depuis l'autopsie. Alors il est entré et il a tout de suite vu que quelqu'un avait pénétré dans ce lieu pour faire un « nettoyage », enfin c'est le mot qu'a utilisé le docteur.

J'en avais assez entendu. Sans faire preuve de beaucoup de pondération, je me frayai un passage parmi ces corps regroupés pour rejoindre Dagorn. Celui-ci fut moins lambin qu'Argouet pour me donner des explications.

— Quelqu'un s'est introduit ici.

— Qui ça ?

Il hésita un instant à me répondre tant ma question lui semblait absurde. Il lâcha finalement ces quelques mots :

— Si je le savais…

— Mais qu'a-t-il fait au juste ?

— Il a fait disparaître les derniers éléments permettant de remonter jusqu'à lui.

— Comment cela ?

— Il a méticuleusement nettoyé les ongles d'Enora pour enlever toute trace de sang, et tout lambeau de chair qu'elle avait arrachés au meurtrier en le griffant. Ses ongles sont immaculés désormais, je parie qu'il n'y a plus rien d'exploitable pour une recherche d'ADN du meurtrier. Ce salaud a bien soigné son boulot.

— Et les prélèvements que tu avais effectués et mis dans un pot ?

— Volatilisés ! s'exclama-t-il en faisant un grand geste de la main à travers les airs comme le ferait un prestidigitateur après un de ses tours. Sur l'étagère, il n'a pris qu'un seul pot. Un seul, celui-ci ! Et il n'a pas touché au pot dans lequel j'avais mis le sperme recueilli.

— Si ce type n'y a pas touché, dis-je, c'est qu'il sait bien que ce n'est pas son sperme, qu'on ne peut pas remonter jusqu'à lui par ce biais.

— Tout juste, mon cher Watson ! Ce qui prouve qu'il n'a pas violé Enora comme nous le supposions.

Il se tut un instant, jeta un coup d'œil vers le groupe qui nous observait dans l'embrasure de la porte, puis tourna de nouveau son regard vers moi pour dire d'une voix plus sombre :

— On va tous se réunir dans la salle du conseil, Fanch. Il faut qu'on mette deux ou trois petites choses au clair.

Suite à cette recommandation, tout notre groupe se dirigea vers la grande pièce, tel un troupeau de moutons bien mené et bien obéissant. En marchant, mes compagnons restaient silencieux et graves, comme s'ils prenaient pleinement conscience que quelque chose d'important venait d'avoir lieu.

Dagorn me dit en aparté qu'il serait temps d'aller relayer Damien à la garde de notre prisonnière, qu'après tout, il avait peut-être réussi à faire parler la fille sur ce qu'elle avait vu ou entendu au moment du crime. J'abondai en son sens, me proposant d'y aller et d'apporter à l'Érythréenne son repas.

Contre toute attente, Amélie insista pour aller à la gendarmerie à ma place, argumentant qu'en tant que membre de la police municipale, cela faisait partie de ses prérogatives. Je m'y opposai fermement, affirmant que ce n'était guère prudent avec ce vent. Elle me répondit qu'elle n'était pas en sucre et qu'elle pouvait très bien rejoindre la gendarmerie avec ma 405, comme elle l'avait fait tout à l'heure. Je compris à l'intonation de sa voix qu'il ne fallait pas que je m'oppose davantage. Elle avait pris sa décision et il n'y avait pas à redire.

À l'instant où j'allai entrer dans la salle du conseil, je déclarai à mon ex :

— Nous avons laissé la bouillie pour l'Africaine à l'étage, sur la table. Je ne sais pas si elle va aimer, ce ne doit pas être le genre de plat qu'elle a l'habitude d'avaler.

— Si elle n'a pas mangé depuis un moment, je ne pense pas qu'elle chipotera.

— Dis bien à Damien qu'on lui a réservé aussi une part là-haut.

— Connaissant son appétit d'ogre, cela va le faire venir deux fois plus vite, dit-elle avec son sourire ravissant, large à faire fondre les anges.

— C'est pour cela qu'on lui a laissé une double part, une portion bien épaisse, bien chargée en maïzena, une dose à le caler en deux coups de cuillère à pot.

— Pour que Damien éprouve un sentiment de satiété, lâcha-t-elle en riant, il va lui falloir plus que deux cuillerées de bouillie.

Debout, appuyé sur sa canne, Dagorn prit la parole d'un ton un peu magistral, en grand maître de cérémonie qu'il semblait être pour l'heure. Il nous expliqua qu'un individu s'était introduit dans la mairie à l'insu de tous, afin d'entrer dans le bureau de la garde champêtre et de nettoyer les ongles de la morte. Et il n'y avait pas l'ombre d'un doute pour lui que cet individu était le meurtrier.

— Oh putain !

La vieille Karadec avait lâché ce mot, sans retenue, effrayée par ce qu'elle entendait. Pourtant, si elle avait réellement connu le fond de la pensée de Dagorn, ce n'est plus un juron qu'elle aurait proféré, mais tout un chapelet.

Notre docteur poursuivit son discours, nous demandant à tous de lui énumérer les lieux où nous nous étions trouvés cette dernière heure, afin de nous rendre compte à quel moment précis cet individu aurait pu agir, rentrer dans la mairie et se faufiler jusqu'au bureau.

Je savais bien, moi, où il voulait en venir, ce vieux roublard. Il avait eu le temps de me chuchoter à l'oreille qu'il n'y avait plus aucun doute à avoir, que le meurtrier ne venait aucunement de l'extérieur, qu'il était forcément l'un d'entre nous. Ce n'était pas possible autrement, m'avait-il confié, sinon comment le meurtrier aurait-il pu savoir que le corps d'Enora reposait dans cette pièce bien précise, comment aurait-il pu se douter que nous avions retrouvé des traces de sa peau et de son sang sous les ongles de la victime et que nous en avions conservé dans un innocent pot à confiture posé sur une étagère.

Par conséquent, pour lui, l'assassin était dans cette salle, parmi nous, et il allait essayer de le confondre, en comparant nos allées et venues dans ce bâtiment, les pièces où nous nous étions retirés, les personnes que nous avions croisées ou celles avec qui nous avions échangé quelques phrases.

Cela prit un certain temps pour tout résumer et tout consigner par écrit.

Oui, cela prit du temps, sans donner d'éléments tangibles. Tout ce que nous savions avec certitude était qu'au moment où Marie Karadec avait fini de préparer la bouillie et avait quitté la salle de repos, le bureau d'Amélie n'avait pas encore été visité. La vieille épicière pouvait en jurer, elle se souvenait être passée devant la porte fermée et s'être signée en pensant à Enora. Ensuite, il s'était écoulé près de cinquante minutes avant que Benoît Leporet remarque que la même porte avait été ouverte et que la lumière était restée allumée. Entre ces deux moments, Loïc Dagorn avait relevé dans son fouillis de notes que chacun d'entre nous s'était retrouvé seul, au moins une fois, dans un laps de temps plus ou moins court.

Je l'entendis émettre une sorte de soupir agacé.

Les autres durent croire qu'il grognait que personne n'ait pu entrevoir le meurtrier en train de pénétrer dans la mairie. Moi, je comprenais surtout qu'il s'irritait que le compte rendu de toutes nos déambulations au sein de la mairie ne lui permît pas de réduire drastiquement le nombre des suspects. Pour l'instant, chacun d'entre nous aurait pu théoriquement venir nettoyer les ongles d'Enora, et ça, ce n'était pas à son goût.

Notre docteur se sentait dans une impasse. Il s'approcha de moi pour me souffler :

— Comment se fait-il que Damien ne nous ait pas encore rejoints ? S'il en a appris plus par Nurah, seul lui peut encore nous aider à désemberlificoter ce sac de nœuds. Pourquoi n'est-il pas avec nous ?

Ce n'était pas faux ! J'en prenais soudainement conscience. Qu'est-ce qu'il pouvait bien foutre ? Il aurait dû revenir dès qu'Amélie l'avait rejoint pour prendre son tour de garde. Pourquoi tardait-il autant ?

À tout bien peser, il n'y avait pas que son retard qui n'était pas normal. Pol non plus n'était toujours pas rentré à la mairie et cela commençait à m'inquiéter sérieusement.

C'est là que j'entendis un bruit curieux.

Cela venait de dehors, j'étais prêt à en jurer.

J'en fis la remarque aux autres, disant que c'était un bruit étouffé, mais qui ressemblait à un klaxon.

Minot me railla, affirmant qu'avec le boucan que faisait le vent, on n'entendrait même pas un éléphant barrir.

C'était vrai que les rafales ne cessaient de gifler la façade du bâtiment, en émettant un sifflement lancinant et aliénant, mais je n'en démordais pas, j'avais bien entendu un bruit de klaxon.

Nous ouvrîmes un volet roulant et là, dans cette nuit noire où la tempête se déchaînait, nous vîmes des appels de phare. C'était tout proche, irradiant en direction de l'Auberge de la Duchesse Anne.

Jacques Minot fut le premier d'entre nous à comprendre :

— Ça vient de la gendarmerie, s'écria-t-il. Ce sont eux qui nous appellent. Ils doivent avoir des problèmes là-bas.

03 h 25

Sept minutes.

Il nous avait fallu sept minutes, à Dagorn, Leporet et moi, pour grimper dans la Volvo, rouler au cœur des bourrasques sur les cinquante mètres qui nous séparaient de la gendarmerie et pénétrer dans le bâtiment de la maréchaussée.

Amélie nous attendait sur le pas de la porte, en larmes. Ces sept minutes lui avaient semblé une éternité. Jamais des secours n'avaient dû être aussi lents à arriver pour elle.

Elle était seule dans la pièce. Le dos appuyé contre le mur, elle était chancelante et bouleversée.

Je me mis à l'interroger, lui demandant ce qu'il s'était passé, pourquoi elle nous avait alertés de toute urgence. Elle nous servit d'abord un imbroglio de mots et de sanglots :

— Je ne comprends pas. Il a dit… Il a trouvé que… C'était pas trop bon… Y avait un goût âcre… mais il a mangé quand même et…

Le reste de la phrase fut englouti dans un gémissement plaintif.

Dagorn avait dû comprendre le premier. Il se mit à crier « Damien ! Damien ! » et il fila dans la pièce d'à côté, là où se trouvaient les cellules.

Je tenais mon ex entre mes bras, lui conjurant de poursuivre :

— Plus tard il s'est plaint d'avoir froid… Et quand il m'a dit cela, il était blanc à faire peur… Et il a vomi, et encore vomi un truc rougeâtre…

À mon tour, je réalisai ce qu'elle était en train de nous décrire. Je sentis une boule compresser ma poitrine.

Je n'osai pas croire ce qu'elle racontait. Cela ne pouvait pas être vrai. Je l'entendis à peine me dire qu'il s'était mis à convulser, alors elle avait essayé de nous alerter, en se servant du klaxon de ma voiture, de faire des appels de phare. Elle ne put achever sa phrase.

Tout à coup, des hurlements retentirent. Là-bas, derrière cette porte. Du côté des cellules. Leporet m'appela en beuglant. Loïc, quant à lui, ne cessait de crier :

— Tiens bon, bordel ! Accroche-toi, Damien ! Accroche-toi !

J'accourus le plus vite que je pus et je découvris Dagorn agenouillé auprès de notre ami, son gros corps gisant sur un carrelage souillé de vomissures. C'était horrible à voir.

Damien agonisait en émettant un soufflement guttural, énorme et bestial, entrecoupé de râles rauques. Toute sa poitrine haletait et je pouvais voir ses côtes ainsi que son torse s'affaisser brusquement avant de se regonfler, puis de redescendre d'une manière exagérée, presque mécanique. Loïc tenta de lui faire un massage cardiaque, mais tout, absolument tout dans ses gestes, dans le timbre de sa voix, dans son regard, tout trahissait l'impuissance, l'insupportable impuissance. Il ne pouvait rien faire pour sauver mon ami, et moi, je ne pouvais rien non plus, ni Leporet. Nous le regardions en train de crever, en le suppliant de tenir, en l'implorant de vivre, comme si ces foutues paroles avaient une quelconque vertu thérapeutique ou même propitiatoire.

Le corps de Damien eut encore un soubresaut, très violent, comme provoqué par une puissante décharge électrique. Ce fut le dernier, le tout dernier. Désormais, il ne bougeait plus du tout.

Je ne saurai pas décrire exactement ce que je ressentis sur le coup, si ce n'était une horrible douleur dans le torse, et des sueurs froides tout le long du dos. Je ne parvenais pas à réaliser ce à quoi j'avais assisté. C'était l'impensable qui venait de se produire, l'inimaginable. Mon meilleur ami venait de mourir. Là ! Sous mes yeux !

Je fondis littéralement en larmes, sans retenue, sans pudeur, comme le ferait un gamin blessé dans les bras de sa mère, laissant aller ses pleurs et toute sa peine.

Comment était-ce possible ? Comment mon ami avait-il pu mourir ainsi empoisonné ? Qu'est-ce qui avait bien pu se produire pour qu'on en arrive là ?

Tout entier enseveli dans mon chagrin, j'écoutai à peine Benoît Leporet nous annoncer ce qu'il avait découvert :

— La Black aussi, elle est morte. Elle est étendue sur le sol de sa cellule, au milieu de son vomi.

Sur le coup, je m'en foutais royalement. Cela n'avait aucune importance à mes yeux, comparé à la perte de mon ami. Le monde entier aurait pu disparaître dans un cataclysme, à l'exception peut-être de mon Amélie, que cela ne m'aurait pas fait davantage réagir. J'avais perdu Damien, mon ami d'enfance, mon seul et véritable ami. C'était tout ce qui importait sur le moment.

Derrière mon dos, Dagorn, lui, avait su se ressaisir et avait entrepris de questionner mon ex pour connaître la chronologie des événements. À force de patience, entre quelques sanglots, il put obtenir certaines informations, que Damien n'avait pas voulu quitter la gendarmerie, qu'il avait voulu rester à interroger Nurah Hashim persuadé d'être parvenu peu à peu à l'amadouer. Amélie se moucha bruyamment avant de reprendre :

— Nous avons donné de la bouillie à la fille, qui en a mangé un bon tiers, et puis Damien en a pris également. Il avait faim et il a fini toute l'assiette.

— Et ensuite ? demanda le médecin d'une voix compatissante.

— Il s'est écoulé, je ne sais pas, un bon quart d'heure peut-être, et la fille a commencé à ne pas se sentir bien. Nous avons essayé de nous en occuper, de l'allonger, et bientôt c'est Damien qui s'est trouvé mal… Et puis… C'est arrivé… Il…

Elle ne put finir sa phrase. Les pleurs avaient repris le dessus.

Sans doute en se parlant à lui-même, plutôt qu'à nous autres, Loïc laissa échapper entre ses lèvres :

— Notre mystérieux meurtrier vient de faire deux nouvelles victimes, et nous n'avons rien pu faire pour l'en empêcher.

03 h 45

— Il n'y a aucun doute possible. Le meurtrier est forcément l'un d'entre nous !

La phrase de Loïc Dagorn avait claqué au sein de la salle du conseil avec ce même timbre lent et sinistre que l'on perçoit lorsqu'un docteur annonce à un patient qu'il est atteint d'un cancer, le genre de phrase qui vous glace sur le coup, tout en espérant avoir mal entendu, que ce n'est pas possible, qu'il doit y avoir erreur.

C'était peu de dire que ces quelques mots firent leur effet au sein de notre assemblée. Tous mes conseillers municipaux se mirent à regarder le médecin avec des yeux effrayés et déboussolés, pareils à ceux d'un lapin pris dans les phares d'une voiture.

Moi, je n'eus pas la même réaction. Je restai inerte sur ma chaise, le regard fixe sur le mur d'en face. J'étais encore sonné par la mort de mon ami Damien, littéralement plongé dans une sorte d'état apathique dont il m'était difficile d'émerger. Cette terrible réalité était trop dure à admettre, me laissant sans voix et sans réaction.

J'entendais cependant le ton sévère de Dagorn qui me parvenait, paraissant lointain et irréel comme si j'étais prisonnier d'un sommeil profond :

— M. Stevenin et Nurah Hashim ont été empoisonnés, il n'y a aucun doute sur le sujet. La bouillie qu'ils ont mangée à la gendarmerie contenait un ingrédient supplémentaire par rapport à la recette initiale de Mme Karadec, un ingrédient mortel, de l'arsenic pour être exact.

— Comment peux-tu être aussi catégorique ? s'enquit Amélie.

— J'ai d'abord reconnu les symptômes d'ingestion de ce poison, notamment les vomissements, mais pour en avoir le cœur net, j'ai procédé à une petite expérience. J'ai prélevé du vomi d'une de nos deux victimes, que j'ai mis dans un récipient en verre avant de le présenter aux flammes de notre gazinière. Vous devez savoir que sous l'effet de la chaleur, l'arsenic, en se sublimant, émet une odeur d'ail et c'est exactement ce que j'ai senti. C'est bien de l'arsenic qui les a tués. J'en mettrai ma main au feu.

Leporet fit une grimace. Cette réponse ne lui allait pas, ou plutôt elle ne collait pas avec ce qu'il avait entendu précédemment. En tant que cruciverbiste dans l'âme, il n'aimait pas l'approximatif, il fallait que tout rentre dans les cases, que chaque chose ait sa place, et que chaque question trouve sa réponse :

— Je ne vous suis pas dans votre raisonnement, docteur, lança-t-il avec cette voix revêche qu'il utilisait si souvent qu'on aurait dit que c'était lui qui en avait déposé le brevet. Vous nous dites que le meurtrier se trouve dans cette salle, qu'il est l'un d'entre nous et vous prétendez qu'il a utilisé de l'arsenic. Vous croyez vraiment qu'on peut trouver de l'arsenic au petit bonheur la chance, juste en se baissant ? Je vous rappelle que nous avons été bloqués une bonne partie de la soirée dans la mairie, comment voulez-vous que l'assassin ait pu se procurer ce poison ? À moins qu'il en ait eu dans ses poches, mais cela me paraît un peu tiré par les cheveux.

Argouet vint prêter main-forte à son beau-frère, ou plutôt sa voix, pour soutenir son argument :

— Il a raison ! Ce que Benoît a dit prouve que le meurtrier vient forcément de l'extérieur, qu'il a pu se fournir je ne sais où de l'arsenic, chose qu'un occupant de la mairie aurait été dans l'incapacité de faire.

Était-il persuadé de ce qu'il affirmait ou cherchait-il plutôt à se convaincre lui-même, pour se rassurer, que le criminel ne se trouvait pas dans cette salle, voire tout près de lui ?

Sans montrer la moindre hésitation, Dagorn répondit d'une voix sereine :

— Je comprends vos interrogations, néanmoins je maintiens ce que je prétends, pour la simple et bonne raison qu'il y a de l'arsenic dans la mairie, il y en a même un sacré stock.

Pour la seconde fois en moins de cinq minutes, mon ami avait créé la stupéfaction parmi nous. Il avait le chic pour faire son petit effet dramatique. À croire qu'il aimait cela, avoir toutes les cartes en main et abattre ses atouts un à un, rien que pour nous épater.

En tout cas, il savait bien ce qu'il disait. De l'arsenic, il y en avait beaucoup à la mairie, pour être exact dans le petit local où étaient rangées les archives les plus anciennes, des sacs entiers contenant du trioxyde d'arsenic. Oh, ce n'était pas pour le plaisir de les exposer sur des étagères qu'on en avait stocké là, mais par nécessité. Notre île était régulièrement envahie de rongeurs, surtout dans les grèves. Rats, mulots, souris pullulaient tellement, que la commune avait dû solliciter l'intervention de dératiseurs. On peut dire qu'ils n'avaient pas eu peur d'avoir la main lourde, ils avaient largement répandu de la mort-aux-rats pour tenter d'éradiquer la gent trotte-menu. Ils en avaient commandé une telle quantité qu'il restait encore un bon stock ; stock que les dératiseurs avaient laissé à la municipalité en retournant sur le continent. Il n'y avait là aucune générosité de leur part, seulement la logique puisque c'était la commune qui avait payé ces sacs, à elle d'en disposer.

— Cela fait bien deux ans que les sacs de mort-aux-rats prennent la poussière dans le local, poursuivit Dagorn. Le meurtrier a juste eu besoin d'y entrer en toute discrétion et de prélever de la poudre qu'il a ensuite mélangée à la bouillie.

— Mais pourquoi donc ? demanda la mère Karadec. S'il en voulait aux Abgrall, pourquoi continuer à tuer ?

— Sans doute a-t-il pensé que l'Érythréenne l'avait aperçue lorsqu'il a sévi au Goubars ? répondit le docteur. Elle devenait un témoin inattendu et surtout gênant. Il a préféré s'en débarrasser.

— Et pourquoi tuer M. Stevenin ? insista la vieille femme.

— Il était le seul d'entre nous à être capable de traduire ce que racontait la fille, ou du moins à comprendre des bribes d'explications. Il a dû craindre qu'elle finisse par cracher ce qu'elle savait et donc que Damien découvre son identité. Il n'a pas voulu prendre de risque, il a jugé plus prudent de tuer les deux d'un coup.

Rien que d'entendre le prénom de mon meilleur ami, j'avais envie de pleurer. Je le revoyais agoniser devant moi, le corps tressaillant sous les effets insidieux du poison.

Cette vision m'était insupportable.

Mon Amélie prit la parole. Elle aussi avait été secouée par cette scène à la gendarmerie, mais elle récupérait plus vite, sans doute parce qu'elle n'était pas aussi proche et complice avec Damien que moi.

— Plus j'y pense, moins je crois que Damien était visé par le meurtrier, dit-elle avec un certain aplomb. Quand je suis montée dans notre salle de repos, une seule assiette était posée sur la table, celle prévue pour Nurah. Ça, tout le monde ici avait pu l'entendre. J'ai apporté moi-même cette assiette à la gendarmerie. En théorie, elle n'était pas destinée à notre instit, seulement à la fille. Si Damien en a mangé, ce fut par pur hasard, à moins que le meurtrier ait envisagé que sa gloutonnerie proverbiale le forcerait à goûter au plat, mais je n'y crois pas. Il y aurait eu trop d'incertitudes…

— C'est une théorie qui se tient, admit Dagorn. Il ne fut peut-être qu'une victime collatérale du meurtre de l'Africaine.

C'était peut-être une erreur de ma part, mais je crus déceler l'espace d'un instant un soupçon de déception dans la voix de notre docteur. Il n'appréciait peut-être pas qu'on vienne battre en brèche son beau scénario bien ficelé.

— Et ce fameux local, il est fermé à clef normalement ? s'inquiéta Leporet. Où se trouve la clef ?

Loïc se tourna vers moi, m'interrogeant du regard. Je dus répondre même si je n'avais guère le cœur à parler :

— Il y a deux clefs au total. Une dans mon bureau, avec toutes les autres clefs de la mairie ou des bâtiments communaux. Et l'autre est dans le bureau de Sandrine.

— En libre accès ? demanda-t-il d'une voix plus mordante.

— Pas en libre accès, mais à la vue de tous.

— En bref, ces clefs n'étaient pas mises sous clef.

— C'est ce que je viens de dire, répliquai-je un peu agacé.

— Voilà bien un exemple frappant de l'incurie de votre administration, M. Perrec ! Laisser traîner les clefs d'un local qui renferme des produits aussi dangereux, ce n'est plus de la gabegie, c'est de l'incompétence, et je pèse mes mots.

Cela se voyait qu'il se faisait plaisir, le salaud. Il profitait de la situation pour m'attaquer, en frappant là où ça faisait mal. Pire qu'un charognard qui se sentirait ragaillardi rien qu'en reniflant la piste d'une proie blessée, sachant instinctivement qu'il aura le dessus.

Je lui ai dit d'aller se faire foutre, et que moi aussi je pesais mes mots.

— Si vous ajoutez la grossièreté à l'incompétence, monsieur le maire, vous me tendez le bâton pour vous faire battre. Continuez à ce rythme à nous montrer vos défauts et vous verrez qu'aux prochaines élections, c'est sans peine que je vous battrai.

Il commençait sérieusement à me gonfler le banquier. Si Amélie n'était pas intervenue, je crois que c'est avec un plaisir non dissimulé que je lui aurais claqué le baigneur.

— Arrêtez un peu tous les deux de vous disputer comme des chiffonniers ! lâcha-t-elle de sa voix éclatante. Vous ne croyez pas qu'il y ait plus urgent pour l'instant que de se crêper le chignon ?

— Mme Gallec dit vrai, renchérit la vieille épicière en caressant anxieusement la toison de son chien perché sur ses genoux. Si le docteur ne s'est pas trompé, le meurtrier est là, parmi nous. Sans savoir qui…

Le cabot poussa un petit cri aigu, la main tremblante de sa maîtresse avait dû se crisper brusquement dans sa fourrure, lui pinçant la peau. Marie Karadec avait peur, c'était visible, c'était palpable. Et elle n'était sans doute pas la seule.

Tout le monde se trouva subitement plongé dans une inquiétude silencieuse. Les regards circulèrent dans la salle, s'arrêtant furtivement sur certains visages dans l'espoir chimérique d'y déceler une moue particulière, une œillade ou une attitude étrange qui aurait pu trahir le coupable.

L'ambiance était particulièrement lourde. Nous sentions planer une sensation anxiogène, encore accentuée par le déchaînement des éléments contre la façade de la mairie.

Brendan Argouet tentait désespérément de se rassurer en remettant en cause la version de Dagorn :

— Le docteur doit se tromper. Ce n'est pas possible autrement. L'assassin vient forcément de l'extérieur, je le dis depuis le début.

Il n'avait aucun argument tangible à nous proposer, ni même la moindre parcelle de conviction dans la voix pour essayer de persuader notre assemblée. Je n'étais même pas sûr qu'il y croyait à sa version, il devait dire cela un peu comme une incantation magique ayant le pouvoir de repousser le mal au loin.

Il n'avait convaincu personne, et encore moins Loïc Dagorn qui surenchérit :

— J'aimerais que vous ayez raison, mais je n'ai plus aucun doute. Seul un individu se trouvant à l'intérieur de la mairie a pu ces dernières heures prendre la clef du local pour subtiliser de la mort-aux-rats et en verser dans la bouillie. Seul l'un d'entre nous était au courant que le corps d'Enora reposait dans le bureau de la garde champêtre que nous n'avions pas fermé à double tour. Seul l'un d'entre nous pouvait savoir que la malheureuse avait des lambeaux de chair de l'assassin sous les ongles et qu'il devait les faire disparaître. Personne de l'extérieur n'aurait pu savoir tout cela ou même œuvrer en toute tranquillité au sein de la mairie sans être vu.

Le docteur marqua une pause, avant de reprendre la parole, comme s'il avait besoin de peser tous ses mots avant de lâcher le pire. Il prit une légère inspiration et se décida :

— Nous sommes cinq hommes dans cette salle et le meurtrier est obligatoirement parmi ces cinq.

— Cinq ? Pourquoi cinq ? s'insurgea le banquier en surjouant l'étonné. Je dénombre sept personnes dans la salle du conseil, pas cinq. Et croyez-moi, dans mon métier, on sait compter.

— Nous devons enlever de la liste des suspects, répondit doucement Dagorn, les femmes ici présentes.

— Et pourquoi donc ? s'énerva Leporet. Les bonnes femmes nous tannent depuis des années en revendiquant l'égalité des sexes, et maintenant qu'il y a un coup dur, il faudrait les privilégier, les laisser de côté, sans qu'elles n'y retrouvent à redire. C'est un comble !

— Je vous ai déjà expliqué que pour moi, le meurtrier ne pouvait pas être une femme. Le coup de couteau, entré bien profondément dans la nuque de M. Abgrall, nécessitait trop de force, trop de vigueur, pour que cela puisse être le geste d'une personne de sexe féminin.

— Je ne suis pas d'accord avec vous. Je veux bien admettre que Mme Karadec est au-dessus de tout soupçon, car son âge, plus que son sexe, nous interdit l'idée qu'elle ait pu poignarder le marin-pêcheur, mais Mme Gallec doit faire partie des suspects, comme nous tous.

— Puisqu'on te dit qu'une femme n'aurait pas eu la capacité de commettre ce crime, intervint Minot. Arrête de faire ton buté un peu.

— Vous m'excuserez d'insister, reprit-il plus autoritaire que jamais. Mme Gallec n'est peut-être pas taillée comme un bonhomme, mais elle est loin d'avoir une taille de guêpe, elle est plutôt costaude, en tout cas assez pour estourbir un homme. Et n'oublions pas que c'est elle qui a apporté la bouillie au chocolat jusqu'à la gendarmerie. Elle avait tout le loisir d'y verser le poison.

Cette fois, c'en était de trop !

Les postillons qui accompagnaient son flot d'inepties étaient les gouttes qui faisaient déborder le vase de ma patience.

Je me levai sans crier gare, renversant ma chaise en arrière et je m'avançai vers Leporet, prêt à en découdre. J'avais envie de balancer un coup de poing dans sa grosse pomme d'Adam et de lui enfoncer jusqu'au fond du gosier, au moins cela lui éviterait à l'avenir de débiter ses conneries à tout bout de champ.

Ma main lui agrippa le col de chemise et il reçut une belle et claquante giroflée à cinq feuilles sur la joue. Si Jacques Minot ne m'avait pas retenu, je crois bien que j'aurais été assez généreux pour lui en offrir tout un bouquet.

Leporet criait comme un verrat qu'on égorgeait tant il était choqué et outré que je m'en prenne à lui. Il renchérissait en prétendant que je cherchais à museler l'opposition, que je ne le laissais pas exprimer son avis parce qu'il mettait en cause ma compagne, il parlait de favoritisme et de concussion. Son beau-frère se mit également de la partie. Avec sa voix haut perchée, ressemblant à celle d'un roquet hargneux, il se mit à hurler avec les loups, affirmant que ce n'était pas normal que les femmes ne soient pas suspectées, et qu'il fallait aussi se poser la question de la culpabilité de Pol Bonnemayre qui avait disparu au diable vauvert, mais qui pouvait agir en catimini dans notre dos. Décidément, cela ne lui allait pas à ce grand dégingandé qu'il n'y ait que cinq suspects, il en voulait beaucoup d'autres, il voulait se fondre dans la masse, se faire oublier peut-être.

Bouleversée par toute cette foire d'empoigne, le visage livide, la mère Karadec, vissée sur sa chaise, ne cessait de répéter tel un perroquet atteint de frénésie : « Arrêtez, arrêtez ! Mais arrêtez ! » Excité par cette étrange folie humaine, Elvis accompagna tous ces cris de ses aboiements aigus.

Amélie et Jacques n'étaient pas trop de deux pour tenter de tempérer nos colères, tandis que Dagorn, trônant à sa place comme un président de cour d'assises, tambourinait la table du pommeau de sa canne pour obtenir le calme.

Il fallut un certain temps, néanmoins un silence fragile et tendu s'imposa à nous.

Nous regagnâmes tous nos places, sans cesser de nous regarder de biais, grommelant encore entre nos moustaches quelques amabilités qu'on aurait rêvé de pouvoir jeter à la face de l'autre.

Mon ex était restée debout, les mains appuyées sur la table, son doux visage rond devenu écarlate par les récentes émotions ressenties. Elle clama, voire plaida, ces quelques mots plus qu'elle ne les prononça :

— Messieurs Leporet et Argouet, modérez vos ardeurs, refrénez votre colère, je ne vois aucune objection à ce qu'on m'inclue, comme vous semblez l'exiger avec tant d'acharnement, dans le groupe des suspects, toute femme que je suis, car je sais que suspect n'est pas synonyme de coupable. Pour être coupable, il faut une raison de souhaiter et de provoquer la mort de quelqu'un. Et moi, je n'avais pas l'ombre d'une raison de vouloir la disparition d'Erwan ou d'Enora.

D'une voix un peu enrouée, Dagorn emboîta le pas d'Amélie :

— Amélie Gallec parle d'or. Il faut avoir un mobile pour perpétrer un meurtre. Si l'assassin est parmi nous, comme je le subodore, alors nous devons trouver son mobile.

— Comment faire ? s'interrogea l'électricien.

— Tout simplement en essayant de déterminer si certains d'entre nous avaient une raison de détester Erwan Abgrall.

— Vous désirez quoi en fait ? Une séance de contrition collective ? Une confession générale avec flagellation publique ? persifla le banquier.

— Je n'en demande pas tant, M. Leporet. Je me doute bien que le meurtrier ne va pas clamer sur la place publique la raison de son acte. Je songeais plutôt à ce que nous tous pouvions savoir sur les autres ou connaître des ressentiments de chacun contre Erwan.

— Vous prônez donc la délation entre nous.

— Je propose juste que nous achevions ce que nous avons commencé ensemble, c'est-à-dire démasquer le coupable, et si pour cela, il nous faut dévoiler quelques secrets, cela ne me choquera nullement. Qui éprouvait des ressentiments envers Erwan ? Qui le craignait ? Qui avait intérêt à le tuer ? Obtenir les réponses à ces quelques questions nous permettra de découvrir le fin mot de cette fichue histoire. C'est pourquoi je réitère ma proposition : racontez ce que vous savez, sans animosité, sans rancœur, juste en nous plaçant du point de vue de Sirius[1], pour dénicher l'assassin parmi nous.

Notre docteur avait presque tonné ses dernières phrases, tout en les ponctuant d'un sinistre martèlement du poing sur la table. Il y avait quelque chose de martial et de solennel dans sa posture, assez pour nous réduire au silence. Un silence lourd et inquiétant.

L'instant était crucial, nous le sentions tous.

— En y réfléchissant, j'aurais bien connaissance d'un élément important qui concerne notre affaire…

C'était la voix aigrelette de Marie Karadec qui la première avait fendu le silence glacial de la pièce.

---

1 Allusion au livre *Micromégas* de Voltaire, où un habitant d'un astre situé dans l'orbite de l'étoile Sirius, visite des planètes pour observer avec objectivité leurs différentes sociétés.

Sa figure émaciée avait repris des couleurs. Elle paraissait ragaillardie. La tournure que prenait notre séance la plongeait dans son élément. Après tout, colporter des ragots, faire connaître les petits potins de l'île, c'était son truc à cette vieille. Commère n'était pas seulement un adjectif qu'on pouvait lui attribuer, c'était presque un deuxième prénom pour elle. Elle marqua une pause, attendit hypocritement que Loïc Dagorn l'encourageât à poursuivre, et elle abandonna définitivement ses fausses pudeurs pour se lancer :

— Je ne veux pas dire, ni porter du tort à qui que ce soit, mais je sais bien, moi, que parmi nous, se trouve une personne qui n'appréciait guère M. Abgrall.

— Si vous arrêtiez un peu de tourner autour de pot, Mme Karadec ! déclara Minot. Vous prenez tant de précautions que vous allez nous donner le tournis.

— En fait, Brendan Argouet, tout gentil et poli qu'il est, détestait copieusement M. Abgrall. Ce que je dis, je le tiens pour sûr, car il aimait passionnément la belle Enora et il n'a jamais pu avaler qu'elle épouse un autre que lui. Il en crevait de jalousie de la voir au bras d'Erwan.

La vieille épicière était lâchée. On ne l'arrêtait plus. Elle racontait ce que je lui avais déjà entendu confier à Damien dans la soirée, mais cette fois, elle prenait son temps, s'attardait sur des détails. Je trouvais qu'elle insistait beaucoup sur les déboires amoureux de l'employé de banque, étant d'autant plus incisive qu'elle-même n'avait jamais accumulé les succès en amour. Plus je l'écoutais, plus je songeais qu'elle ne se plaçait pas du tout du point de vue de Sirius, ni même de celui de Candide, plutôt de celui d'Arimaze[2], ce personnage rongé de fiel créé par Voltaire qui « n'ayant jamais pu réussir dans le monde, se vengeait par en médire ».

2 Personnage malveillant dans *Zadig* (chapitre IV).

Le moins que l'on pouvait dire était que Brendan n'avait jamais eu le teint hâlé. Il était constamment pâlot, lui donnant un visage souffreteux, mais là, sous les coups de boutoir verbaux de la vieille, il était littéralement blafard.

Il tenta bien de riposter par moments, le regard hagard et la parole hésitante, sans réellement parvenir à clore le bec de la mère Karadec. Lorsque celle-ci eut fini de cracher son venin, il put donner son point de vue de manière un peu moins brouillonne. Il reconnut avoir toujours aimé Enora, l'avoir aimée passionnément et en avoir voulu à Erwan, qu'il savait brutal et irrespectueux envers sa belle épouse, surtout ces derniers temps. Plus d'une fois, selon lui, Enora lui avait confié être malheureuse en ménage. Brendan pourtant nous jura ses grands dieux que jamais il n'avait tué son rival, qu'il en était incapable, qu'il aurait eu trop la trouille pour le faire. Et il ajouta qu'il aurait été encore moins en mesure de noyer cette femme douce et superbe qu'il chérissait plus que tout.

De sa voix goguenarde, Jacques Minot intervint pour déclarer qu'il le croyait innocent :

— Je suis sûr que Brendan n'a rien fait de mal. Nous savons tous qu'il n'a pas assez de couilles pour dessouder une personne, et encore moins quatre ! Nous avons tous pu voir qu'à la moindre émotion, il se mettait à trembler comme un chien qui fait ses besoins. Cela ne peut pas être lui.

Même si les mots choisis par l'électricien n'étaient pas d'un grand raffinement et étaient loin d'être très flatteurs, je crois qu'Argouet était content de les entendre, car ils manifestaient devant tout le monde un soutien appréciable.

Son beau-frère n'avait pas eu la même élégance pour venir l'aider et le réconforter. Sans doute était-il encore un peu secoué que Brendan ait reconnu devant cette assemblée que jamais il n'avait vraiment aimé Martine Leporet, qu'il l'avait épousée seulement pour ne pas rester célibataire et que faute de grive, on mange des merles. Il comprenait bien que sa sœur, discrète comme une nonne et plate comme une limande, n'était pas forcément un premier choix, mais qu'on le clame devant tous, lui avait remué les tripes et l'avait rendu encore plus amer et bilieux que de coutume. Tout ce fiel en lui, il fallait qu'il le ressorte, qu'il le crache à la face de quelqu'un. Il lui fallait une cible, et Minot fut celle-ci :

— Puisque nous en sommes tous aux petites révélations, je sais pertinemment que messieurs Abgrall et Minot étaient en bisbille.

— Ce n'est un secret pour personne, répondit l'intéressé sans se démonter.

— Vous vous êtes querellés plus d'une fois. M. Abgrall vous en voulait d'avoir licencié son fils Frédéric seulement trois mois après l'avoir embauché comme électricien.

— Pardi, j'étais dans mon droit ! C'était la fin de sa période d'essai et je n'étais pas du tout satisfait de lui. Il ne prenait aucune initiative et malgré son CAP, il était aussi empoté qu'une poule qui attend un poulet. Qu'est-ce que vous vouliez que je fasse d'un bras cassé tel que lui ?

— Et M. Abgrall vous en voulait terriblement.

— Il n'y avait pas de raison puisque deux mois après, son rejeton était embauché par ERDF à la centrale électrique du Doulou. Qu'est-ce que cela changeait pour lui ?

— En tout cas, il était si rancunier qu'il menaçait de vous faire un procès.

— La belle affaire ! J'étais dans mon droit, je vous dis. C'était sa période d'essai.

— Il ne cessait de vous critiquer sur toute l'île, de ternir votre réputation, affirmant que vous étiez un sagouin, un gâcheur de métier qui surfacturait ses interventions. Je le sais, je l'ai entendu à maintes reprises, et je suis sûr que je ne suis pas le seul. Vous en avez peut-être eu marre qu'il vous calomnie à ce point et vous fasse perdre des clients, et vous l'avez assassiné.

Malgré cette accusation directe, Jacques Minot garda un calme olympien qui m'impressionna. Il haussa les épaules avant de répliquer avec sa verve habituelle :

— Qu'est-ce que j'en avais à foutre de ce que ce marin d'eau douce déblatérait sur moi ? Je suis le seul électricien sur l'île, j'ai le monopole. Ses accusations ne pouvaient pas me faire grand tort. Il pouvait me critiquer à qui mieux mieux que je m'en battais les roubignoles. Cela m'en touchait une sans réveiller l'autre.

Le banquier ne trouva pas à surenchérir. Il s'enferma dans un mutisme renfrogné. Cependant, son silence ne dura pas puisque Dagorn vint le titiller à son tour :

— Tant que nous en sommes à parler des querelles occasionnées par Erwan, vous ne ferez aucune objection à ce qu'on aborde celles qu'il avait avec vous, M. Leporet ?

— De quoi voulez-vous parler, au juste ?

— Erwan Abgrall m'a confié que vous aviez une politique qui vous était propre pour accorder des crédits à vos clients.

— Quoi ? Quoi ? Quoi ? répéta-t-il stupidement, me faisant penser à une poule qui caquète.

— Il me disait que vous étiez chiche à prêter de l'argent à certains, notamment à lui, si leur solvabilité était sujette à caution…

— Et alors ? C'est le B-A, BA du métier ! On ne va tout de même pas prêter de l'argent à des gens qui auront du mal à nous rembourser.

— J'entends bien, mais Erwan m'affirmait que dans le même temps, vous étiez moins regardants vis-à-vis de clients plus importants, possédant des entreprises sur le continent. Même s'ils n'étaient pas dans la possibilité de vous présenter toutes les garanties exigibles par votre banque, ou si leur projet paraissait quelque peu hasardeux, vous concédiez tout de même à leur faire crédit, sans l'aval de vos supérieurs. Et, toujours d'après lui, si vous vous montriez aussi compréhensif avec ces clients-là, c'est qu'ils vous rendaient quelques menus « services ». Par exemple, votre garage aurait été fait par l'entreprise de maçonnerie située à Saint-Renan, à qui vous aviez généreusement proposé un crédit à un taux défiant toute concurrence.

À cet instant, je vis Leporet devenir aussi blanc que sa chemise. Il tendit une main tremblotante vers notre docteur et se mit à vociférer :

— Ce n'est que de la calomnie ! De la pure calomnie ! Vous vous faites l'écho d'un ramassis de mensonges proféré par un fouteur de merde notoire, un procédurier endurci !

Mais Loïc Dagorn poursuivit, tel un procureur de la République intransigeant :

— Ce « fouteur de merde », comme vous le dites si élégamment, vous aurait, paraît-il, menacé deux semaines auparavant de prévenir le siège social du Crédit Marin de l'Ouest au Relecq-Kerhuon pour savoir si vos supérieurs étaient au courant de tous vos petits arrangements.

— Je n'ai pas tué Abgrall si c'est cela que vous supposez, s'emporta le banquier les joues creusées par la rage. Je vous le dis et vous le répète, ce n'était qu'un fouteur de merde qui cherchait des noises à tout le monde, qui s'emportait pour un rien dès qu'on n'allait pas dans son sens. Je peux vous le certifier, je ne le portais pas dans mon cœur et je n'irais sûrement pas pleurer sur sa tombe, mais je ne l'ai pas tué !

Tout ce petit déballage au vu et au su de tous réjouissait de toute évidence la mère Karadec. Un grand sourire fendit son visage sec et ridé, accentuant encore toutes les plissures. Je m'étonnais presque de ne pas la voir prendre des notes pour compiler les meilleures révélations qu'elle pourrait ensuite divulguer aux autres commères de l'île. Elle se sentait tellement dans son élément qu'elle ne bouda pas son plaisir de venir rajouter son grain de sel dans la conversation :

— C'est sûr que M. Abgrall était un sanguin qui se fâchait avec beaucoup de monde. Un vrai chicaneur ! Je comprends que certains sur l'île ne l'appréciaient que modérément. Il était capable de se disputer avec n'importe qui… même avec notre médecin, déclara-t-elle le plus innocemment du monde en se tournant vers Dagorn. N'est-ce pas que vous étiez en froid avec votre cousin ?

— Décidément, on ne peut rien vous cacher, Mme Karadec, se contenta-t-il de dire.

— Tout ça parce qu'il pensait que vous aviez fait une petite erreur médicale et que vous vous étiez trompé de diagnostic à propos de sa pauvre mère.

— C'est bien ce qu'il me reprochait.

— Que vous n'aviez pas décelé à temps son cancer ? Je ne me trompe pas ?

— Je ne crois pas que vous ayez besoin d'une quelconque confirmation. Vous paraissez très au fait de l'objet de notre dispute.

— Surtout qu'il menaçait de vous faire radier de l'ordre des médecins, précisa-t-elle avec malice.

— Ce n'était que des paroles en l'air, ajouta Loïc sans se démonter, de fausses menaces. Sa mère était morte depuis plus d'un an et demi et il n'avait toujours pas entrepris la moindre procédure pour me faire radier.

— En tout cas, là où il est, il ne pourra plus le faire, commenta Leporet en esquissant un petit sourire vicelard.

— Vous m'accusez d'avoir tué mon propre cousin ?

— Je fais comme vous, je n'accuse pas. Je constate, lâcha le banquier, ravi de sa petite vengeance. Il n'empêche que vous aviez un sacré mobile pour le tuer.

— À trois ans de la retraite, la menace de me faire radier avait peu de risque de me faire trembler.

Assis sur ma chaise, j'étais resté spectateur de cet étalage de reproches et d'accusations, sans prononcer un mot. À vrai dire, j'hésitais depuis un instant à divulguer une autre information, mais quelque chose me retenait. Finalement, alors que mon ami Loïc devenait la cible de Leporet, l'idée que ma déclaration puisse être utile devint plus prégnante. Après un ultime atermoiement, je pris la parole :

— Il est peut-être temps de vous dévoiler ce que maître Weil nous a appris tout à l'heure dans son office. À la lecture du testament, il nous a annoncé que M. Dagorn héritait d'une maison en Vendée.

Je crois que si je m'étais mis à faire un salto arrière en pleine séance, les gens ne m'auraient pas dévisagé autrement. Ils avaient les yeux ronds, l'air totalement abasourdis.

Dagorn, lui, n'avait pas le même regard. Pas de surprise dans ses yeux, plutôt une immense déception.

Il était évident qu'il prenait très mal ma petite révélation. Je me sentis un peu gêné, mais vu la situation, j'étais persuadé que c'était nécessaire : il fallait que les autres le sachent.

Forcément, notre docteur réalisa qu'il ne pouvait pas couper à certaines explications. Il confirma à mots feutrés ce que je venais de dévoiler sans prendre de gants. Il insista sur le fait qu'il n'était pas un homme vénal, nullement intéressé par les choses matérielles. Ses honoraires de praticien lui suffisaient amplement pour vivre, disait-il, surtout pour quelqu'un ayant des goûts simples, et s'il devait tuer un individu, il nous assura que ce ne serait sûrement pas pour hériter d'une bicoque. N'ayant pas d'enfant, la possession d'une telle demeure à Saint-Hilaire-de-Riez, à son âge, ne lui apporterait pas grand-chose.

Sur ce point, je savais qu'il disait la vérité. Loïc n'était pas, et n'avait jamais été, un homme d'argent.

— Alors je vous le répète, M. Leporet, je n'ai aucun mobile valable pour ce meurtre : je n'avais aucune crainte qu'il me fasse radier pour un cancer que peu de confrères auraient pu diagnostiquer et je ne convoitais pas cette maison en Vendée. Par contre, vous devez savoir qu'à défaut d'un mobile, j'ai un alibi.

— Lequel ?

— Vous vous rappelez que le corps d'Erwan que nous avons découvert était encore tiède, donc que sa mort a eu lieu dans un créneau allant de 18 h 30 à 19 h 30. Et moi, j'étais en consultation tout l'après-midi. Mon dernier patient fut M. Tranchefort et il a quitté mon cabinet à 18 h 15. Juste après, j'ai cassé une petite graine et j'ai filé jusqu'à la mairie où j'ai retrouvé M. Perrec vers sept heures moins le quart. Entre-temps, je n'aurais jamais pu monter jusqu'au Goubars, tuer Erwan et Enora, surtout avec ma patte folle.

— Je confirme que Loïc est arrivé vers 18 h 45, précisai-je sans hésiter. J'étais en train de travailler depuis presque une heure dans mon bureau lorsqu'il est venu et nous avons discuté un moment de Carla.

— Puisque j'ai un alibi qui me met en dehors de tout soupçon, que M. Perrec a également un alibi, que diriez-vous si nous examinions les vôtres ? demanda Dagorn, avec un sourire apaisé.

Marie Karadec fut la première à parler, disant qu'elle avait passé tout l'après-midi chez elle, avec pour seule compagnie son Elvis. Elle émit un curieux ricanement en ajoutant que malheureusement, son brave toutou ne pourrait pas attester ses propos, il était formidable, beau comme tout, gentil à souhait, mais il ne lui manquait que la parole pour être parfait. Honnêtement, je crois que personne dans cette assemblée ne soupçonnait l'ancienne épicière du quadruple assassinat et le fait qu'elle n'ait pas d'alibi ne nous alarma pas. Nous passâmes rapidement à sa voisine de gauche.

Sans trouble dans la voix, Amélie expliqua qu'elle était allée chercher sa mère après le déjeuner et qu'elle l'avait ramenée chez elle dans le bourg, pour ne pas qu'elle se retrouve isolée dans son hameau en pleine tempête. Elles avaient passé le reste de la journée ensemble sans se quitter un instant. Je lui souris, satisfait que tout le monde soit convaincu qu'elle était hors de cause.

Le tour était venu pour Jacques de livrer son alibi :

— Moi, je suis allé chez Pol Bonnemayre vers 17 h 15. Il y avait son chauffe-eau qui déconnait dans sa salle de bains. Je lui ai réparé tout ça en deux temps, trois mouvements et ensuite, il m'a proposé une bière. On a causé un brin et je suis rentré chez moi vers 18 heures. J'ai bouquiné au coin de mon poêle, en grignotant un peu, avant de venir à la mairie pour le conseil.

— Il n'y a personne pour confirmer ce que tu dis ?

— Quand Bonnemayre nous fera l'honneur de revenir parmi nous, il vous confirmera, lâcha l'électricien goguenard. Quant au reste, j'étais seulement en compagnie de Gilliatt[3] et je doute qu'il puisse témoigner en ma faveur.

Minot dut expliquer sa blague à Leporet qui, de toute évidence, avait une culture littéraire lacunaire.

Le tour vint au banquier et à son beau-frère de s'expliquer sur leurs emplois du temps. Ils racontèrent qu'ils avaient déjeuné ensemble avec leurs épouses chez les

3 Personnage principal du roman de Victor Hugo *Les Travailleurs de la mer*.

Argouet. Après le repas, ils avaient enchaîné les parties de belote.

— Jusqu'à quelle heure avez-vous joué ?

— Nous avons dû finir vers 17 h 45 ou 18 heures, répondit Leporet avec assurance. Moi, je suis parti, car je devais retourner à la banque pour retravailler un dossier.

— Et vous, M. Argouet ?

— Je suis allé bricoler des étagères dans mon garage, pendant que ma belle-sœur et ma femme sont restées ensemble dans notre salle, tout occupées à discuter.

— Vous avez bricolé jusqu'à quelle heure ?

— Je ne sais pas, peut-être jusqu'à 18 h 45. Ensuite je me suis préparé pour le conseil municipal. Benoît est passé me prendre en voiture à 19 h 05 et nous sommes venus ensemble.

— Quelqu'un vous a vu à la banque, M. Leporet ? interrogea Amélie avec un regard suspicieux.

— Non, bien sûr ! C'était jour de congé avec les fêtes de fin d'année. Il n'y avait personne à l'agence, mis à part moi.

— Donc, reprit Dagorn en les dévisageant tour à tour, vous n'avez absolument aucun alibi ?

Cette question, qui sonnait plus comme une affirmation, voire une accusation, provoqua une nouvelle colère du banquier. Il s'écria qu'il n'aimait pas beaucoup la tournure que prenait cette conversation, qu'il n'avait rien à se reprocher, qu'il était plus blanc que neige dans toute cette histoire.

Argouet se mit aussi de la partie pour clamer son innocence, avec peut-être moins de fougue que son beau-frère. Il avait une voix plus penaude, moins affirmée, mais il se défendait tant bien que mal. Leurs réfutations n'empêchèrent pas Dagorn d'enfoncer le clou un peu plus :

— Êtes-vous conscients que vous soyez les seuls ici à avoir un mobile et aucun alibi ?

Cette phrase fut l'étincelle qui mit le feu aux barils de poudre.

Leporet s'emporta, couvrant de sa voix enflammée les protestations faiblardes de Brendan. Les deux beaux-frères ne réagissaient pas de la même manière. Autant l'employé de banque paraissait anéanti par les accusations, autant le directeur était révolté. Il criait que tout cela était un scandale, qu'ils étaient victimes d'un complot, demandant pourquoi Jacques Minot n'était pas incriminé comme eux alors qu'il n'avait pas l'ombre d'un alibi. Il s'en prit également à Bonnemayre, trouvant son absence bien suspecte, d'autant plus qu'il n'avait sans doute pas d'alibi non plus.

Dagorn tenta de prendre la parole pour le calmer, mais l'autre ne l'entendait pas ainsi. Il était hors de lui ! Il hurlait que tout ceci n'était qu'une infâme mascarade ! Il refusait à cette assemblée le droit de l'accuser, affirmant que seules les autorités légales possédaient de telles prérogatives. Il ordonnait que cessât sur-le-champ ce simulacre d'enquête entrepris par une bande d'amateurs et qu'il fallût attendre l'arrivée de la police. Il se refusait désormais à répondre à toutes sortes de questions et il conseillait à son beau-frère de faire de même.

Un grand silence se fit, où ne flottait aucune quiétude, aucune sérénité, plutôt une appréhension générale qui annihilait tout mouvement et toute réaction. La mère Karadec fut la première à verbaliser cette pensée partagée par d'autres :

— Mais si nous sommes coincés tout le reste de la nuit ici et que le meurtrier est parmi nous, qu'est-ce qu'il va se passer ? Comment va-t-on se protéger ? Qui nous dit qu'il ne va pas frapper de nouveau ?

Je ne répondis rien, mais j'avais décidé d'agir.

Je me levai de ma chaise et sans perdre de temps, montai à l'étage, jusque dans mon bureau. J'ouvris un placard contenant le petit coffre-fort de la mairie. Je pianotai sur le clavier électronique le code : 050944. Pour me souvenir de la combinaison, j'avais choisi une date emblématique pour notre île, le jour de sa libération à la fin de la Seconde Guerre mondiale. Un choix judicieux puisque pour l'instant, je m'en étais toujours rappelé. À l'intérieur du coffre, sur l'étagère du dessus, il y avait juste un dépôt de quelques billets et un chéquier, pas de quoi attiser la convoitise des cambrioleurs. Sur l'étagère du dessous, reposait placidement depuis des lustres dans son étui en cuir noir, un *Sig Sauer* SP 2022, un semi-automatique de 9 mm. Ce calibre de catégorie B était l'arme de service d'Amélie et de son prédécesseur sur Ouessant. La criminalité sur notre île dans les années 2000 n'ayant aucune commune mesure avec celle de Chicago dans les années 1920, il avait été décidé en conseil municipal que ce pistolet resterait le plus souvent dans le coffre qu'à la ceinture de notre garde champêtre, sauf en cas de réelle nécessité. Et aujourd'hui, je ne doutais pas que le moment était venu. À situation exceptionnelle, moyens exceptionnels.

Je redescendis dans la salle du conseil et je me plantai devant Amélie, déposant sur la table le pistolet en acier noir, orné de plaquettes en polymère de la même couleur.

— Tiens, il est possible que tu en aies besoin, dis-je d'un ton grave.

Mon ex me fixa avec des yeux immenses, à l'échelle de sa surprise :

— Pour… Pourquoi veux-tu que je prenne cette arme ?

— Si le meurtrier est coincé dans cette mairie avec nous, dans l'incapacité de fuir à cause de la tempête, et qu'il se sent aux abois, prêt à être démasqué, il pourrait devenir dangereux.

— Avec quatre morts sur la conscience, ajouta Dagorn lucide, il est déjà dangereux.

— Alors, disons qu'il pourrait vouloir s'en prendre de nouveau à l'un d'entre nous, rectifiai-je. Avec cela entre les mains, Amélie, tu seras déjà plus en mesure de le tenir en respect.

Celle-ci s'exécuta, non sans une certaine appréhension. Elle devait songer qu'il lui faudrait peut-être faire usage de ce pistolet contre l'un des occupants de la mairie, et cela devait la terrifier. Elle glissa pourtant la ceinture et l'étui autour de sa taille, sous le regard de tous, dans un silence religieux.

Leporet ne tarda pas à revenir à la charge, avec ce ton mordant qu'il avait utilisé si souvent durant cette soirée :

— Pouvons-nous savoir pourquoi est-ce à elle que vous confiez cette arme soi-disant pour nous protéger ?

— Pour la simple raison que c'est la sienne, rétorquai-je sèchement. En tant que garde champêtre, Mme Gallec est agente de police judiciaire et elle est habilitée à porter un pistolet si la situation l'exige. Et je pense sérieusement qu'elle l'exige !

— Moi, je crois surtout que vous lui donnez cette arme parce que c'est votre poule et vous savez qu'elle agira selon votre bon vouloir.

Je pris une grande inspiration pour tenter de maîtriser l'énervement qui était en train de gagner tout mon être et finalement, je me mis à lâcher, sans quitter l'autre enfoiré du regard :

— Non, je lui confie le *Sig Sauer* car je pense que si je le gardais avec moi, je finirais par vous tirer dessus pour ne plus vous entendre cracher votre venin à tout bout de champ.

04 h 41

Notre assemblée s'acheva brutalement, dans la dissension la plus complète. Même pour de simples particuliers tels que nous, la « rupture des relations diplomatiques » n'était pas une vaine expression. Chacun quitta la pièce, vexé ou mécontent ou méfiant, voire tout cela à la fois. Nous aurions voulu partir le plus loin possible de ce lieu à l'atmosphère délétère, mais la météo nous l'interdisait. La violence de la tempête nous empêchait de rejoindre nos pénates et nous devions nous résoudre à cohabiter encore quelques heures et même à dormir sur place.

Le hasard fit que j'avais anticipé une situation de crise et d'éventuels dégâts causés par Carla. En conséquence, pour cette circonstance, j'avais réquisitionné auprès de mes administrés divers sacs de couchage, lits de camps, matelas ou duvets pour accueillir de possibles réfugiés. Finalement, de réfugiés nous n'en vîmes pas la queue d'un, et nous avions à notre disposition maints matériels de couchage, matériels qui nous furent très utiles pour finir la nuit.

Chaque personne choisit de s'exiler dans une pièce différente, prenant soin de laisser inoccupé un couloir ou un minimum d'espace, afin de créer une sorte de *no man's land* avec les autres. Loin de me réjouir, cette dissension générale avait au moins une vertu à mon sens, c'est qu'elle prouvait que j'avais raison depuis le début : ce n'était pas à nous, simples citoyens, de jouer aux apprentis détectives. Nous n'étions pas formés pour cela, pas assez aguerris, ce qui risquait de nous conduire à d'inévitables dérives que de vrais policiers auraient su éviter. Il était évident que des

Ouessantins qui cherchaient à mener une pseudo-enquête parmi leurs concitoyens seraient tentés de donner trop d'importance à certains ragots, de ressortir de vieux dossiers ou de tenir compte d'anciennes rancœurs ; rien de bon pour faire des investigations sereines et jauger l'importance de certains faits avec objectivité. Résultat des courses : la suspicion régnait entre ces murs, chacun se demandant qui pouvait être le coupable et d'autres étant même persuadés de l'avoir démasqué en s'appuyant sur des mobiles dont la fiabilité était toute relative.

Moi-même, pris dans cette escalade de suspicions, n'avais-je pas mis en cause publiquement mon ami Dagorn ? Je le savais pourtant incapable de commettre un meurtre. Il était innocent et je l'avais accusé. En fin de compte, tout le monde se regardait en chiens de faïence et chacun cherchait à s'isoler au milieu de ce campement de fortune.

Sans adresser un seul mot à Argouet, Leporet et la mère Karadec qui occupaient le rez-de-chaussée, je montai au premier étage, chargé d'un lit de camp, afin de prendre mes quartiers dans mon bureau.

Quelle ne fut pas ma surprise d'y trouver Loïc Dagorn !

Il n'était pas le moins du monde affairé à installer son couchage pour la nuit, il paraissait plus préoccupé à farfouiller dans mes placards et tiroirs, et tout cela en tapinois.

Son comportement était on ne peut plus étrange. Ma brusque apparition sur le seuil du bureau parut le déstabiliser, au moins un court instant. Il se figea sur place, me jeta un regard froid puis se remit à l'ouvrage comme si ma présence ne comptait pour rien.

Je me hasardai à lui poser la première question qui m'était venue à l'esprit :

— Qu'est-ce que tu cherches ?

— Des documents sur le plan ORSEC[1], lâcha-t-il sommairement.

— Pour quoi faire ?

— Au cas où tu ne l'aurais pas remarqué, il y a une tempête dehors ! Et en tant que responsable de la commission « environnement et sécurité » de ce conseil municipal, il est de mon devoir de m'y référer.

Le ton était donné par cette réponse lapidaire qui me fut renvoyée de manière très mécanique, très distante, un ton qui n'avait rien de commun aux rapports que Dagorn et moi entretenions habituellement.

Je compris que mon ami était vexé que j'ose ainsi lever le doute sur sa culpabilité en pleine réunion. Lors d'un tête-à-tête, mon interrogation n'aurait sans doute pas porté à conséquence, mais devant ses pairs, Loïc s'était, je présumais, senti outragé, et il m'en tenait rigueur. Je devinai que j'allais devoir ramer pour regagner sa confiance et son amitié :

— Je te demande pardon, dis-je avec sincérité. Je ne sais pas ce qui m'a pris. Je n'aurais pas dû t'accuser ainsi, devant tout le monde.

— Non, tu n'aurais pas dû, lança-t-il d'un ton glacial.

— Je ne pensais pas à mal, je… J'ai cru jouer cartes sur table avec les autres, pourtant tu sais que je ne doute pas un instant que tu sois innocent.

Le docteur se releva et s'approcha de moi, appuyé sur sa canne, avec sa claudication habituelle. Lorsqu'il fut tout près de moi, assez pour que je sente son souffle sur mon visage, il déclara dans un timbre sans aucune chaleur :

— Effectivement, je sais que tu le sais. Pour être franc, je ne t'en veux pas d'avoir clamé à la cantonade que j'étais un héritier d'Erwan Abgrall. Tu as même fait ce qu'il fallait. À ta place, j'aurais agi pareillement. Dans

1 Ce dispositif est un système de gestion de crise, notamment lors de catastrophe naturelle.

une enquête, il faut exposer les faits, tous les faits, pour se faire une idée précise des agissements ou des intentions du meurtrier. C'est ce que j'ai appris dans mes *murder parties*. Tu as bien fait d'en parler, Fanch, mais honnêtement, ce que j'ai eu du mal à avaler, c'est la manière dont tu l'as fait, si brutalement, sans me consulter, sans me ménager. J'ai cru sur le coup que tu portais une accusation directe contre moi.

— C'est vrai, j'ai mal agi ou du moins de manière peu raisonnée. Je ne sais pas ce qui m'a pris, mais dans l'effervescence générale, quand chacun s'est mis à accuser quelqu'un, c'est sorti tout seul. Tout le monde y allait de son petit déballage. C'était la foire au grand n'importe quoi et j'y ai participé.

— Je comprends, dit-il en gardant une certaine distance, la même qu'on aurait en revoyant des cousins éloignés lors d'une fête de famille et qu'on aborde avec réserve. Je crois que ce soir, tout le monde s'est emballé. On a un peu perdu les pédales.

— Tu dis sans doute vrai.

— As-tu déjà entendu parler du vent d'Autan ?

— Non, j'ai entendu parler du suroît ou du noroît[2], mais jamais du vent d'Autan.

— C'est un vent du Sud-Ouest de la France, un vent qui peut rendre fou. Il y a même un dicton dans le coin qui dit : « Quand l'Autan souffle, les fous d'Albi dansent. »

— C'est une légende ?

— Pas vraiment, il y a bien eu des études qui prouvent que les jours où ce vent se lève et bat la campagne, le nombre de disputes augmente, ainsi que les bagarres et, paraît-il, les homicides.

— Tu n'es pas sérieux ?

2 Il s'agit des noms donnés à certains vents sur une partie de la côte atlantique et notamment à Ouessant : le suroît pour un vent du sud-ouest et le noroît pour un vent du nord-ouest.

— Si, si, très sérieux. Il y a une cause physiologique à cela : le caractère irrégulier de ce vent et sa manifestation par un bruit hurlant mettent les gens sous tension et accentuent leur énervement. Et il y a également une cause physique. Les scientifiques pensent que lorsque l'Autan souffle, la charge en électricité dans l'air monte en flèche, ce qui entraînerait plus de fatigue et plus d'irritabilité chez les habitants, et finalement plus de claquages de plombs.

— Où veux-tu en venir ? Que pour Ouessant, avec ce vent qui fouette sans relâche nos terres depuis hier après-midi, ce serait le même phénomène ?

— Va savoir, Fanch, va savoir, mais c'est bien probable.

Un léger sourire un peu pincé avait émergé sur sa face impassible, avant de disparaître. Il ajouta simplement :

— Tout cela pour te dire que je comprends ce que tu as fait ce soir.

— J'espère que notre amitié n'en souffrira pas…

Je laissais volontairement ma phrase en suspens, espérant qu'il vienne la conclure d'une manière positive. Il tarda à prononcer les mots que j'attendais. Il le fit finalement, en me tapotant l'épaule :

— Il en faudrait plus que cela pour briser notre complicité, lâcha-t-il avant de quitter mon bureau.

Je ne sais pas pourquoi, mais son discours sonnait faux, peut-être parce que le ton n'était pas en concordance avec les mots employés. Tant pis ! Je n'allais pas me mettre la rate au court-bouillon à cause de sa susceptibilité. S'il avait quelque chose d'autre à me reprocher, il n'avait qu'à me l'annoncer ouvertement sans détour et sans faux-semblant.

Désormais seul dans mon bureau, je me mis en devoir d'installer mon lit de camp, d'étendre un vieux sac de couchage aux motifs écossais et de me confectionner un semblant d'oreiller avec un de mes pulls sommairement plié.

Avant de me coucher, j'allai faire un dernier tour aux toilettes. À mon âge, la prostate devenait capricieuse. C'est alors que j'aperçus, dans l'escalier, Amélie en grande discussion avec ce grand couillon de Leporet. Ils découvrirent ma présence et presque aussitôt le banquier tourna les talons et descendit les dernières marches le ramenant au rez-de-chaussée.

Mon ex, quant à elle, me servit quelques banalités sur nos conditions de couchage. Sans aller par quatre chemins, je lui demandai ce que Leporet voulait. Elle me répondit sans se démonter :

— Il était inquiet de savoir ce que tout le monde en général, et toi en particulier, pensez de cette histoire de magouille financière et sur sa possible implication dans le meurtre d'Erwan.

— Et qu'as-tu répondu ?

— Que je n'étais pas télépathe pour connaître le fond de la pensée de chacun.

Quelque chose me chiffonnait dans sa version et après quelques hésitations, je lui fis savoir à mon tour le fond de ma pensée :

— C'est curieux, il me semblait bien souriant pour quelqu'un d'inquiet.

— Je pense surtout qu'il se donnait une contenance pour se faire pardonner de m'avoir prise à partie tout à l'heure. Il cherchait à dissiper tout malentendu en me réaffirmant qu'il n'avait rien de personnel contre moi.

— Il n'était pas plutôt en train de te draguer ?

J'avais lâché cette phrase assez subitement, sans vraiment y croire, mais je prêchais sans doute le faux pour savoir le vrai.

— Qu'est-ce que tu vas inventer ?

— Tu n'as pas répondu à ma question. Peut-être que finalement, il a quelque chose de très personnel à voir avec toi…

La tournure de la conversation ne fut pas tellement à son goût et elle ne tarda pas à me le faire comprendre :

— Fanch Perrec, je te dis qu'il ne me draguait pas du tout. Néanmoins, si cela avait été le cas, je te rappelle que je suis célibataire depuis peu, je n'ai donc de comptes à rendre à personne, et sûrement pas à toi ! Si nous avions formé un véritable couple, je ne dis pas que tu n'aurais pas eu ton mot à dire, mais puisque la vie à deux te débecte à ce point, je fais ce qu'il me plaît et je discute avec qui me chante.

— Je vois ce que tu veux faire, tu veux me rendre jaloux.

— Non, à cinq heures du matin, je ne cherche pas à te rendre jaloux, la seule chose à laquelle j'aspire, c'est me pieuter, et rien d'autre ! Après ce que j'ai vécu à la gendarmerie, j'ai besoin de me reposer et de décompresser. Tu peux comprendre cela ?

— Dis-moi juste s'il te draguait ?

— Non, je te redis qu'il ne me draguait pas. Tu es satisfait ? De toute façon, tu sais le peu d'estime que je lui porte, donc s'il avait seulement esquissé la moindre tentative de flirt, je l'aurai reçu vertement.

Mon ex était trop entière pour me mentir à ce sujet. Je me sentis soudain rasséréné. Profitant de l'occasion, je fus assez hardi pour lui faire une proposition :

— Il reste de la place dans mon bureau. Si cela te chante, tu peux installer ton matelas pneumatique près de moi. On passerait la nuit, ou ce qu'il en reste, l'un à côté de l'autre.

Amélie eut une drôle de moue, un peu dubitative et franchement courroucée. Par cette moue, je compris, avant qu'elle ouvre la bouche, que j'allais avoir une fin de non-recevoir.

— Tu m'excuseras, mais aux dernières nouvelles, nous étions toujours séparés, alors tu ne m'en voudras pas si on fait pièce à part, hein ? Comme cela, je n'empiéterai pas sur ta sacro-sainte indépendance.

Sur ce, elle me planta là, tout seul dans le couloir, comme un con.

Assurément, il y avait de l'électricité dans l'air ce soir !

Il ne suffisait pas que tout le monde soit à couteaux tirés à cause des suspicions de meurtre, voilà qu'en plus, je me collais sur le dos une scène de ménage.

05 h 05

J'étais allongé depuis un moment sur ce lit de camp dont l'inconfort n'avait rien à envier aux lits que j'avais supportés durant mon service militaire à Granville, boudiné par un sac de couchage trop étroit, sans que jamais le sommeil ne daigne venir. Il ne semblait jamais loin, mais se dérobait dès qu'il était à portée, comme un animal rétif et méfiant qui ne voulait pas se laisser approcher par un humain.

Impossible de m'endormir. Impossible de me reposer durant ces minutes interminables.

N'importe qui aurait pu objecter que mon insomnie était bien compréhensible avec le vacarme du vent. Il est vrai que les expirations effrénées des cieux, ne cessant de frapper les murs de la mairie et de secouer les volets avec virulence jusqu'à faire trembler les fenêtres, n'étaient guère propices au sommeil. Pourtant, même en étant couché dans un lit moelleux près d'une mer d'huile, le visage caressé par une chaude brise des îles du Sud, je ne crois pas que j'aurais eu plus de succès à me plonger dans les bras de Morphée. Comment aurais-je pu, alors que mon cerveau était en ébullition, revivant les événements tragiques de cette maudite soirée ? Tel un lecteur DVD qu'une personne vicieuse aurait bloqué sur la touche *repeat*, ma mémoire faisait tourner en boucle dans ma caboche chaque moment vécu, chaque parole entendue, chaque geste exécuté. Et surtout, elle ne m'épargnait nullement la vision horrible des cadavres qui avaient croisé mon chemin. Je revoyais pleinement leurs faces blafardes et défaites, leurs membres inertes ou même, pour certains, le blanc de leurs yeux, vides de leurs pupilles et iris. Je les visualisais aussi bien que si on les avait laissés exposés juste devant moi dans une ornementation macabre.

Et Damien ? Lui aussi, je le revoyais en train de convulser à la gendarmerie, les lèvres souillées de vomi spumeux, avant de rendre l'âme. Il était mort sous mes propres yeux et néanmoins, mon esprit ne parvenait toujours pas à admettre cette terrible évidence. Lui, mon meilleur ami, n'était plus de ce monde. Il avait péri empoisonné…

Ce simple fait, je ne pouvais l'entendre et l'accepter. Sa perte me paraissait si horrible et si injuste… Jamais il n'aurait dû mourir dans de telles conditions… Jamais…

J'aurais tant aimé sortir de ce cauchemar, qu'on me dise que tout ceci n'était pas réel, que ce n'était qu'un mauvais rêve, que tous ces décès n'avaient jamais eu lieu que dans les méandres tortueux de mon cerveau.

Ah si seulement je pouvais revenir en arrière, retourner quelques heures auparavant afin d'agir et d'éviter toutes ces morts, empêcher Damien de crever comme un chien sur le carrelage. Ah mon Dieu, si seulement je pouvais revenir en arrière…

La tête enfouie dans mon sac de couchage, je me mis à pleurer à grandes eaux. Je mordis le tissu du duvet pour calfeutrer au maximum mes gémissements.

Si seulement tout ceci n'était qu'un infâme cauchemar, si les quatre cadavres ne pouvaient être que le fruit de mon imagination, répétai-je inlassablement comme une incantation chamanique ayant le pouvoir magique de rendre possibles mes vœux.

Je sentis soudain la nausée me prendre à la gorge. Alerté par ces prémices, je compris que je ne devais plus perdre de temps et je filai jusqu'aux WC. Là, agenouillé devant la cuvette des toilettes, je me mis à vomir. Lorsque les vomissements cessèrent, mes pleurs prirent la relève.

Au bout d'un quart d'heure, je ressortis du petit coin, tombant nez à nez avec Amélie.

— Fanch, bon sang ! C'est là que tu étais ?

— Oui, j'avais…

Elle ne me laissa pas finir, happa d'une main décidée mon bras, et m'entraînant dans son sillage, elle s'écria d'une voix affolée :

— Vite ! Viens voir !

— Quoi donc ?

— C'est l'enfer dehors !

Je la suivis en courant, à travers le couloir. J'aperçus sous un meuble le cabot de Marie Karadec, roulé en boule, le museau sous ses pattes. La pauvre bête semblait terrorisée.

Amélie m'amena dans une pièce du premier étage, à l'endroit le plus à l'ouest de la mairie, aux premières loges d'un spectacle extraordinaire.

À cet endroit, je retrouvais tous les occupants du bâtiment, collés les uns aux autres, regardant à travers la vitre d'une fenêtre dont on avait imprudemment relevé le volet roulant.

Dire que deux heures auparavant, toutes ces personnes s'accusaient réciproquement de meurtre, qu'elles s'insultaient à qui mieux mieux, prêtes à en venir aux mains et qu'à cet instant précis, elles s'étaient rassemblées, décidées à se serrer les coudes. Voici un bel exemple de l'esprit grégaire des êtres vivants qui, face aux dangers, se conduisent d'instinct comme certains animaux, se tenant groupés, tel un troupeau de moutons harcelé par un loup affamé.

Je ne pouvais pas leur reprocher ce comportement puisqu'à mon tour, je vins me greffer à ce groupe, me collant à ses membres pour pouvoir découvrir la vision qu'offrait cette unique fenêtre.

L'enfer.

C'était le mot qu'avait utilisé mon ex, un mot qui correspondait parfaitement au ressenti que j'avais en contemplant la baie de Lampaul éclairée par une lune complice.

C'était bien l'enfer qui se manifestait sous notre regard béat. Quoique la comparaison n'était peut-être pas la plus pertinente, vu que la croyance populaire associait l'enfer à un lieu souterrain empestant le soufre, un lieu desséché à la chaleur insoutenable. Rien de tel avec ce que nous découvrions : l'enfer qui s'ouvrait sur Ouessant était froid et liquide, cependant je pouvais en jurer, et mes compagnons également, cet enfer marin n'avait rien de moins terrifiant que l'enfer démoniaque.

Des vagues blanches et monstrueuses accouraient de l'immensité de l'océan pour s'engouffrer rageusement dans la baie. En pénétrant dans ce goulet, un phénomène d'accentuation se produisit. Cela me fit songer à l'*encierro*[1] que j'avais pu observer lors de mes dernières vacances à Pampelune, lorsque les bêtes apeurées, en s'engouffrant dans les ruelles, se bousculaient les unes aux autres, se frottant les flancs et excitaient réciproquement leur affolement. J'avais la même vision devant moi : en dépassant de chaque côté le rocher de You'h Korz[2], les vagues se concentraient, se creusant et enflant prodigieusement, avant de se ruer vers le fond de la baie. Le grondement de la mer était assourdissant, encore amplifié par le mugissement furieux du vent. Les lames paraissaient immenses, démesurées, se jetant éperdument sur les falaises et les cales dans de grandes explosions d'écume et d'eau, provoquant un tumulte apocalyptique. À notre gauche, nous vîmes avec effroi la véranda de l'Auberge de la Duchesse Anne éclater en morceaux sous les assauts répétés de rafales endiablées.

---

1 Lâché de taureaux dans une ville sur un parcours clos.

2 Énorme rocher qui se situe à l'entrée de la baie de Lampaul.

De sous son meuble, le chien se mit à hurler à la mort, jetant un cri lugubre et pathétique.

Brendan Argouet fut le plus marqué de nous tous et se mit à paniquer. Il ne cessait de parler d'un raz-de-marée qui allait tout submerger, et nous avec.

Nous essayâmes de le raisonner, chacun notre tour, avec plus ou moins de diplomatie selon nos caractères. Dagorn insista sur le fait que nous assistions tout simplement au gros de la tempête comme la station météo l'avait prévu. Il précisa qu'il était 5 h 45, que le pire était en train de se dérouler pour Ouessant, mais cela allait bientôt s'apaiser et qu'il ne fallait pas s'inquiéter outre mesure.

À son tour, Jacques Minot intervint en rappelant à Argouet que ce n'était pas la première tempête qu'il vivait et qu'il n'y avait pas de quoi se mettre dans un état pareil. Enfin pour résumer, voici ce qu'il avait dit, même si son propos avait été beaucoup moins policé et, disons, beaucoup plus fleuri, ainsi que fréquemment ponctué du mot « mauviette ». Minot n'avait jamais su faire dans la dentelle, il n'était pas outillé pour, comme il disait. Avec lui, les phrases sortaient sans retenue et sans filtre, de quoi en blesser plus d'un. Brendan avait reçu ses reproches en pleine face, sans broncher, sans réagir, comme à son habitude.

Pour ma part, je ne crus pas nécessaire de rajouter quoi que ce soit. Je conseillai juste vivement de refermer ce fichu volet, histoire de ne plus mettre les nerfs d'Argouet à rude épreuve, ni les nôtres par la même occasion.

D'un hochement de tête, Amélie me fit comprendre qu'elle approuvait ma décision. Il est vrai qu'avec tous ces événements, nos nerfs étaient à fleur de peau et ils ne risquaient pas de se fortifier en assistant au spectacle hors norme des éléments déchaînés.

Pour une fois, Leporet ne me contredit pas, il alla même dans mon sens, en proposant d'aller tous nous recoucher, le temps que Carla passe, ajoutant qu'au petit matin, le ciel et la mer auraient retrouvé leur calme. Il prit son beau-frère par l'épaule, dans un geste d'empathie que je ne lui connaissais pas, et il l'accompagna jusqu'au rez-de-chaussée, jusqu'à son matelas pneumatique, lui répétant qu'après une bonne nuit de sommeil, ou même une demi-nuit de sommeil, tout irait bien mieux.

Nous finîmes par les imiter. Après tout, qu'avions-nous de mieux à faire ? Rester à contempler la tempête ne nous servait pas à grand-chose, à part renforcer notre conviction que nous étions bien impuissants face à la fureur du ciel.

Je retrouvai donc mon mauvais lit de camp et je m'y couchai avec la certitude que je ne m'endormirais pas. Je me trompais. Le sommeil dut avoir pitié et finit par venir à moi, sans être assez généreux pour être profond et reposant, il préféra se montrer agité et troublé par un rêve ô combien désagréable, un rêve qu'il aurait été plus honnête de nommer cauchemar.

En fait, je me vis, seul et désemparé, dans les tréfonds d'un puits sombre et asséché. J'essayai d'escalader la paroi rocheuse, mais à chaque tentative, j'échouai puisque les pierres se métamorphosaient en sable qui ne pouvait soutenir mon poids, me faisant dégringoler pitoyablement dans le fond. Sans céder au découragement, je me mis à entasser des sacs rembourrés qui tapissaient les profondeurs de ce puits afin de créer un échafaudage suffisamment haut pour pouvoir me hisser. C'est alors que je réalisai, qu'à défaut de sacs, j'étais occupé à empiler des cadavres, ceux d'Erwan et d'Enora, et encore d'autres aux visages morbides et inconnus. Sans paraître dégoûté de patauger parmi ces morts, je grimpai dessus. Je pensai enfin parvenir à m'extirper de ce piège lorsqu'une masse énorme et flasque, provenant de la surface, dégringola de toute la hauteur pour atterrir sur mes épaules et me faire de nouveau chuter. Cette masse qui gisait près de moi m'apparut soudain dans sa triste réalité. Il s'agissait du corps de Damien, aussi désarticulé qu'une marionnette à fils. Je me mis à hurler, à hurler de peur. Cela dura un temps, jusqu'à ce que j'aperçoive plusieurs ombres se pencher par-dessus la margelle et me fixer silencieusement. Je criai, je les suppliai de me porter secours, mais ces ombres qui m'observaient placidement n'étaient rien d'autre que des moutons noirs qui riaient réellement comme seuls seraient capables de le faire des êtres humains. J'entendis même l'un d'eux qui m'appelait par mon nom de famille, le répétant inlassablement…

— M. Perrec ! M. Perrec !

J'émergeai subitement de mon cauchemar, un peu hébété, un peu déboussolé, réalisant que quelqu'un était en train de me secouer le bras en criant mon nom. Brendan Argouet était agenouillé au pied de mon lit de camp, les traits tirés et apeurés, cherchant à tout prix à me faire sortir de mon endormissement. J'eus à peine le temps d'ouvrir les yeux qu'il lâcha d'un coup ce qu'il avait sur la langue :

— M. Bonnemayre vient de rentrer ! Évelyne est blessée ! C'est le meurtrier qui a encore frappé…

Avant que je pusse dire quoi que ce soit, il était déjà parti en courant à travers les pièces pour répandre sa mauvaise nouvelle.

Il était 8 h 18 à ma montre.

À l'extérieur, tout paraissait anormalement silencieux. Le vent s'était tu, Carla avait passé son chemin.

J'étais toujours allongé dans mon lit, ressentant une forte fatigue et surtout la désagréable impression que mon cauchemar n'avait pas cessé…

08 h 24

Il n'y avait pas de doute, Brendan Argouet avait fichu une sacrée pagaille, pour ne pas dire panique, au sein de notre mairie… Et tout cela pour rien…

Ce type avait sonné le tocsin avant même d'avoir vu la moindre étincelle. Il en était ainsi parfois des personnes introverties qui, dans une situation extraordinaire, perdaient tout sens de la mesure. En proie à un trop-plein d'émotions, et notamment à la peur, elles pouvaient avoir des réactions disproportionnées…

Il avait suffi ce matin que le hasard soit assez malicieux pour placer ce pétochard d'Argouet dans le hall de la mairie afin qu'il soit le premier à voir surgir Pol Bonnemayre. La statue de granit avait juste prononcé quelques mots – « Il est arrivé un accident. Évelyne est blessée, je viens chercher le docteur » – que le cerveau du petit banquier avait interprété à sa sauce, se persuadant que la factrice avait été agressée par le mystérieux meurtrier… Avant même que Bonnemayre ait pu ajouter autre chose, Argouet, en proie à un taux de stress impressionnant, s'était mis à cavaler à travers tout le bâtiment en propageant la fausse rumeur, et attisant ainsi parmi nos rangs un nouveau foyer d'inquiétude.

Décontenancée sur le coup par la mauvaise interprétation de ses propos, la statue de granit dut redoubler d'autorité pour obtenir de nous tous assez de calme. Le moins que l'on pouvait dire était que le bonhomme en imposait, autant par sa carrure que par le timbre de sa voix, et ses deux atouts ne furent pas de trop pour obtenir le silence.

Une fois le calme revenu, il put expliquer plus posément que personne n'avait été agressé, que seule la virulence du vent avait été la cause de la blessure d'Évelyne. Il poursuivit en racontant que sur la route du Stiff, non loin du fort Saint-Michel, une rafale du feu de dieu avait déstabilisé sa conduite, entraînant sa Lada contre un panneau de signalisation. Sous le choc, la factrice s'était cognée, s'ouvrant l'arcade sourcilière. Il n'y avait rien de grave, c'était juste impressionnant de voir Évelyne avec le visage barbouillé de sang, mais comme l'affirmait cet ancien rugbyman :

— À l'arcade, le sang pisse facilement, mais c'est rarement sérieux.

Dévorée par la curiosité, la mère Karadec lui demanda pourquoi il n'était pas revenu plus tôt les informer au lieu de les laisser se ronger les sangs d'inquiétude.

Bonnemayre haussa les épaules pour signifier que la raison était évidente, néanmoins il prit la peine de répliquer qu'avec cette tempête et sans véhicule en état de marche, cela aurait été de la folie de revenir jusqu'à la mairie. Il raconta qu'Évelyne et lui s'étaient réfugiés chez Fabien et Arwen Baudry, au Kernonen[1], en attendant que le vent s'apaise. Et d'ailleurs, à l'aube, avec l'accalmie, il avait emprunté la Ford fiesta des Baudry pour venir chercher le docteur et enfin soigner convenablement la factrice.

À ces mots, Dagorn avait déjà saisi sa mallette, en bon soldat qu'il était, en digne médecin toujours au service de ses patients. Il avait ordonné à la statue de le conduire sur-le-champ jusqu'au chevet de la blessée. Le colosse s'était exécuté dans la seconde. Il aimait cela, les consignes directes au lieu des grands discours stériles. Ce taiseux avait toujours préféré l'action aux paroles.

1 Nom d'un hameau à Ouessant, sur la route entre Lampaul et le Stiff.

Les deux hommes avaient quitté les lieux en un temps record, nous laissant tous dans le hall de la mairie, silencieux et un peu penauds, totalement désœuvrés et encore hébétés par la nouvelle.

Minot fut le premier d'entre nous à retrouver l'usage de la parole, sans se gêner pour mettre en boîte l'autre abruti d'Argouet qui avait crié au loup avant de le voir :

— Que tu n'aies pas de couilles au cul, ça, on le savait déjà, mais qu'en plus, tu n'aies pas de plomb dans la cervelle, on le découvre !

Je n'avais pas le goût à la querelle ce matin ni aux récriminations de toute sorte. Je les laissais là, dans le hall, à se chamailler, préférant aller me débarbouiller un brin aux WC. Je me sentais fatigué et vaseux, il fallait que je me réveille.

Je fis couler un filet d'eau tiède dans le lavabo, juste de quoi faire une toilette de chat, plus histoire de se rafraîchir que de se laver à grande eau. Il fallait dire que je tirais une sale tête. Dans le miroir, mon reflet n'avait rien de commun avec le visage frais et souriant d'une jeune communiante. Je contemplais seulement ma vieille face, aussi plissée et grise que du papier recyclé et chiffonné.

Décidément, ce n'était plus de mon âge toutes ces émotions. J'avais dû prendre dix rides supplémentaires à chaque heure écoulée. À ce rythme-là, dans vingt-quatre heures, je pourrai faire passer la momie de Toutankhamon pour mon frère jumeau.

Je n'eus pas plus le temps de m'apitoyer que la porte s'entrouvrit laissant apparaître la bouille rassurante d'Amélie. Elle répondit à mon air surpris par un sourire franc et sincère. Mon reflet lui renvoya un sourire moins enthousiaste que le sien, en tout cas suffisamment hésitant pour l'inquiéter :

— Tout va bien, Fanch ? m'interrogea-t-elle en s'approchant de moi.

— Vu les circonstances, je dirais que ce n'est pas la joie. Depuis hier, tout va à vau-l'eau sans que je ne puisse rien y faire.

Sa main, petite et rosée, se posa sur mon épaule aussi doucement que l'aurait fait une mésange sur une branche de saule.

— Moi, je trouve que tu gères très bien la situation. D'autres que toi auraient déjà perdu leur sang-froid…

— Tu te trompes, Amélie ! avouai-je sans honte. Je suis mort de trouille. Toute la nuit, j'ai eu l'impression de ne rien gérer, de n'avoir prise sur rien. Cela me fait peur, car je ne sais pas comment cela va se terminer…

— Eh bien, si tu as peur, je trouve que ton mérite est encore plus grand, car tu ne le montres pas. Tu fais preuve au contraire d'un sacré cran.

— Tu trouves ?

— Oui, je trouve que tu fais bonne figure.

— Bonne figure ? Avec la sale mine que j'ai, on peut dire que tu n'es pas difficile.

Ma réplique lui arracha un rire spontané et éclatant.

Elle était vraiment très belle cette femme lorsqu'elle riait ainsi, sans retenue. Mais en étant un minimum sincère avec moi, je ne pouvais que reconnaître qu'elle était belle également lorsqu'elle riait avec retenue, même lorsqu'elle souriait ou lorsqu'elle dormait, lorsqu'elle était en colère ou qu'elle me faisait la gueule.

Elle conclut son rire en venant déposer un baiser sur ma joue mal rasée.

Il n'y avait pas à redire, Amélie Gallec était vraiment une belle personne, autant physiquement qu'humainement.

Accompagné d'Amélie, je retournai dans mon bureau. Je voulais changer de chemise, celle que je portais sentait la transpiration. Mon ex avait beau prétendre le contraire, je ne la croyais pas, elle disait cela plus par politesse que par sincérité. Je savais bien, moi, qu'avec tous les efforts et les émotions de cette nuit mouvementée j'avais dû suer, presque autant qu'une chipolata couchée sur la grille d'un barbecue. Je me mis torse nu et m'envoyai un jet vaporeux d'*aloe vera* des îles sous les aisselles. Pendant que j'enfilai ma chemise bleue, Amélie m'interrogea, voulant connaître mon opinion sur l'identité du meurtrier.

Je répondis sans la moindre hésitation :

— Ce ne peut être que Leporet !

— Je l'aurai parié ! Tu le portes tellement peu dans ton cœur, que pour toi, il n'y a que lui qui puisse endosser le rôle de coupable.

— Ce n'est pas que je ne le porte pas dans mon cœur, c'est qu'il me porte au cœur, ce type-là. C'est physique, c'est épidermique. Il m'est antipathique au possible.

— Justement, je ne te demande pas de répondre avec ton ressentiment, mais bien par un jugement construit et réfléchi. Comme dit Dagorn, il faut voir les faits et seulement les faits.

— Mais je ne fais que cela ! m'écriai-je avec force. Tu te rappelles ce qui a été dit ? Leporet avait de petits arrangements financiers avec certains de ses riches clients. Erwan s'en est aperçu et a voulu le dénoncer aux pontes du Crédit Marin de l'Ouest, ce qui lui a été fatal.

— Ce ne sont que des suppositions, Fanch ! Il n'y a aucune preuve de tout cela, et même si c'était véridique, comment veux-tu qu'Erwan ait été mis au parfum ? Comment aurait-il pu prouver quoi que ce soit ? Crois-moi, notre banquier doit en connaître un rayon question placement et chiffres, bien plus qu'un modeste marin-pêcheur.

— Mais tu as vu comme moi qu'il n'avait pas l'esprit tranquille ce soir lorsque Dagorn lui a parlé de magouille, ajoutai-je. Et tu m'as dit toi-même qu'il était venu te tirer les vers du nez pour savoir si je le soupçonnais.

— Si Leporet s'inquiétait, c'était uniquement qu'il était soucieux des rumeurs qui pourraient nuire à sa réputation. Enfin bref, qu'il soit malhonnête, c'est plausible, qu'il soit assassin, je ne le crois pas.

— Puisque tu es si forte, Mme Colombo, dis-nous qui est le coupable !

— Pour moi, le meurtrier ne peut être que Brendan Argouet.

— Lui ? Mais il est aussi rachetot qu'un gamin prépubère ! À la banque, il doit se froisser un muscle à chaque fois qu'il porte à bout de bras un classeur ou un dossier. Comment veux-tu qu'avec son gabarit à faire pitié, il s'attaque à une montagne de chair et de muscles telle qu'Erwan ?

— On dit bien que « la foi peut renverser des montagnes », l'amour doit avoir le même pouvoir.

— L'amour ? Qu'est-ce que l'amour vient faire dans cette histoire ?

— Brendan aimait toujours autant Enora, d'un amour certes platonique, mais d'un amour sincère, d'un amour un peu fou. Il avait dû un jour la voir malheureuse, peut-être même s'était-elle confiée à lui, accusant Erwan d'être trop dur avec elle ou quelque chose de ce genre. Elle avait sans doute juste voulu vider son sac, mais l'autre amoureux transi avait dû prendre cela au premier degré et hier, il est venu s'expliquer avec le mari tyrannique, ce mari qui ne méritait pas une fille comme elle. Il est venu sans peur de le braver…

— Tes suppositions sont aussi farfelues que les miennes, on dirait, lâchai-je avec ironie.

— Non, elles sont plus plausibles que les tiennes. Pour moi, ce n'est qu'un crime passionnel. Brendan a fait cela par amour. On peut faire beaucoup de choses par amour…

— Jusqu'à tuer ?

— Oui, jusqu'à tuer. Cela t'échappe sans doute, mon pauvre, toi qui n'oses même pas aimer avec sincérité, qui ne veux pas t'engager.

Ça y est ! Elle repartait à l'assaut. On pouvait dire qu'elle ne lâchait pas le morceau facilement lorsqu'elle avait une idée en tête. Elle savait se montrer têtue. Cependant, dans ce domaine, je ne me défendais pas mal non plus :

— Voilà que tu remets cela sur le tapis. Tu parles d'amour et d'engagement à tire-larigot, mais je te rappelle que c'est toi qui m'as quitté.

— Tu connais très bien la raison. Je ne voulais pas de la relation en pointillés que tu me proposais. Je voulais vivre une vraie histoire à deux, sans me contenter de vivoter. Je voulais qu'on vive ensemble, qu'on partage notre quotidien…

— Parce que tu penses que cela aurait été synonyme de bonheur qu'on vive sous le même toit ?

— Je le crois, oui !

— Pour moi, cela est juste synonyme de routine, de pépérisation des sentiments. Tout ce qu'il faut pour tuer un couple. Regarde Jacques Minot et sa femme, regarde Tristan et Marianne Borvon, ou Erwan et Enora ou Damien et Julie Stevenin ! Que des couples qui ont fini par dépérir. Et c'est la routine qui est cause de tout ceci. Moi, je dis que pour vivre heureux ensemble, pour vivre amoureux, vivons séparés !

— Décidément, tu ne comprends rien à rien. Tu parles de la routine comme s'il s'agissait du mal absolu. Alors que c'est faux. La routine, cela a quelque chose de rassurant et de bienveillant. Tant qu'il y a toujours de la tendresse et de l'écoute, et un brin de désir, la routine devient très agréable. C'est la preuve même que le couple est solide et aimant. À l'inverse, pour un couple qui ne se verrait que de temps en temps, que pour les bons moments, c'est facile de tenir, de se dire qu'on s'aime, mais dans la réalité, il n'y a aucune preuve d'un amour sincère, véritable et partagé, ni que les conjoints tiennent réellement l'un à l'autre, qu'ils sont assez soudés ou prêts à s'épauler mutuellement. C'est dans les difficultés, ou dans la durée, ou dans le quotidien qu'on jauge la puissance des sentiments.

Il fallait la voir me parler mon Amélie. Elle avait les yeux étincelants et les joues rougeoyantes d'enthousiasme. Ce petit bout de femme était animé par un feu intérieur, un feu qui enflammait son propos. On pouvait dire qu'elle savait en mettre de la conviction dans son discours pour tenter d'ébranler mes certitudes, pour essayer de me convaincre. Elle me faisait penser à ces missionnaires qu'on envoyait jadis dans des terres lointaines auprès de peuplades païennes, qui multipliaient les sermons pour chercher à convertir les indigènes, usant d'une fougue et d'une verve remarquables comme si leur existence en dépendait. Les mots d'Amélie étaient animés de cette même énergie, de cette même flamme ardente, me faisant comprendre que l'avenir dont elle rêvait en dépendait.

— La vie à deux, poursuivit-elle sans mollir, chacun de son côté comme tu le revendiques, cela me fait songer à un type qui vient au restaurant et qui ne commande que du dessert. Mais ce n'est pas cela un vrai repas ! Tu ne peux pas tout le temps te passer d'un menu équilibré avec entrée et plat de résistance. Il ne peut pas y avoir que du sucré, avec en prime une bonne dose de chantilly, sans oublier, pour parfaire le tout, de la cerise sur le gâteau, même si c'est tentant, même si c'est plus appétissant. C'est vrai qu'en comparaison, le plat de résistance peut paraître plus insipide, mais c'est à chacun de savoir y rajouter la sauce adéquate pour rendre le tout plus ragoutant, plus goûteux. Tu vas me dire qu'il y a un risque que le conjoint mette trop souvent son grain de sel et qu'on se chamaille, mais tout cela n'est qu'une question de dosage, à chaque personne de mettre sa patte personnelle dans la recette. Et puis, reconnais que cela pimente l'existence de vivre ensemble sous le même toit ?

Je ne pensais pas que cette question attendait une quelconque réponse de ma part. Avant que j'aie pu dire quoi que ce soit, elle avait posé sa main douce et chaude sur ma joue. Elle se mit à la caresser avec une tendresse infinie. Cette fois, elle ne me faisait plus penser du tout à un missionnaire en terre païenne, car je doutais que les pères blancs usassent de ce genre d'argument tactile pour faire changer d'avis leurs auditeurs. Amélie, elle, n'avait aucun scrupule à l'utiliser dans son argumentaire. Et c'est sans cesser ses câlineries qu'elle ajouta :

— Et puis, si de temps en temps, je te saoule, rien ne t'empêche de revenir quelques heures, ou quelques jours, selon ton degré de tolérance à la saoulerie, dans ton antre de vieux garçon… ou plutôt dans ta tanière d'ours mal léché, lâcha-t-elle en riant.

Je ne pouvais qu'admettre que mon ex savait être convaincante. Un adage populaire affirme : « Ce que femme veut, Dieu veut. » Je commençais à avoir l'intime conviction que celui qui avait pondu ce proverbe devait être marié à une Amélie semblable à la mienne…

— De quoi as-tu peur, Fanch, exactement ? Si la vie à deux n'est pas faite pour nous, on le saura vite, mais qu'est-ce qu'on a à perdre ? Nous n'avons pas d'enfants et nous n'en aurons jamais. Nous avons chacun un emploi qui nous permet de vivre. Les difficultés ou les soucis qui peuvent gangréner l'harmonie d'un couple, nous ne les aurons pas, ou nous les aurons très peu, alors vivons ensemble et soyons heureux.

Que pouvais-je faire à part reconnaître qu'elle n'avait pas tort ? C'est ce que je fis, ajoutant que je lui promettais d'y réfléchir sérieusement et qu'il se pourrait qu'on vive bientôt sous le même toit.

Elle eut un sourire admirable, étincelant de joie, et ce sourire, elle le déposa sur mes lèvres en m'embrassant. Ce baiser avait quelque chose de doux et de suave, de chaud et de bon. Était-ce cela le goût du bonheur comme elle le prétendait ?

Dans notre étreinte amoureuse, aussi agréable puisse-t-elle être, je sentais quelque chose de dur qui appuyait contre ma cuisse. Ma main mit un nom sur ce qui m'incommodait : c'était le *Sig-Sauer* que je lui avais confié. À son tour, Amélie s'aperçut de la gêne occasionnée par le pistolet. Elle s'écarta posant sa paume de main sur l'arme qui reposait dans son étui, ceinturé autour de sa taille. On aurait pu prendre ma compagne pour un vrai shérif et même une fille du Far West, enfin de l'Ouest français, de l'Ouest lointain français. Elle se saisit de l'occasion pour me poser une question qui devait la tarauder :

— Pourquoi as-tu insisté à ce point pour me confier cette arme ?

— Juste pour le plaisir de dire que je sortais avec une beauté fatale, soufflai-je en plaisantant.

Elle me donna une légère tape sur l'avant-bras qui portait mon attelle.

— Tu es bête, Fanch ! réponds-moi sérieusement.

— Si tu veux une réponse sérieuse, je te dirais qu'en tant que garde champêtre, tu es la seule personne, parmi nous tous, habilitée à porter un pistolet, et surtout à savoir s'en servir. Cela pourrait être utile si notre meurtrier se manifestait de nouveau.

— Il y a une différence flagrante entre faire des cartons sur une cible et sur une personne. Je me sens incapable de tirer sur un des hommes qui se trouvent actuellement dans la mairie, même si j'ai l'intime conviction que c'est le tueur. Tu imagines ? Tous ceux que nous suspectons sont des personnes que nous côtoyons régulièrement, Leporet ou Brendan, ou pire sont des amis comme Jacques ou Pol. Jamais je ne pourrais faire feu sur eux.

— Pour l'instant, ce n'est pas ce que l'on te demande... Et en fait, j'ai surtout insisté pour qu'on te confie le *Sig Sauer* dans le but de te protéger.

— Me protéger ?

— Je me suis dit que si tu étais armée, jamais le meurtrier n'oserait s'en prendre à toi. Cela te mettrait à l'abri de ses intentions. Grâce à cela, je suis sûr que rien de mal ne pourra t'arriver.

Ses lèvres s'écrasèrent de nouveau contre ma bouche.

— Tu as raison, Fanch. Rien de mal ne pourra nous arriver. Tout va bien se passer maintenant. Je veillerai sur toi, et toi, tu veilleras sur moi. Tout se passera bien...

Je n'avais qu'un souhait pour l'heure : qu'elle dise vrai...

Amélie et moi restâmes encore un moment ensemble, dans mon bureau, à nous enlacer et à discuter. Elle s'enhardit même à parler de projets communs que je ne contredis pas.

Elle finit par redescendre au rez-de-chaussée, pour aller boire dans la salle du conseil un petit café concocté par Marie Karadec.

Moi, je préférais rester encore un peu, avachi dans ce fauteuil aux horribles teintes ocre et mauve. J'avais besoin de me retrouver seul, pour faire le point, pour réfléchir une énième fois aux événements de la veille.

Autant les fauteuils de mon bureau étaient unanimement reconnus pour être d'une laideur extraordinaire, autant ils étaient moelleux à souhait et eurent raison de mon manque de repos. Je ne tardai pas à somnoler, sans qu'aucun rêve ne vienne cette fois me perturber. Pas de cauchemar pour me hanter. Je dormis vraiment, pendant une petite heure, jusqu'à ce que de brutales secousses viennent me réveiller.

J'ouvris des yeux effarés pour découvrir que mon trouble-fête, ou plutôt mon trouble-sommeil, n'était autre que Dagorn. Sa tignasse frisée était suspendue au-dessus de mon visage et j'entendis une voix calfeutrée me chuchoter :

— Fanch, réveille-toi ! Il y a du nouveau.

Manifestement, Loïc faisait exprès de me parler à voix basse. Il jeta un regard anxieux en direction de la porte de mon bureau avant de poursuivre :

— Je reviens de chez Évelyne Vallon. Je viens de finir de la soigner et…

— Elle va bien ? demandai-je en m'extirpant tant bien que mal de mon endormissement.

— Elle se porte comme un charme. Elle avait une belle petite estafilade à l'arcade sourcilière qui a nécessité quatre points de suture, mais sinon elle est en pleine forme, expliqua-t-il très rapidement, comme si la chose n'avait que très peu d'importance. Dès demain, elle galopera comme un cabri et pourra reprendre ses tournées.

— Tant mieux !

— Ce n'est pas pour cela que je suis venu te parler, à l'insu des autres.

— Qu'est-ce qu'il se passe ? lançai-je en me redressant brusquement, intrigué autant par sa dernière phrase que par sa mine de conspirateur.

Il ne répondit pas dans la seconde. Il prit d'abord la peine de jeter un coup d'œil vers ma porte. En moins d'une minute, c'était déjà la deuxième fois qu'il réitérait ce geste. Visiblement, il craignait que quelqu'un surprenne notre conversation.

Mais qui ? Se méfiait-il d'une personne en particulier ? Ou de tout le monde à la fois ? Il lâcha finalement le morceau :

— Pendant que je la soignais, Évelyne a beaucoup jacassé, preuve que ce n'était pas à la langue qu'elle était blessée, dit-il en prenant un ton plus narquois. À force de parler, sans y prendre garde, elle a glissé quelque chose au milieu de son monologue.

— Ah bon ? Mais quoi donc ?

— Un truc qui m'a mis la puce à l'oreille, mon vieux. Elle m'a révélé au milieu d'un flot de paroles sans intérêt un élément qui a attiré mon attention et surtout qui m'a permis d'y voir plus clair…

Il avait vraiment le chic pour savoir garder le suspense, notre toubib. J'aurais parié des crêpes contre le contenu de mon compte en banque qu'il en faisait exprès ce sacré renard. Déjà en temps ordinaire, je n'étais pas un modèle de patience, mais là, avec la nuit exécrable que j'avais passée, je n'étais pas d'humeur à me laisser mariner.

— Mais accouche ! m'écriais-je. Qu'est-ce qu'elle a dit ?

En guise de réponse, il plaça son index devant ses lèvres fines, avant de déclarer :

— Je ne peux pas t'en parler ici. Viens avec moi. On va prendre ta voiture.

— Ma voiture ? Mais pour quoi faire ? Où veux-tu aller, bon sang ?

— Viens, ne traînons pas. Tu vas nous conduire au nord de l'île et je t'expliquerai tout là-bas. Je ne veux pas être trop présomptueux, mais je suis quasiment persuadé d'avoir trouvé le coupable et le motif de ses crimes.

Décidément, il voulait me laisser mijoter dans mon questionnement encore un moment.

10 h 01

Dans un vrombissement fatigué, ma vieille 405 remonta les rues étroites du bourg, avant de s'aventurer sur la route de Cadoran, en direction du nord.

Après avoir donné libre cours à sa fureur, Carla avait fini par se lasser et avait poursuivi son offensive vers le continent, laissant derrière elle ce ciel de traîne, un ciel opaque où se hasardaient encore quelques nuages gris, fluets et épars, comme perdus au-dessus de notre île. Ils ressemblaient à des soudards, ivres et hébétés, errant dans le sillage d'une armée en campagne.

La bataille qui s'était livrée sur Ouessant avait laissé certaines blessures, des dégâts collatéraux inhérents aux tempêtes d'une telle rage. Sur notre trajet, je dénombrai deux réverbères mis à bas, trois volets arrachés et une dizaine de toitures orphelines de quelques-unes de leurs tuiles, sans compter un tamaris déraciné dans le jardin de Mme Douarin.

À tout bien regarder, ce bilan était loin d'être catastrophique. Ouessant avait su résister à la colère des éléments. Comme toujours…

C'était une des raisons qui me faisait admirer cette île.

À mes yeux, elle était bien plus qu'une excroissance de la croûte terrestre ou un simple hasard géologique. Pour moi, Ouessant était si farouche et si fascinante qu'elle aurait pu tout autant être le fruit de l'imagination de grands auteurs romantiques, tels Hugo ou Chateaubriand. De leur inspiration féconde serait né cet infime fragment de terre, isolé entre l'immensité indomptable des eaux et l'infini du firmament. Un bloc de roche et de tourbe constamment fouetté par le vent et frappé par le ressac.

Toutefois, cette île n'était pas apparue dans les plus belles pages d'un livre, elle était bien réelle, bien vivante. Elle avait été lentement et patiemment érodée, façonnée par les éléments. Sans cesse malmenée, elle était toujours là, restant à son poste depuis des millénaires, cette figure de proue du continent, le premier brise-lame dressé entre l'océan et la Bretagne.

Sa nature même s'était adaptée à ces conditions particulières. Ses terres, sans cesse balayées par le vent, s'étaient couvertes d'herbes rases ou de landes, plus dociles et malléables que les arbres, reléguant les bois dans les deux vallées, à l'abri des bourrasques traîtresses. Les espèces endémiques de l'île, chevaux, vaches[1] et moutons, n'avaient pas pu croître comme leurs semblables du continent, s'acclimatant à la dureté de l'île en restant des races naines et rustiques. Les hommes à leur tour avaient pris le pli, s'ajustant à ce milieu venteux en construisant de petites maisons robustes, entourant leurs champs de parapets en pierre, érigeant des gwaskedous[2] pour abriter leurs brebis. La terre et les hommes faisaient corps depuis des siècles pour relever le défi de vivre au cœur d'un océan, sous les caprices du vent du large. C'était pour tout cela que j'aimais cette île qui m'avait vu naître et qui j'espérais me verrait mourir.

Pour rien au monde, je ne voulais vivre ailleurs. Je ne m'imaginais même pas pouvoir habiter autre part qu'ici.

Dans la voiture, mon voisin se montrait bien taciturne. Il restait assis, caressant tendrement le pommeau métallique de sa canne, observant la route qui serpentait au milieu de

---

1 Les races ouessantines de chevaux et de vaches ont aujourd'hui disparu.

2 Nom des murs en pierres et terre en forme d'étoile où les moutons d'Ouessant pouvaient s'abriter, quelle que soit la direction du vent.

la lande. Il avait tout du sphinx ainsi, le regard impassible et mystérieux. À quoi pouvait-il donc penser ? Je doutais qu'il puisse s'égarer comme moi à vanter la beauté et la force d'Ouessant. Il était trop cartésien pour cela. Il devait plutôt songer aux différents meurtres de la nuit, et peut-être même au coupable. Que savait-il exactement ? Qu'est-ce qu'Évelyne avait bien pu lui confier ? Je ne voyais pas un instant ce qu'elle avait pu découvrir et lui révéler. Tout cela ne tenait pas debout, ou alors quelque chose m'échappait. Je ne savais pas ce que j'aurais été capable de donner pour découvrir les hypothèses que le cerveau fertile de mon ami avait échafaudées, mais je ne lui posais aucune question, persuadé qu'il me les confierait bientôt.

En tout cas, il faisait beaucoup de mystères, suffisamment pour m'intriguer. Il avait insisté pour qu'on quitte précipitamment la mairie sans prévenir qui que ce soit, ni Amélie, ni Bonnemayre ou Minot. Nous avions donc filé à l'anglaise pendant que les autres devaient prendre leur café dans la salle du conseil. Je me demandais bien à quoi rimait ce petit manège. De qui pouvait-il autant se méfier pour œuvrer ainsi en catimini ?

Nous n'étions plus loin de la baie de Béninou et notre virée en automobile allait incessamment prendre fin. La Peugeot prit encore un virage à gauche, avant de quitter la route et s'avancer dans un petit chemin pierreux qui malmenait ses amortisseurs. Ce chemin était encadré d'un épais tapis de callunes peigné par de rapides coups de vent. Sous cette brise, les branches légères des bruyères ondulaient à la manière des flots frissonnant sous la risée.

J'arrêtai enfin le contact et nous descendîmes du véhicule. Dagorn pointa sa canne vers le nord-est en soufflant :

— C'est par-là !

Il n'ajouta pas d'autres mots, avançant dans un sentier gadoueux bordé d'une suite continue de mûriers, formant un imposant mur végétal brunâtre, grossier et hérissé d'épines.

Ce genre de ronciers était de plus en plus envahissant sur notre île. Faute de troupeaux de moutons assez conséquents et faute de parcelles suffisamment cultivées, cette plante nuisible gangrénait peu à peu les terres, escaladant les murets et étouffant l'herbe. Les mûriers étaient devenus une véritable plaie pour Ouessant et nous n'arrivions plus à enrayer efficacement cette lente et irrémédiable invasion.

Je suivais la démarche hésitante du docteur qui quitta le sentier pour une étroite langue de terre où poussait une herbe touffue. Je lui emboîtai donc le pas, marchant sur cette mince prairie gorgée d'eau. Je me demandais bien où Dagorn avait décidé de m'entraîner, mais en tout cas, il y allait sans hésitation, juste avec quelque peine vu la nature de ce terrain. À chaque enjambée, nous nous enfoncions comme si nous foulions un matelas en mousse. Un bruit de succion disgracieux se faisait entendre, à croire qu'on piétinait une éponge humide, provoquant des chapelets de bulles d'air qui éclataient à la surface.

Nous avancions bientôt d'un pas plus rapide, surtout Loïc qui paraissait avoir oublié son handicap. L'adrénaline de l'enquête devait lui donner des ailes. Il dérangea un traquet motteux qui s'envola à tire-d'aile et s'approcha d'un petit édicule en pierre oublié au cœur de la lande, qui servait occasionnellement de cabanon aux chasseurs de l'île qui tiraient le garenne. Je le rejoignis en foulant ce sol flasque qui retenait le pied.

— Nous y sommes, me dit-il en souriant doucement.

Son visage me parut pâle et tranquille, alors que ses yeux reflétaient une dureté que je ne lui connaissais pas.

Au loin, j'entendais le bruit du ressac. La falaise était à une centaine de mètres de nous, pas plus. Dans la baie de Béninou, la mer n'avait pas encore retrouvé toute sa sérénité. Les lames s'écrasaient sur les rochers dans un fracas assourdissant. Les flots mettaient plus de temps que les cieux à s'apaiser après le passage de Carla.

— Pourquoi as-tu tenu à venir ici ? demandai-je intrigué.

Le docteur me dévisagea avec calme et s'assit sur un petit banc adossé à cette cabane, judicieusement placé pour se prémunir des ardeurs des vents dominants. Il m'invita à l'imiter, ce que je fis en réitérant ma question. Je n'en pouvais plus de ronger mon frein. Je voulais enfin savoir ce qu'il avait en tête. Son silence volontaire et tous ses mystères commençaient à me rendre mal à l'aise. Il me répondit enfin, d'une voix étrangement sereine :

— Car c'est là que se trouve la clef de l'énigme, Fanch.

— Comment cela ?

— C'est ici que tout a commencé, dit-il d'une voix plus mécanique, plus dure. C'est à cause de cet endroit que la mort a frappé notre île la nuit dernière.

10 h 24

Je ne quittai plus le docteur des yeux. Le dos appuyé contre la face rugueuse des pierres sèches, il restait subitement statique et totalement mutique. Sa phrase mystérieuse n'avait fait que décupler ma curiosité, et avouons-le, mon inquiétude. Qu'avait-il voulu dire ? Pourquoi fallait-il qu'il parle précisément de cet endroit ? Qu'est-ce qu'il avait bien pu découvrir ? Ce silence imposé et calculé généra une certaine gravité, voire une pesanteur désagréable. Je fus presque soulagé que Dagorn reprenne la parole. Il avait cette voix étrangement douçâtre et cajoleuse, la même qu'aurait un cavalier cherchant à tranquilliser une monture rétive :

— Je crois savoir ce qu'il s'est passé cette nuit, Fanch. Je suis même persuadé d'avoir tout deviné et c'est pour cette raison que je tenais à t'en parler en aparté, loin des autres.

Il se tut brusquement. Son regard se mit à suivre le vol d'un goéland solitaire qui avait surgi de nulle part. Cette brusque apparition avait suffi à le distraire, je dus l'encourager à poursuivre :

— Je t'écoute, Loïc. Qu'as-tu découvert de si important que les oreilles de mes conseillers ne peuvent entendre ?

— Il y a un moment pour tout. Ils le sauront à leur tour, mais en tant que maire, il me paraissait nécessaire que tu aies la primeur de mes révélations.

— Mes oreilles sont tout ouïe, répondis-je en plaisantant pour dédramatiser l'instant.

— J'ai compris qu'hier en fin d'après-midi une personne, un homme pour être précis, est entrée chez les Abgrall.

Erwan le connaissait et ne s'est pas méfié. Je pense qu'il n'a rien vu venir lorsque l'autre lui a enfoncé le couteau dans la nuque. Peu de temps après, Enora a rejoint la maison, alors qu'elle revenait du hameau du Pennorz après avoir couché avec Tristan Borvon. Elle est arrivée à l'improviste et a surpris l'homme près du corps de son mari. Elle a pris peur et a cherché à s'enfuir. Pour une raison ou une autre, elle ne s'est pas échappée par la porte d'entrée, mais par une porte-fenêtre de la terrasse. Elle a dû traverser le jardin et le meurtrier a tenté de la rattraper. Bien que la nuit fût tombée, elle a franchi le muret et a couru sur le sentier menant vers la cale, perdant ses chaussures dans sa fuite éperdue. Malheureusement pour elle, elle n'a jamais pu atteindre les premières maisons situées près du port. L'autre l'a rejointe. Elle a dû se débattre, elle l'a griffé. Et lui, il lui a plongé la tête dans le lavoir et l'a maintenue sous l'eau jusqu'à ce qu'elle ne bouge plus, jusqu'à ce qu'elle meure. Pour faire croire à un accident ou à un suicide, il a porté le corps sans vie jusqu'à la rade et il l'a jeté dans la mer espérant qu'il y disparaîtrait à jamais. Ensuite, il est remonté au Goubars et a suffisamment transformé la scène du crime pour nous induire en erreur. Il a par exemple cassé une vitre pour faire croire qu'il y avait eu effraction.

Il marqua une pause, pencha son corps en arrière jusqu'à ce que sa tête repose sur le muret de pierre. Dans cette position, ses yeux étaient braqués sur le ciel laiteux. Son visage reflétait la satisfaction.

Je n'avais pas de miroir pour voir le mien, mais je pense qu'il ne pouvait pas renvoyer d'autre expression que celui de l'étonnement :

— Qu'est-ce que tu me chantes là ?

— La stricte vérité !

— La vérité sans doute, mais ce n'est pas une révélation. Tu viens de répéter ce que nous avions déjà déduit tous ensemble. Tu ne dis rien de nouveau !

Un fin sourire malicieux étira ses lèvres sèches.

— Disons que je retraçais juste les grandes lignes, le synopsis de toute cette histoire, sans rentrer dans les détails, finit-il par ajouter.

— C'est le moins que l'on puisse dire ! Tu ne donnes aucun détail, aucun point précis.

Il se redressa vivement, en affichant un air ravi. Apparemment, je venais de prononcer les mots qu'il espérait.

— Pourtant, Fanch, c'est ce que nous avons fait toute la nuit : essayer de retracer la trame générale de cette tragédie en négligeant les détails, du moins certains, précisa-t-il en me fixant de ses yeux nacrés. Et ce fut là notre principale erreur pour comprendre tous les éléments de ce drame.

— Tu parles de quels détails ?

— La javel par exemple.

— La… la javel ?

— Oui, cela me turlupinait depuis un moment cette histoire de salle à manger nettoyée à grand renfort de javel alors que le reste de la maison était d'une propreté toute discutable.

— Je ne vois pas ce qu'il y a d'important à cela.

— Au contraire, ce détail est primordial. Je ne l'ai compris qu'à notre seconde visite chez les Abgrall. Pendant que vous étiez en train de fouiller la maison, je me suis focalisé sur cette odeur de javel.

— Ce n'est pas croyable, c'est devenu une obsession.

— Exactement ! J'avais l'obsession de découvrir le rôle de cette foutue eau de javel dans cette histoire.

— À compter qu'elle ait joué un rôle…

— Elle en a joué un, crois-moi sur parole, mon vieux. Pour le découvrir, j'ai inspecté chaque coin de la salle, me penchant, presque nez au sol pour sentir l'endroit précis qui avait été récuré. Tu m'aurais vu, Fanch, lança-t-il en ricanant, je suis sûr que j'avais tout du chien de chasse flairant le sous-bois, cherchant la piste du gibier… et je l'ai trouvé.

— Comment cela ?

— J'ai trouvé l'endroit exact qui a été aspergé de javel et sans doute briqué méthodiquement. L'homme a dû frotter, brosser avec soin.

— Et peut-on savoir où ?

— Pile au niveau du passage entre la salle à manger et le couloir, tout près de la cuisine. Tu visualises l'endroit ? Des pierres en granit gris courent sur tout le contour de l'ouverture.

— Je me rappelle, mais je ne vois pas où tu veux en venir ?

— Du sang ! Il devait y avoir du sang sur les pierres du bas ! Du sang qui a coulé de la blessure d'Erwan…

— Si tu n'en as pas retrouvé, c'est peut-être que tu te trompes, rétorquai-je sans une hésitation. Il n'y avait pas de sang.

— Oh que si ! J'en suis persuadé ! Et l'homme a dû essayer de faire disparaître toute trace sanguinolente. Cependant, ce ne fut pas évident. Le grain de la pierre a dû permettre au sang de s'incruster. L'autre a pourtant utilisé les grands moyens : une forte quantité de javel et une brosse que j'ai retrouvée sous l'évier, qui empestait encore le produit.

Dagorn discourait depuis un moment avec un ton légèrement arrogant qui m'agaçait prodigieusement, ce petit ton supérieur qui sous-entendait qu'il avait tout compris, contrairement aux autres. En clair, il me clamait à la face qu'il était le plus malin de nous tous. Il m'annonçait d'ailleurs, avec ce même timbre, qu'il avait retrouvé d'infimes gouttelettes de sang séchées derrière la plinthe, de minuscules traces qui avaient échappé au nettoyage de l'assassin, ce qui le confortait dans son raisonnement.

— Si je peux me permettre, coupai-je sans ménagement, tes déductions ne tiennent pas debout. Sur une scène de crime, il n'y a aucun intérêt à effacer des traces d'hémoglobine si on n'escamote pas le corps en même temps. Le but du meurtrier est de cacher son forfait, en faisant disparaître le corps et pas seulement le sang. Surtout que nous avons retrouvé d'énormes quantités d'hémoglobine près d'Erwan. Il s'est littéralement vidé de son sang.

— Tu as entièrement raison, Fanch. J'en étais arrivé à la même conclusion que toi. Quel intérêt d'effacer des traces de sang à un endroit et en laisser énormément à un autre ? Et j'ai fini par comprendre !

— Comprendre quoi, Bon Dieu ?

— Que le meurtrier n'a jamais cherché à dissimuler son crime, seulement l'endroit où il l'avait perpétré.

Je n'ai rien dit. Je ne l'ai pas contredit. Il semblait content de lui et de son raisonnement, pareil à un écolier qui vient de résoudre subitement un ardu problème de mathématiques, alors je l'ai laissé poursuivre son petit exposé, ce qu'il fit sans bouder son plaisir :

— Il a tué Erwan dans la zone du couloir, entre la salle à manger et la cuisine, mais il ne voulait pas que cela se sache. Il voulait qu'on croie qu'il avait péri devant la cheminée… Là où nous avons retrouvé son corps. Tu te demandes pourquoi ? Je me suis posé la même question. Quel intérêt de déplacer le corps sur une distance de quatre mètres ?

Voilà que notre toubib faisait les questions et les réponses. Ce n'était plus un dialogue, juste un monologue plein de suffisance. Il n'en finissait plus de discourir, ce prétentieux :

— En fait, le meurtrier voulait placer le cadavre d'Erwan suffisamment près du feu pour fausser l'heure du crime. Il a dû charger l'âtre de combustible pour que les flammes tiennent le plus longtemps possible et réchauffent le corps. Tu te souviens que je vous ai dit qu'il était encore tiède lorsqu'on l'a découvert ? Que pour moi, il avait été tué à peine une heure auparavant, deux heures grand maximum ?

— Je me souviens, répondis-je le plus laconique possible.

— Eh bien, je me suis trompé ! Le corps n'était pas tiède parce que la mort était survenue récemment, mais bien parce que la chaleur du feu l'avait empêché de refroidir… Le meurtrier a été malin, en tout cas plus malin que nous. Il se doutait que son petit subterfuge tromperait des amateurs tels que nous. De vrais policiers aguerris ne s'y seraient sans doute pas laissés prendre, mais nous, béotiens que nous sommes, nous n'y avons vu que du feu… Pourtant, il y a une chose à laquelle il n'a pas songé. Lui aussi, de toute évidence, c'est un amateur, un vrai meurtrier débutant. Et il a commis une erreur.

Cette dernière phrase, plus que les autres, aiguisa ma curiosité. De quelle erreur pouvait-il bien parler ?

Je n'eus pas besoin de poser de questions que le docteur reprit la parole, tel un juke-box enchaînant les musiques sans qu'il faille glisser de nouvelle pièce :

— Il s'est dit qu'en laissant un feu assez intense dans la cheminée, il pourrait brouiller les pistes et rendre plus ardue la découverte de l'heure du crime, mais il n'a pas pensé à la rigidité cadavérique…

— Explique-toi.

— La rigidité cadavérique est un raidissement des fibres musculaires qui survient normalement trois à quatre heures après un décès, et qui devient complet huit à dix heures après. Mais ce délai n'est valable qu'à température ambiante et non lorsqu'il y a une chaleur intense.

— Je ne te comprends pas.

— La chaleur accélère le processus de rigidité cadavérique ! C'est un fait avéré, car je viens de le vérifier chez moi, en retournant ce matin à mon cabinet. J'ai relu un article dans un vieux manuel de médecine médico-légale qui prend la poussière dans mon bureau. À Ouessant, j'ai peu l'occasion de feuilleter un tel bouquin, sauf ce matin.

— Où veux-tu en venir, bon sang ? déclarai-je en perdant légèrement mon sang-froid devant ses digressions incessantes. Viens-en au fait !

— En examinant la blessure d'Erwan, j'ai remarqué que sa nuque et l'articulation temporo-mandibulaire étaient toutes raides. Je n'y ai pas fait attention sur le coup, mais cela voulait dire que le phénomène de rigidité avait déjà débuté... Tu vas me demander comment était-ce possible si la mort était réellement récente ? Eh bien, justement, ce n'était pas possible ! Il y avait là une contradiction entre un corps encore tiède et une rigidité déjà amorcée. Les horaires ne correspondaient plus. Quelque chose clochait. La seule explication était un feu qu'on avait artificiellement attisé et chargé en bûches. Le meurtrier voulait induire en erreur quiconque trouverait le corps trop tôt et faire croire à une mort récente, mais il n'avait pas pensé qu'il créerait une incohérence avec le début du raidissement de la musculature. En bref, cette rigidité reculait mon estimation de l'heure de la mort.

— Je ne suis pas sûr de te suivre dans toutes tes explications. Et qu'est-ce que tu en conclus ?

— Que la mort n'est pas survenue une ou deux heures avant que nous pénétrions chez les Abgrall, donc vers 18 h 30 ou 19 heures comme je le croyais, mais au moins deux à trois heures avant, c'est-à-dire vers 17 h 30 ou

18 heures… Tu comprends ce que cela signifie, Fanch? dit-il en me fixant intensément du regard.

— Non, ai-je menti.

— Que tous nos suspects ont désormais un alibi puisqu'à cette heure, ils étaient avec des témoins pouvant certifier de leur présence : Minot était chez Bonnemayre à bricoler son chauffe-eau ; Leporet et Argouet étaient avec leurs épouses en train de faire une belote bien paisiblement ; Amélie était chez elle, au chaud dans ses pénates, avec sa mère… Et moi, j'étais en consultation avec M. Tranchefort pour examiner son ongle incarné ainsi que l'hygiène douteuse de ses pieds. Il n'y en a qu'un qui n'ait plus d'alibi du tout…

— Qui ça ? lâchai-je dans un souffle éperdu.

— C'est toi, mon vieux ! Malheureusement, il ne reste plus que toi !

Il m'a annoncé cela de but en blanc, sans sourciller, comme s'il s'agissait d'une évidence, en m'observant de ses grands yeux tristes remplis de pitié.

Je ne saurai dire ce que j'ai ressenti en l'entendant soudain m'accuser avec une conviction désarmante. Ce fut un peu comme si subitement, j'avais senti quelque chose se fissurer et se briser en moi. Dans ma poitrine et dans mon ventre, enfin quelque part là-dedans, dans mes tripes, il y a eu un déchirement, à l'instar d'un cadre trop lourd qu'on se serait obstiné à accrocher à un mur et que brusquement le placo aurait cédé en craquant.

Un pas venait d'être franchi.

Un mal venait d'être accompli.

Et l'autre qui me contemplait toujours de ses yeux mouillant et compatissant, de ses yeux qui se muaient peu à peu en regard accusateur.

Il fallait que je réagisse, que je me défende. Je ne pouvais le laisser m'incriminer sans me rebiffer. Il fallait que je nie tout en bloc, de toutes mes forces. Je devais lui prouver que j'étais innocent de tous ces meurtres, qu'il faisait fausse route, que tout cela n'était qu'un tissu d'âneries. Et c'est presque en criant que je lui ai lancé :

— Tu es devenu fou ! Croire que j'ai pu tuer toutes ces personnes ! Moi ? Ton ami ? C'est n'importe quoi ! Tu nages en plein délire !

— J'aurais préféré, Fanch. Crois-moi, j'aurais préféré divaguer et avoir inventé toute cette sale histoire. Cela aurait mieux valu que de découvrir que mon ami était un meurtrier.

— Tu oublies que pour être un assassin, il faut avoir un mobile ! Et je n'en ai pas l'ombre d'un ! Je n'avais aucun intérêt à le tuer, absolument aucun ! Tu comprends cela ? Je n'avais aucun foutu mobile !

— Si ! Tu en avais un, et il se trouve devant nous ! déclara-t-il en désignant de la main l'étendue de lande qui s'offrait à nos yeux. Le voilà, ton mobile !

Je n'ai pas su quoi répondre sur l'instant.

J'étais dans le même état qu'un boxeur acculé dans les cordes qui vient de se prendre coup sur coup. Chaque nouvelle accusation, chaque nouvel élément à charge me frappait comme un uppercut sans que je sois en mesure de répliquer, du moins pas avec assez de punch et de conviction pour reprendre le dessus. Sonné, voilà ce que j'étais devant les phrases de mon ami, complètement sonné.

— C'est à cause de cette terre, que tu as assassiné, lâcha-t-il de nouveau, sans aucun répit, cherchant à me mettre K.O.

K.O., je ne l'étais pas encore. Seulement groggy, avec assez d'énergie dans le corps pour tenter de riposter :

— Tu déconnes complètement, mon pauvre ! Je n'ai pas tué ! Et encore moins pour une raison aussi aberrante. Crois-tu que quelqu'un tuerait pour cette mauvaise terre ?

Tu l'as dit toi-même ! Rien ne pousse ici à part les ronciers et les bruyères ! Impossible de cultiver quoi que ce soit, ni blé, ni maïs, ni soja. Il n'y a même pas assez d'herbe pour nourrir un grand troupeau de bêtes ! Rien qui ait de la valeur ne peut être semé ici et ne peut pousser !

J'avais décoché toutes ces phrases en un jet, avec colère et virulence, mais il faut croire que mes coups n'avaient pas porté assez loin. Dagorn m'asséna un dernier crochet sans aucune peine :

— Tu as raison, il y a peu de plantes qu'on peut faire pousser sur cette terre, mais les éoliennes par contre, elles peuvent très bien pousser ici et elles, elles ont de la valeur.

Il ne me laissa pas le temps de répondre que déjà, il repartait à la charge :

— C'est le hasard qui m'a tout fait comprendre. Tu te souviens, chez Erwan, dans la poubelle de son bureau, j'ai retrouvé des schémas avec des pales et des moteurs, des dessins techniques imprimés sur le site de la société *Sabella*. Tu as voulu me faire croire que c'étaient des hélices pour chalutier, et sur le moment, très naïvement, je t'ai cru… jusqu'à ce que cette nuit, à la mairie, dans ton propre bureau, alors que je cherchais des documents relatifs au dispositif ORSEC, je sois tombé sur un courrier avec, en entête, le logo de *Sabella*. Cela m'a intrigué alors je l'ai parcouru. Dans cette lettre, le directeur te demandait si le projet de construire neuf éoliennes au lieu-dit Cadoran était toujours d'actualité, si tu avais enfin reçu l'aval de ton conseil municipal. Dans la même pochette, j'ai mis la main sur un mail que tu avais reçu d'*Enedis* fin décembre t'indiquant que faute d'une réponse favorable pour la cession d'un terrain dans le premier semestre de l'année 2018, il renoncerait à investir dans un nouveau complexe éolien. J'engrangeais peu à peu des informations t'accablant, sans que j'ose encore admettre l'inadmissible.

Cela m'a foutu un choc sur le moment et quand tu as débarqué dans ton bureau avec ton lit de camp, tu m'as trouvé encore tout bouleversé. Je ne t'ai rien dit sur le coup. Il fallait que je réfléchisse encore, que je fasse le point. Cela m'a travaillé toute la nuit, mais il a bien fallu que je me rende à l'évidence : c'était toi, le meurtrier. Un mobile valable venait de m'apparaître subitement à la face, une révélation digne de celle de Bernadette Soubirous à Lourdes. C'était un miracle ! Tous les éléments s'emboîtaient les uns aux autres, tout devenait logique. Seul ton alibi me tracassait, mais à force de cogiter, de repenser aux heures, de tout recalculer, j'ai fini par comprendre qu'il ne tenait pas la route. Je voulais une ultime confirmation et je l'ai eue ce matin en retournant à mon cabinet et en relisant mon traité médico-légal. Et maintenant, je n'ai plus de doute ; tu es bien le meurtrier, toi, mon ami.

C'est avec l'énergie du désespoir que j'ai répondu, dans un cri aux abois, espérant bousculer les certitudes de Dagorn :

— Tout ça, ce n'est que du baratin, que des suppositions. Tes accusations ne reposent que sur de foutues coïncidences.

— Ce que tu appelles « coïncidences », je le nomme « faits », des faits précis et inattaquables !

— Tu n'as aucune preuve tangible.

— Les preuves contre toi commencent tellement à s'accumuler que je ne sais plus quoi en faire, mon pauvre. Néanmoins je vais t'en livrer encore une : ce matin, en revenant de chez Évelyne, j'ai demandé à Pol de m'amener chez Sandrine. Je l'ai interrogée pour qu'elle me donne sa version sur la fin d'après-midi d'hier. Eh bien figure-toi qu'exceptionnellement, ta secrétaire a fait des heures sup hier. C'est si rare de sa part que c'est à marquer d'une pierre blanche. Oh, si elle s'est attardée, tu imagines bien que ce n'est pas pour faire du zèle ou rattraper du travail en retard… Non, juste par inquiétude. Elle s'est étonnée de ne pas te voir revenir alors que tu lui avais certifié que tu serais de retour du Stiff vers 17 heures. Avec ce vent qui soufflait à tout va, elle s'est fait du mouron et elle t'a attendu… jusqu'à 18 heures. Tu entends ? 18 heures ! Cela ne colle plus avec ta version, toi qui prétendais être revenu à la mairie à 17 h 30. Encore un mensonge à ton actif !

Ah, la salope, cette Sandrine ! Elle que j'arrangeais toujours pour la dépanner, pour qu'elle aille chercher son gosse à l'école, pour qu'elle quitte plus tôt au moment des fêtes ! Voici qu'elle débitait son petit témoignage qui me foutait dans la mouise ! Eh bien qu'elle ne revienne pas un jour me quémander un nouvel arrangement, parce que je crois que je pourrais lui dire de se le carrer où je pense.

— Alors tu ne dis plus rien ? me demanda Dagorn avec un sourire vicieux.

On aurait dit qu'il me sentait pris entre ses griffes, mais qu'il voulait encore jouer un brin avec moi comme un vieux matou qui a chopé une souris toute tremblante qui n'a plus aucun moyen de fuir.

J'ai quand même tenté une dernière sortie, une ultime échappatoire, sans réelle conviction :

— Tout cela, ça ne vaut rien ! Je suis sûr que le premier avocat novice te démonte ça en un tour de main !

Son sourire me parut soudain plus large, plus triomphant.

— Sauf qu'il y a ton bras…

— Mon… Mon bras ? Qu'est-ce qu'il vient faire dans toute cette histoire, mon bras ?

— Tu m'as dit que ta tendinite au bras gauche te faisait souffrir depuis hier, que ton poignet et ton avant-bras te lançaient douloureusement à force de le solliciter, comme il y a un an…

— Oui et alors ?

— Le problème, c'est que j'ai vérifié ce matin à mon cabinet. J'ai relu ton dossier médical très attentivement. Tu n'as jamais eu de tendinite au bras gauche, Fanch. Seulement au bras droit, il y a un an pile… Je me suis demandé pourquoi tu m'avais servi un tel mensonge et j'ai fini par comprendre. L'attelle au bras gauche ne te sert pas à te soulager d'une quelconque douleur, mais bien à dissimuler autre chose… Des griffures en fait. Les marques qu'Enora t'a infligées au moment où tu tentais de lui mettre la tête dans l'eau pour la noyer…

Ça y était !

Il m'avait mis K.-O., le fumier !

Les dix secondes réglementaires n'étaient pas encore écoulées qu'il m'assénait le coup ultime :

— Tu pourrais enlever ton attelle, Fanch ? Juste pour vérifier si j'affabule de nouveau ou si j'ai raison ?

Son sourire était désormais immense.

Sacré Loïc ! Il n'y avait pas à redire, il était vraiment fort.

Il avait tout deviné, l'enfoiré !

Absolument tout !

De a jusqu'à z.

10 h 41

— C'était un accident, un stupide accident.

J'ai dit cette phrase avec sincérité, d'une voix un peu penaude et un peu veule, la même qu'aurait eue un mioche surpris par son père en train de faire une bêtise et qui aurait lâché entre ses dents : « Je ne l'ai pas fait exprès. »

Le plus étonnant c'était que Dagorn ne m'avait pas contredit.

Ses lèvres restaient closes, seuls ses yeux me parlaient, des yeux gris bleutés d'une tendresse désarmante, des yeux qui appelaient à la confidence et faisaient sauter tout verrou, toute méfiance. Je crois que j'aurais préféré avoir un flic vachard en face de moi, plutôt que mon ami. Devant un policier enchaînant les questions pour me cuisiner, j'aurais sans doute trouvé le courage, ou du moins l'instinct, de me défendre davantage, de nier avec vigueur, mais devant Loïc, devant sa bonté naturelle, je perdais tous mes moyens et j'avouai tout, en répétant que ce n'était qu'un foutu accident.

Le pire, c'est que c'était vrai.

Je n'avais jamais voulu que cela se passe ainsi. Je n'avais rien prévu, rien préparé, rien prémédité. J'avais juste eu un coup de sang à un moment donné, un putain de pic de rage qui m'avait mis dans la merde. Ma mère m'avait souvent dit qu'un jour, mes accès de colère me mettraient dans la panade, qu'il faudrait que j'apprenne à me contrôler, à me canaliser. Comme si c'était facile ! Après tout, cela faisait partie de mon caractère, de ma nature profonde. Tout gamin déjà, je sentais, lorsqu'on me contrariait, que quelque chose bouillonnait en moi, une sorte de magma de colère et de frustration que je ne parvenais pas à contenir et qui ne cherchait qu'à jaillir, qu'à exploser à la face de mes contradicteurs ou de mes adversaires. À l'âge adulte, j'avais consulté des thérapeutes de toute sorte, des psychologues, des psychiatres et même des magnétiseurs, que des types qui prétendaient pouvoir dompter mon tempérament tempétueux. Il y avait eu des résultats encourageants, mais lors d'une forte contrariété, mes démons reprenaient le dessus. Et hier soir, devant l'attitude bornée d'Erwan, c'était ce qui s'était passé. Je n'avais pas pu empêcher l'éruption d'éclater. J'avais explosé et ensuite tous les événements de la soirée s'étaient enchaînés les uns après les autres, dans une spirale tragique et désespérante…

— Je n'ai jamais voulu cela…

— J'en suis convaincu, me répondit Loïc, en souriant doucement.

— Hier soir, après avoir été au Stiff, j'ai fait un détour jusqu'au Goubars. Pour la énième fois, je voulais demander à Erwan s'il acceptait de me vendre ses terres au Cadoran. J'avais calculé qu'en les additionnant aux miennes, je pouvais avoir un terrain suffisamment vaste pour permettre l'implantation de neuf éoliennes. Regarde, dis-je en lui désignant le paysage qui nous encerclait, c'est l'endroit idéal, assez loin de toute habitation pour éviter les nuisances sonores, et dans un secteur ouvert sur la baie de Calgrac'h et sur la baie de Béninou, avec un dénivelé minimum de trente mètres au-dessus de la mer. Une exposition idéale pour recevoir les vents du large et faire tourner une forêt d'éoliennes. Avec tous ces arguments, j'avais pu convaincre *Enedis* d'investir dans ce projet. Seulement, Erwan ne voulait rien savoir. J'essuyais refus sur refus, et plus j'insistais, plus il s'obstinait. Peu à peu, l'échéance laissée par *Enedis* diminuait comme peau de chagrin et je savais que si je n'arrivais pas à avoir ses terres, le projet serait déclaré mort et enterré. Alors j'ai encore tenté ma chance…

— Et Erwan n'a pas cédé.

— Non, rien de rien. Il était plus têtu qu'un troupeau de mules, cet enfoiré.

— Tu savais pourtant qu'il tenait au caractère sauvage de l'île et que jamais il n'aurait accepté de la voir dénaturée par des éoliennes. C'était un vrai écologiste qui…

— Écologiste, mon cul ! m'écriai-je d'un coup. Tu as déjà vu beaucoup de marins-pêcheurs encartés chez les Verts, toi ? Tu crois qu'avec ses filets traînants, il était respectueux de la faune et de la flore lorsqu'il se baladait en mer d'Iroise avec son chalutier ?

— Écoute, je…

Je ne voulais rien savoir. J'étais lancé et rien ne pouvait freiner ma diatribe :

— Ce que je peux te certifier, c'est que s'il s'est opposé à mon projet, ce n'est pas pour des raisons écologiques. Tu sais très bien que produire de l'électricité sur notre île coûte cinq fois plus cher que sur le continent et que cela pollue beaucoup plus ! Comme nous ne pouvons pas faire venir l'électricité par des câbles sous-marins, nous devons la produire nous-mêmes, mais à quel prix ? La centrale électrique du Doulou consomme une quantité énorme de fioul chaque année. À Ouessant, la production d'un kilowattheure génère treize fois plus de CO2 que sur le reste du territoire français. Tu ne vas tout de même pas me dire que l'éolien n'est pas moins écologique ?

— Je sais bien, mais…

— Ce qui le gênait vraiment, ajoutai-je dans la foulée, c'est que son fils Frédéric travaille à la centrale du Doulou gérée par ERDF et il s'est mis en tête que si mes éoliennes sortaient un jour de terre, cela allait mettre son rejeton au chômage. Voilà, la vraie raison de son refus ! Il n'y a rien d'écologique là-dedans ! Ce n'était qu'un égoïste qui a privilégié son petit intérêt personnel ou familial au détriment de l'intérêt de tous les Ouessantins !

— Et toi, ce n'est pas ton intérêt personnel que tu défends avec tant de virulence ? coupa Dagorn d'un ton plus tranchant.

— Non, monsieur ! Je voulais seulement garantir une énergie propre à mes administrés ! Avec l'aide du SDEF[1], j'ai déjà fait installer des panneaux solaires sur les toits de la salle omnisports. Et puisque le projet d'hydrolienne dans le Fromveur[2] est au point mort, mes éoliennes nouvelle génération sont une alternative tout à fait cohérente.

— Cohérente, certes, mais pas désintéressée, Fanch, puisqu'en devenant propriétaire des terres du Cadoran, tu savais que tu toucherais une somme substantielle d'*Enedis* pour l'exploitation du parc éolien.

— Et alors ? Ce n'est pas contradictoire ! Je peux penser au bien-être des Ouessantins tout en touchant une petite compensation.

— En bref, tu voulais le beurre et l'argent du beurre.

— Vu ce que je gagne dans ma boutique de souvenirs, ce n'était pas un crime d'espérer obtenir une petite rente supplémentaire en louant mon terrain à *Enedis*.

— Tu as raison, ce n'était pas un crime d'espérer cela, le vrai crime, c'est tout ce que tu as fait après… Le meurtre d'Erwan, d'Enora, celui de l'Érythréenne.

Cette phrase m'a cloué le bec sur le moment. Elle me rappelait douloureusement tout ce que j'avais fait la veille, tout ce qui s'était passé…

1 Syndicat départemental d'énergie du Finistère.

2 Le passage du Fromveur est situé entre l'archipel de Molène et l'île d'Ouessant. Il est parcouru par des courants marins très violents. L'hydrolienne D10 de l'entreprise *Sabella* immergée pendant quelques mois dans ce passage a été sortie de l'eau en juillet 2016 pour subir des travaux de renforcement des parties électrotechniques.

— Hier soir, j'ai fait une nouvelle tentative pour convaincre Erwan, mais rien n'y a fait, il était plus obstiné que jamais, continuai-je d'une voix un peu lasse. La discussion a dégénéré lorsqu'il a été chercher des documents qu'il avait imprimés sur les éoliennes de la société *Sabella*. Il me les a foutus sous le nez, disant que lui vivant, jamais de telles machines ne verraient le jour sur son île, qu'elles étaient trop grandes, trop imposantes, qu'elles défigureraient le paysage autant que des verrues poussant sur le visage de miss France gâcheraient sa beauté. Et il a commencé à me menacer, à dire qu'il révélerait à tout le monde mon projet monstrueux, qu'il ferait savoir qu'il était dans mon intention de modifier le PLU[3] pour permettre une telle installation au nord de l'île. Le ton est monté. J'étais en rogne. Je crois que je l'ai bousculé ou que j'ai fait tomber ces foutus papelards d'un revers de main. C'est à ce moment qu'il s'est baissé pour les ramasser… et j'ai vu ce grand couteau qui traînait sur la table de la cuisine. Je ne sais pas ce qui m'a pris… J'ai dû perdre la tête, il n'y a pas d'autre explication. Et puis l'autre qui n'en finissait pas de déblatérer sur mon compte en récupérant ses documents, qui prétendait qu'il allait trouver Leporet dès le lendemain matin pour le mettre au courant de tout, qu'il allait tout exposer sur la place publique… Enfin tu comprends, j'ai eu un coup de sang. Je me suis emparé du couteau et… sans réfléchir, j'ai frappé ! Une seule fois ! En plein dans la nuque… La lame est rentrée toute seule… presque sans peine. Tu disais qu'il y avait pourtant plein d'os ou de cartilage dans ce coin, mais j'étais tellement en colère que j'ai dû frapper comme un sourd… La lame s'est enfoncée d'un coup dans sa chair… Et Erwan s'est effondré aussitôt à mes pieds. Il est tombé de tout son poids, sans pousser le moindre cri… Je suis

3 Plan local d'urbanisme.

resté un petit moment cloué sur place, terrifié par mon propre geste, comprenant que j'avais commis l'irréparable et qu'il m'était désormais impossible de faire machine arrière. Je ne savais plus quoi faire. Finalement, j'ai fini par émerger de cet état second où j'étais plongé. Le corps d'Erwan n'avait pas beaucoup saigné, ou du moins pas autant que j'aurais pu le craindre. J'ai vu à ma gauche cette grande flambée qui irradiait dans la cheminée et je ne sais pas comment, mais j'ai eu l'idée d'en rapprocher le mort pour fausser l'heure du décès. Sans doute que j'avais dû voir cela dans un feuilleton policier. Je n'ai pas songé un seul instant à ton histoire de rigidité cadavérique, seule l'idée de réchauffer le cadavre a compté.

— Tu te doutes bien que ce n'est pas avec ce genre de stratagème que tu aurais pu tromper la police scientifique ?

— Sur le coup, j'y ai pensé, figure-toi, mais je savais que si la police ne se radinait pas trop vite sur l'île, j'avais une chance de mystifier tout le monde. Il y avait la tempête bien sûr, mais quelqu'un aurait pu prévenir les autorités trop tôt. C'est pourquoi j'ai imaginé un moyen de couper toutes les communications avec le continent, mais cela, je te le raconterai plus tard.

— O.K., continue.

— J'ai filé dans la cuisine, j'ai trouvé une paire de gants de vaisselle que j'ai enfilée pour ne pas laisser d'empreintes puis j'ai traîné Erwan jusqu'à la cheminée afin de le positionner face à l'âtre. J'ai retiré le couteau et là, le sang s'est mis à couler, à couler. J'en ai eu un haut-le-cœur. J'avais vraiment l'impression de voir une bête que j'avais saignée. Et c'est à ce moment qu'elle est arrivée…

— Enora ?

— Oui, Enora, répondis-je d'une voix soudain plus ténue. C'était bien Enora. Je ne l'ai même pas entendue entrer dans la maison. Je savais qu'elle n'était pas présente lorsque je discutais avec Erwan et voilà que subitement, elle déboulait dans la salle, comme un chien dans un jeu de quilles. Bon dieu, je ne sais pas qui de nous deux a été le plus surpris. On est restés aussi cons l'un que l'autre, à se découvrir mutuellement, chacun devant se demander ce que l'autre faisait là, elle plantée au milieu de cette pièce et moi penché au-dessus du corps de son mari. J'ai réagi le premier. Je me suis dirigé vers elle lui disant que j'allais tout lui expliquer, que ce n'était qu'un accident. Mais elle n'a pas voulu m'écouter, elle s'est mise à pousser des cris d'orfraie. La pauvre fille était terrorisée, elle me criait de ne pas bouger, de ne pas m'approcher. Je ne voulais pourtant pas lui faire du mal, juste lui parler et tenter de la calmer. Tu comprends ? Elle a voulu quitter la salle, mais j'étais déjà positionné devant la porte du couloir, lui bloquant ainsi toute voie de retraite. Il fallait qu'elle me laisse le temps de tout lui expliquer. Mais elle n'a rien voulu entendre. Elle s'est mise à crier et elle s'est précipitée vers une des portes-fenêtres de la terrasse, l'a ouverte avant de courir à travers le jardin comme une furie. Je n'ai pas eu le choix. Il fallait que je la rattrape, que je la raisonne, mais elle ne voulait pas m'écouter. Elle a grimpé sur le muret et s'est enfuie à travers les ronciers. J'ai bien vu qu'elle se dirigeait vers le port. Je devais la rejoindre avant qu'elle n'atteigne les premières habitations et qu'elle donne l'alerte. Bon sang, j'ai couru comme un chien dératé. Cela faisait des lustres que je n'avais pas cavalé comme ça. À mon âge… Je n'ai plus l'habitude. J'avais le palpitant qui était complètement affolé, et les guiboles qui souffraient le martyre. Enora n'arrêtait pas d'appeler à l'aide, mais avec le vent qui commençait à faire un boucan du diable, personne n'a dû l'entendre. Et coup de bol, même si quelqu'un avait jeté un œil par sa fenêtre, il ne nous aurait pas vus puisqu'à cette heure, il faisait trop sombre, et la lune était masquée par des nuages. On dit que la nuit, tous les chats sont gris et là, je te jure qu'il aurait fallu des yeux de lynx doublés d'yeux de hibou pour nous repérer. Enora faisait de vrais sauts de cabri au milieu des ronces. Elle était plus véloce que moi. Jamais je n'aurais pu la rattraper si elle n'était pas tombée à plusieurs reprises. J'ai fini par revenir à son niveau au moment où elle a déboulé aux poubelles, tout près du port. J'ai réussi à la choper au bras, mais elle s'est débattue comme un renard pris au collet. Et elle hurlait, elle hurlait. Je n'arrêtais pas de lui dire de se taire, que je ne lui voulais aucun mal, que je voulais juste lui expliquer. Tu me comprends, Loïc ?

Le docteur me fit oui de la tête sans que je sache s'il était réellement convaincu. Il avait le visage blême de quelqu'un qui ne se sent pas bien. La première fois qu'il avait dû assister à une dissection à la faculté de médecine, je suis sûr qu'il avait la même figure écœurée. D'un signe de la main, sans prononcer un mot, il me demanda de poursuivre.

Alors j'ai raconté la suite, d'une voix troublée par l'excitation. J'ai tout raconté : l'obstination d'Enora à ne pas vouloir m'écouter ; les cris qu'elle n'arrêtait pas de pousser, des cris si stridents que j'ai fini par craindre qu'ils n'ameutent tout le secteur.

— Je l'ai suppliée de se taire, Loïc. Je lui ai dit qu'elle devait se calmer et m'écouter. Je voulais lui expliquer que ce n'était qu'un accident, mais elle criait, ne faisait que ça. Je la tenais toujours entre mes bras. Elle est tombée au bord du lavoir, sans pour autant qu'elle cesse ses hurlements. Je lui ai redit de la fermer. Mais elle n'a pas été raisonnable. Elle ne m'a pas écouté. C'est là que j'ai posé ma main sur son crâne et que je lui ai plongé la tête dans l'eau. Pas pour lui faire du mal, Loïc... Non ! Je te jure que non ! Juste pour la forcer à se taire, pour qu'elle la boucle un instant. C'est vrai, elle n'était pas raisonnable à beugler comme ça. Au moins dans l'eau, elle ne pouvait plus crier. Je lui ai maintenu la tête le temps qu'elle se calme. Elle, elle gigotait comme une forcenée. Ses mains cherchaient à m'atteindre, à me frapper, à me faire lâcher prise. Ses ongles m'ont labouré le bras gauche, mais j'ai tenu bon… un bon moment en tout cas. Jusqu'à ce qu'elle se soit calmée, jusqu'à ce qu'elle ne se débatte plus… jusqu'à ce qu'elle ne bouge plus.

— Mon Dieu !

Ces deux mots s'étaient échappés d'entre les lèvres de Dagorn. Je voyais bien qu'il était épouvanté par mon geste. Il savait pourtant ce que j'avais fait, mais de lui raconter en détail, je crois qu'il a véritablement pris conscience du meurtre, un peu comme s'il y avait assisté en direct. Une expression singulière courut sur sa figure, une expression indéfinissable reflétant juste un sentiment proche de l'aversion.

Ça me gênait tout ça.

Je ne voulais pas qu'il ait cette sale image de moi. Il savait pourtant lui, que je n'étais pas quelqu'un de méchant, que cela ne me ressemblait pas tout ça.

C'est pourquoi j'ai continué à parler, pour me dédouaner, enfin plutôt pour qu'il me concède le droit à quelques circonstances atténuantes :

— Tu vois, Loïc, il n'était pas dans mon intention de la tuer, je ne voulais pas lui faire de mal. Je voulais juste qu'elle se taise, pas qu'elle meure.

— Et qu'est-ce que tu as fait ensuite ?

— J'ai porté son corps jusqu'au chenal pour pouvoir le jeter dans la baie. Je me suis dit qu'avec cette houle, on ne retrouvait jamais son cadavre, qu'il serait emporté jusqu'au large.

— Et ses vêtements ? Pourquoi elle ne les avait plus ?

Loïc Dagorn n'était pas le genre de type à apprécier les points d'interrogation. En tant que scientifique, ce n'était pas étonnant, il voulait du concret, du rigoureux, et pas de l'imprécision. Le calcul devait toujours tomber juste. Les équations à une inconnue ne lui convenaient que lorsqu'il avait trouvé l'inconnue. Alors il multipliait les questions pour dédensifier le mystère ou combler un vide dans son raisonnement.

Je répondais sans me dérober, disais tout, expliquais dans le détail et dans le morbide. Ce n'était pas que j'étais fier de ce que j'avais fait, bien au contraire, j'étais horrifié de mon geste, mais je sentais le besoin de tout raconter, un peu pour me soulager. Le poids de ma culpabilité était un trop lourd fardeau à porter seul, que je supportais depuis la veille. Il fallait que je m'en déleste, que j'allège ma conscience en parlant. C'était un peu le genre de phénomène qui devait pousser les ouailles à venir dans le confessionnal pour vider leur sac devant le curé. Je dois reconnaître que j'avais la confession piteuse, sans accent de fanfaronnade dans la voix, sans la moindre parcelle d'irrévérence.

— J'ai pensé que si on retrouvait tout de même le corps d'Enora un jour ou l'autre, il faudrait faire croire qu'on avait voulu l'agresser sexuellement. Cela aurait permis d'orienter les enquêteurs vers une fausse piste, sur celle d'un hypothétique pervers. C'est pour cela que j'ai enlevé son pantalon ainsi que sa petite culotte et que j'ai balancé le tout à la mer.

— Après tu es retourné au Goubars ?

— Oui, je devais encore maquiller la scène du crime. J'ai repris le chemin inverse, je suis remonté jusqu'au jardin des Abgrall, puis je suis revenu dans la salle. Le corps d'Erwan était toujours là, devant la cheminée. J'ai ravivé le feu avec une bourrée et quelques bûches, en prenant grand soin de ne pas marcher dans cette énorme flaque de sang. Quand je suis arrivé au Goubars hier soir, il faisait déjà nuit et tous les volets des maisons voisines étaient fermés. Personne n'avait pu me voir. Il ne me restait qu'à effacer toutes les empreintes que j'avais pu laisser pour faire disparaître toute trace de ma venue. Dans la cuisine, j'ai trouvé un chiffon et avec, j'ai essuyé le manche du couteau, les poignées de porte, les chambranles, enfin tout ce que j'avais pu toucher ou effleurer. J'ai bien sûr fini par balancer le chiffon dans le feu, ainsi que les feuilles imprimées par Erwan sur les éoliennes.

— Sans te douter qu'il y en avait d'autres à l'étage, dans la poubelle de son bureau, précisa Dagorn, celles que j'ai retrouvées.

— Non, ça, je ne le savais pas, avouai-je. Je peux te dire que cela m'a fait un sacré choc quand tu me les as montrées. J'ai bien essayé de t'enfumer, en te disant que ce n'était que des hélices pour son bateau de pêche…

— Je t'ai cru au départ, jusqu'à ce que je comprenne que *Sabella* était une entreprise spécialisée dans les éoliennes ou les hydroliennes, et non dans les chalutiers.

J'ai esquissé un sourire très léger, trahissant ma satisfaction d'avoir presque réussi à duper le grand Dagorn, l'amateur d'énigmes policières.

— C'est au moment où j'ai voulu quitter la maison des Abgrall que j'ai repensé au sang qui avait coulé près de l'entrée du couloir. J'ai épongé le carrelage, effacé les dernières traces sanglantes, mais ce fut moins évident avec les gouttes de sang incrustées dans le granit. J'ai dû cette fois utiliser brosse et eau de javel pour briquer méthodiquement les pierres du bas.

— La fameuse javel ! s'écria Dagorn. Le détail que j'avais remarqué, ou plutôt senti, et qui m'a permis de comprendre qu'on avait cherché à nous mystifier, qu'on avait déplacé le corps.

— Oui, Loïc, il n'y avait que toi qui avais relevé ce détail insignifiant, tellement insignifiant…

— Dans nos *murder parties*, on comprend vite que ce sont les points de détail qui sont les plus importants, lança-t-il avec une pointe de condescendance. Ils sont souvent les grains de sable qui détraquent le mécanisme de la machine la mieux conçue, la mieux huilée…

Je l'ai laissé se gargariser un moment avant de poursuivre :

— Ensuite je suis ressorti par la porte-fenêtre, et je suis allé à la fenêtre la plus proche que j'ai brisée d'un coup de pierre…

— Pour faire croire que quelqu'un était entré par effraction.

— Exactement, mais tu n'as pas été dupe en retrouvant ces morceaux de vitre sur le cadavre d'Erwan.

— J'ai eu de la chance de les remarquer, dit-il avec une modestie que je ne serais pas en mesure de qualifier, modestie feinte ou sincère ?

Je repris mon récit sans lui laisser le temps d'ajouter un autre mot :

— Je me suis faufilé par cette fenêtre pour refermer la porte-fenêtre et son volet de l'intérieur, avant de ressortir.

— Tu as filé directement à la mairie ensuite ?

— Non, je suis allé d'abord à Kermein[4].

— Chez toi ? lâcha-t-il un peu étonné.

— Chez moi, mais surtout jusqu'au répartiteur téléphonique qui se trouve à trente mètres de ma maison. Cela faisait des mois que j'avais signalé à EDF que la porte fermait mal, personne n'était jamais venu rectifier ce défaut. Tant mieux, cela fut d'autant plus facile pour moi de saboter quelques câbles à l'intérieur, assez pour priver l'île entière de réseau téléphonique et d'internet.

4 Nom d'un hameau à Ouessant.

Impossible pour qui que ce soit de prévenir les autorités avant un bon bout de temps.

— C'était bien pensé.

— J'étais surtout conscient que j'avais tout fait dans la précipitation, que j'avais peut-être commis des maladresses ou laissé des indices sur mon chemin, tel un petit Poucet étourdi. Retarder l'arrivée de la police me permettait de rectifier certaines de mes possibles erreurs et d'éviter que des enquêteurs professionnels voient trop vite la scène du crime. Je suis rentré chez moi. J'ai brûlé mes vêtements et mes chaussures dans mon poêle à bois, ainsi que les gants de vaisselle puis j'ai pris une douche rapide, enfin j'ai fait tout ce qu'il fallait pour faire disparaître des traces de l'ADN d'Erwan ou d'Enora que j'aurais pu porter sur moi à mon insu. J'ai mis mon attelle pour dissimuler les griffures de ma victime. Pour parachever le tout, il ne me restait plus qu'à rentrer à la mairie. J'étais dans mon bureau à 18 h 30 précises, peu avant que tu arrives sur les lieux. C'était pile poil. Nous avons discuté, j'étais un peu stressé, un peu chamboulé par tout ce qui venait de se dérouler…

— Tu as bien caché ton jeu, Fanch. Et puis, toute l'appréhension que j'aurais pu déceler chez toi aurait été mise sur le compte de la tempête Carla.

— C'est vrai. J'étais légèrement inquiet, mais en gros, j'étais assez confiant, persuadé que j'avais réagi avec rapidité et efficacité. Et le déroulement de la soirée ne pouvait que me conforter dans mon idée. Au fur et à mesure de vos investigations, le nombre de suspects ne cessait de grandir, brouillant les pistes, à mon avantage. C'était pour rajouter encore de la confusion que je me suis mis à t'accuser devant tout le monde durant notre réunion, dévoilant l'histoire de la maison en Vendée que tu touchais en héritage. J'avais compris que plus il y aurait de gens soupçonnés avec des mobiles valables, moins on me suspecterait.

— C'était bien vu.

— Oui c'était bien vu, sauf que…

— Que ?

— Que tout aurait pu se passer sans problème si je n'avais pas joué de malchance… À trois reprises…

— Quelle fut la première ? demanda-t-il dans la foulée.

— Quand la mère Karadec a retrouvé le cadavre d'Enora dans le port et que j'ai réalisé qu'il n'avait pas disparu au large. Sur le coup, cela m'a fait peur. J'avais l'impression que tout mon plan allait s'effondrer comme un château de cartes. Même si, très vite, j'ai vu ça comme une opportunité, puisque cette découverte vous a permis de trouver aussi le corps d'Erwan assez rapidement, assez pour remarquer qu'il était tiède et que tu te trompes sur l'heure de la mort. Ton créneau entre 18 h 30 et 19 h 30 me convenait parfaitement puisqu'il me donnait un alibi en béton. Une chose me contrariait cependant, c'est que tu aies découvert de la peau et du sang sous les ongles d'Enora… Les miens bien sûr.

— La deuxième malchance, je suppose que c'est la présence de l'Érythréenne au Goubars ?

Il avait vu juste. Cette jeune africaine avait été pour moi un horrible imprévu.

Commettre un meurtre, ça n'avait rien de facile ou d'évident, mais si en plus le hasard s'amusait à vous jouer des tours pendables en vous collant ce genre d'obstacle dans les pattes, là, cela devenait franchement impossible :

— Comment aurais-je pu me douter qu'une autre personne vivait chez les Abgrall ? C'était vraiment une tuile qui me tombait dessus. Était-il possible qu'elle m'ait aperçu chez eux ? Ou pire qu'elle m'ait vu tuer Erwan ? Je suis resté avec cette crainte angoissante pendant un moment, jusqu'à ce que je la voie à la gendarmerie. Et là, je peux te certifier qu'elle m'a lancé un tel regard effrayé que j'étais intimement convaincu qu'elle me reconnaissait. Elle avait été témoin de tout, j'en suis persuadé.

— Rien n'est moins sûr. Elle avait peut-être seulement été effrayée de voir tous ces bonhommes autour d'elle. Si cela se trouve, elle n'avait pas été témoin du meurtre.

— Peut-être, mais c'était un risque que je n'avais pas envie de prendre. Si elle m'avait vu, à tout moment elle pouvait me dénoncer. Je devais la faire taire définitivement. Profitant d'un temps où j'étais seul, je suis allé au local de la mairie et j'ai récupéré une bonne dose de mort-aux-rats, suffisamment pour mettre un cheval sur le dos. Un peu plus tard, alors que tout le monde se reposait dans les différentes salles, je suis entré en catimini dans le bureau où se trouvait le corps d'Enora. J'ai nettoyé méticuleusement ses ongles et j'ai subtilisé le pot contenant le reste de mon ADN. Ensuite, je suis ressorti, laissant exprès la porte ouverte et la lumière allumée, et je suis allé dans mon bureau, attendant que quelqu'un découvre qu'une tierce personne était venue voir Enora. C'est ce qui s'est produit ! Cela a créé un vrai ramdam. Tout le monde s'est précipité au rez-de-chaussée et moi, j'ai pu entrer dans la cuisine pour verser le poison dans la bouillie. Le reste, tu le connais aussi bien que moi. L'Érythréenne est morte, emportant ses secrets dans l'au-delà.

— Et Damien ? C'était prévu aussi de le tuer ? questionna-t-il d'un ton plus sévère. Tu craignais qu'à la gendarmerie Nurah Hashim lui ait tout dit et tu as préféré le faire disparaître à son tour ?

— Non ! Mille fois non !

J'ai crié comme si on me disait une abomination ! Jamais je n'avais voulu cela, et surtout pas la mort de mon meilleur ami. S'il avait avalé le poison, ce n'était que par un malheureux concours de circonstances, et non par ma faute, non à cause de moi ! Il n'aurait jamais dû avaler l'arsenic. Jamais ! Il s'était juste trouvé là au mauvais moment… et sa gourmandise avait fait le reste…

De toute façon, jamais je n'avais voulu que tout cela se produise. Je ne voulais tuer personne au commencement. Je n'avais rien prémédité. Tout cela n'avait été qu'une suite malheureuse d'événements, une fuite en avant vers le pire. J'avais l'impression d'être entré à un moment dans un cercle vicieux. Une mort était survenue, et puis une autre parce que la personne était présente au mauvais endroit ou m'avait vu, et cette présence me mettait en danger. Enora d'abord, qui avait surgi dans la salle. L'Africaine ensuite, qui habitait au Goubars… Et le pire de tout, le plus inconcevable, Damien, mon meilleur ami, dont la mort restait un réel accident. J'avais vraiment l'impression d'être entré dans un puits sans fond et que je n'arrivais plus à en ressortir, que tout ce que je faisais n'avait d'autre conséquence que de m'enfoncer encore plus profondément, comme si j'étais englué dans une sorte de sable mouvant.

Je ne pouvais reconnaître, à ma grande honte, que je n'avais pas maîtrisé grand-chose durant cette foutue soirée. Tout avait été à vau-l'eau depuis le début, à mon grand dam.

Non, décidément, je ne voulais pas que cela se passe ainsi… Et surtout pas provoquer la mort de mon vieux copain Damien.

J'ai craqué d'un coup.

Mes larmes affluèrent subitement, dégringolant le long de mes joues, de mon menton, tel un torrent incontrôlable. On aurait dit un barrage craquant de toutes parts, laissant jaillir des trombes d'eau.

Le docteur Dagorn restait assis près de moi, sans que le moindre mot compatissant, sans que le moindre geste réconfortant vienne apaiser mon chagrin. Il restait distant et froid. Il m'avait jugé et ne devait sans doute plus m'estimer digne de pitié.

Pouvait-il en être autrement ? Après tout ce que j'avais fait…

Au début, pourtant, il avait fait preuve d'une certaine empathie, voire de clémence, envers moi. Sans doute ce vieux roublard avait-il fait mine d'être compréhensif pour mieux me pousser à la confidence ? À moins qu'il n'eût pas encore réalisé toute l'ampleur de mes actes et qu'il éprouvait alors encore de l'indulgence, eu égard à notre vieille amitié ?

Je reniflai à deux ou trois reprises ma tristesse avant d'essuyer d'un revers de la manche mes joues mouillées.

— Je ne pensais pas qu'il avalerait aussi le poison, dis-je encore dans l'espoir de me déculpabiliser. Ce n'était pas prévu. Je n'ai pas eu de bol.

— Damien non plus n'en a pas eu.

Sa réponse était tombée comme un couperet, le ton était tranchant et assassin. Il se tut, se contentant de me contempler avec une antipathie non dissimulée.

C'est moi qui brisai ce silence dérangeant :

— Quant à la troisième de mes malchances, il ne faut pas sortir de Saint-Cyr pour deviner que c'était toi, Loïc. La dernière des malchances fut que tu sois présent et que tu te mettes à enquêter comme pour un de tes putains jeux de rôle. On aurait dit que tout cela t'amusait, t'excitait follement. Et plus tu dénichais des indices, plus tu remontais la piste jusqu'à moi, lentement mais sûrement. C'est bien toi qui m'as démasqué, c'est toi qui as découvert le pot aux roses.

Dagorn se leva du banc en portant tout son poids sur sa canne, il le fit avec l'aisance d'un diable à ressort un peu trop vieux et trop rouillé, qui peinait à sortir de sa boîte.

Une fois debout, il marcha quelques pas, se retourna vers moi et décréta qu'il était temps que tout cela cesse :

— Allez, maintenant il faut retourner au bourg et prévenir les autres. Il faut que tu te rendes.

Je redoutais qu'il finisse par lâcher cette phrase, et il venait de le faire, scellant ainsi notre sort à tous les deux.

Le dos appuyé contre le cabanon de chasse, je le dévisageai d'un air désolé, soufflant sans vigueur ces quelques mots :

— Tu ne comprends pas, Loïc. Je ne peux pas faire cela. Je ne veux pas quitter mon île. Je ne veux pas finir mes jours en prison.

— Malheureusement, je crois que tu n'as plus tellement le choix. Tu es arrivé au bout du chemin et c'est un cul-de-sac. Tu ne peux plus faire marche arrière, et tu n'as pas d'autre issue que de te rendre à la police.

— Tu te trompes, il me reste une autre issue.

Cette phrase était sortie avec peine de ma bouche, comme si quelque chose en moi refusait de la laisser s'échapper.

— Désolé pour toi, mais tu fais fausse route. Je te le répète, tu n'as pas d'autre choix.

Je ne répondis pas tout de suite. Je me mis juste à ancrer mon regard dans le sien avant de lâcher d'une voix froide :

— Tu sais, Loïc, à part toi, personne n'est au courant de ce qu'il s'est passé hier. Personne… Si tu ne dis rien, personne n'en saura jamais rien…

— Si je ne dis rien ? répéta-t-il pour relever ce qu'il voyait comme une aberration. Tu sais bien que c'est impossible. Malgré notre vieille amitié, je ne peux pas me taire davantage. Tu as été trop loin. Tu as fait trop de mal. Tu as tout de même tué quatre innocents. Je vais être obligé de le dire aux autres, et aussi aux gendarmes. Je ne peux pas garder le silence sur tout ce que tu as fait.

— Sauf si je t'empêche de parler…

11 h 04

Aussi terrible fût-elle, j'avais pris ma décision. Quelle autre possibilité me restait-il de toute façon ? Aucune, j'en avais bien peur.

J'avais brûlé toutes mes cartouches, il ne m'en restait qu'une, une dernière, sordide, mais nécessaire. Cette dernière cartouche, c'était la dernière extrémité, voilà où j'étais acculé.

Si Dagorn avait été moins fouineur, moins perspicace, cela aurait pu se terminer autrement, mais il avait fallu qu'il insiste, qu'il persévère dans ses investigations, qu'il s'échine à remonter ma piste. Maintenant qu'il m'avait démasqué, il voulait me donner aux flics et me faire mettre en prison. Pourtant, je lui avais expliqué que ce n'était pas ma faute, que ce n'était qu'une malencontreuse suite d'accidents et de complications. Un véritable ami n'aurait pas eu le cœur de me dénoncer, il aurait juste cherché à me comprendre. Mais lui, cet ingrat, ce judas, il voulait me foutre derrière les barreaux.

Ce n'était pas possible.

Je ne me voyais pas moisir en prison, loin de mon île, loin de cet océan, loin de ce vent. J'en crèverais d'être séparé de tout cela. C'était tout pour moi, absolument tout. Je n'allais pas me laisser faire. Non, je n'allais sûrement pas me laisser faire.

Mon plan était simple et efficace.

Il fallait faire taire à jamais Dagorn. Je le balancerai du haut de la falaise et tout serait réglé. Il ne souffrirait pas, cela serait rapide et radical.

Et moi, il me suffirait ensuite de faire passer cela pour un accident… ou peut-être pour le dernier crime de notre assassin. Je raconterai aux autres qu'on le poursuivait à travers la lande du Cadoran et qu'au moment d'être pris, il s'était empoigné avec notre docteur et qu'ils avaient fait la bascule tous les deux dans la baie de Béninou.

À moins que je dise que c'était Dagorn le meurtrier, que je l'avais démasqué, qu'il avait avoué avoir tué Erwan pour toucher l'héritage et que, lorsque j'avais voulu l'attraper, il avait dévissé du haut de la falaise…

Enfin, je verrai bien.

J'improviserai. Je broderai une petite histoire qui tiendrait la route pour mystifier les autres et la police.

Oui, je verrai bien…

D'abord il fallait que je me débarrasse de lui.

C'était la priorité.

Je me levai du vieux banc et je me saisis d'une grosse pierre, une pierre de granit grise de forme presque triangulaire. Je m'approchai lentement du docteur, tenant toujours mon arme contondante. Je répétai les mêmes mots, tel un *leitmotiv* d'encouragement :

— Je n'irai pas en prison, je n'irai pas en prison. Je ne quitterai jamais Ouessant.

Le pauvre Dagorn n'était pas dupe. Il avait bien compris mes intentions. Curieusement, il ne cherchait pas à fuir. Il ne semblait pas avoir peur, il se mit juste à me parler, doucement, amicalement, à l'instar d'un dresseur qui tente d'amadouer un fauve, de l'apaiser sans cesser de discourir, de le cajoler :

— Ne fais pas le con, Fanch ! Me tuer ne servirait strictement à rien. Si moi, j'ai pu te démasquer, les gendarmes y arriveront sans peine. Ils t'arrêteront quand même et crois-moi, le jour de ton procès, ce cinquième meurtre ne fera qu'aggraver ta situation. Sois raisonnable, voyons.

Il avait beau dire, je me trouvais très raisonnable et très serein.

Tout était très clair dans ma tête. J'avais compris quelles preuves avaient permis à Dagorn de remonter jusqu'à moi : les feuilles imprimées par Erwan laissées dans sa poubelle ; les courriers des sociétés *Enedis* ou *Sabella* qui étaient dans mon bureau. Il me suffirait de les faire disparaître une fois que je l'aurais tué.

L'autre n'en finissait plus de discuter. Il me parlait de culpabilité, du sentiment de remords avec lequel je devrais vivre jusqu'au restant de mes jours. Il insistait, me disant que je devrais porter ce poids sur la conscience, surtout la mort de Damien et la sienne.

Il se montrait très persuasif, mais je ne devais pas me laisser distraire. Il fallait que je le fasse, c'était ma seule chance d'échapper à la prison. Dagorn continuait sans signe de lassitude, affirmant que j'échapperai peut-être aux barreaux d'une prison, mais que je vieillirai tourmenté, emmuré dans mes remords, torturé par des idées noires.

— La conscience est ténue et fragile, me disait-il, elle n'est pas faite pour porter de tels fardeaux, et à un moment, elle risque de craquer et de t'entraîner dans une terrible dépression.

Je lui répondis, froidement, empoignant toujours ma pierre menaçante :

— C'est un risque à courir.

Le toubib dut comprendre qu'il ne parviendrait plus à me convaincre. Il plaça sa canne devant lui, tenue à deux mains, maigre rempart contre ma détermination. Il allait tenter de lutter contre moi, le pauvre, de parer mes coups alors qu'il tenait à peine debout maintenant qu'il n'avait plus que deux pattes au lieu de trois.

Je m'approchai encore.

Lui ne bougeait plus. C'était étrange, il ne paraissait pas me craindre.

J'étais à deux mètres de lui, à peine, je lâchai dans un étranglement de voix :

— Tu comprends, il faut que je te tue pour t'empêcher de me dénoncer.

— Et nous ? Tu comptes nous tuer aussi ?

J'aurais reconnu cette voix entre mille, même au milieu de mille voix de femmes. La voix éclatante de mon Amélie.

Je me suis retourné et là, j'ai vu, de mes yeux vu : Pol Bonnemayre et Amélie, plantés près du cabanon en pierre, qui me dévisageaient d'un air indéfinissable.

Je restai tout con, debout sur place, figé d'incompréhension, à fixer ces deux apparitions.

Une voix résonnait à mes oreilles, me paraissant à la fois lointaine et proche, comme émergeant d'un brouillard si épais qu'il annihilait toute perception. Cette voix était celle du docteur, une voix presque amusée :

— Tu sais, Fanch, que tu veuilles me tuer, à la rigueur, je peux le comprendre, mais que tu me prennes pour un idiot au point de venir seul avec toi ici, sans assurer mes arrières, là franchement, cela me chagrine.

Je ne comprenais plus rien. Depuis quand étaient-ils là à nous écouter ? Comment étaient-ils venus ? Je ne voyais aucune voiture à l'horizon. Je ne les avais pas entendus approcher.

Sans que je demande quoi que ce soit, la voix assurée de Dagorn répondit à mes questions :

— Lorsque j'ai tout deviné ce matin, je me suis ouvert à Pol dans la voiture en revenant de chez Évelyne, affirmant que je n'avais plus aucun doute, que tu ne pouvais être que le coupable. Bien sûr, il n'a pas voulu me croire au début. Il me disait que je faisais forcément fausse route. Malgré le témoignage de Sandrine qu'il avait entendu en ma présence, malgré les preuves sur la rigidité cadavérique ou sur ta tendinite que je lui ai montrées dans mon cabinet, il refusait de croire l'impensable. Alors en arrivant à la mairie, je lui ai proposé quelque chose, une sorte de *deal* pour faire sauter ses dernières réticences, je lui ai demandé de venir ici en avance. Il connaissait l'endroit puisqu'il y vient chasser le garenne l'hiver. Je lui ai conseillé d'emmener notre garde champêtre avec lui. En tant que représentante de la loi assermentée, son témoignage serait plus que primordial lors de l'instruction. Il ne lui a rien dit, lui a juste demandé de l'accompagner jusqu'au Cadoran. Je leur ai laissé quelques minutes, le temps qu'ils arrivent, qu'ils cachent leur véhicule assez loin et ils sont venus se planquer dans le cabanon. Pendant ce temps, je suis allé te réveiller dans ton bureau, te pressant de venir, prétextant une soi-disant révélation d'Évelyne Vallon… Et nous sommes venus, nous nous sommes assis sur ce banc, sans que tu te doutes un instant qu'ils nous écoutaient, sans souffler mot. Cela a dû être pénible pour eux de ne pas réagir, de ne pas éclater de colère ou de tristesse pendant que tu avouais tout, absolument tout.

Le salaud ! Le foutu roublard ! Il avait donc tout manigancé pour me piéger, pour me confondre devant les autres.

Maintenant eux aussi savaient.

J'étais foutu.

Le pire, c'était ce regard d'infinie déception qu'Amélie me jetait. Je ne pouvais le supporter. Je ne voulais pas qu'elle me juge ainsi, il fallait que je m'explique, que j'argumente. J'ai tenté de m'avancer vers elle, mais elle s'est mise à hurler :

— Ne m'approche pas de moi ! Tu me dégoûtes !

Je ne l'écoutais pas, m'avançant malgré tout.

Elle me conjura de ne plus faire un pas, tout en sortant le *Sig Sauer* de son étui.

Son arme était pointée sur moi.

Scène irréaliste où ma compagne était en train de me viser en criant qu'elle me détestait, que j'avais tout gâché, que je n'étais qu'un monstre. Et elle pleurait à chaudes larmes, le bras tendu, la main crispée sur le pistolet.

Je m'arrêtai de marcher, tout abasourdi, les bras pendant le long du corps.

Près d'elle, la statue de granit ne pipait mot comme à son habitude, mais son regard braqué sur moi était éloquent, il exprimait tout le mépris ressenti, toute la colère. S'il avait eu une arme à la place des yeux, je crois qu'il m'aurait abattu dans la seconde, plus sûrement que le *Sig Sauer* d'Amélie.

Je restais là devant eux, inutile et perdu, complètement muet, réalisant soudain que tous mes projets s'effondraient, que j'allais être arrêté, honni par mes administrés, déshonoré et détesté. J'avais tué tous ces gens et cela n'avait servi à rien, strictement à rien. Je m'étais irrémédiablement enfoncé dans l'abject sans que cela ait eu une quelconque utilité.

Dagorn crut qu'il était temps d'intervenir, il prit la parole d'une façon un peu martiale, un peu surjouée à mon goût. Il devait triompher, l'enfoiré.

— Allez, Fanch. Il faut rentrer maintenant.

— Tu ne m'as pas bien compris. Je n'irai pas en prison, Loïc. J'aime cette île, je ne veux pas la quitter, je ne veux pas tout perdre.

— Tu n'as plus le choix.

— Je t'ai dit que je n'irai jamais en prison et d'une façon ou d'une autre… je n'irai pas !

J'avais crié ces quatre derniers mots.

J'avais crié, juste avant de pivoter sur moi-même et de me mettre à courir à travers la lande, loin devant moi comme l'aurait fait un animal sauvage emprisonné à qui on aurait rendu sa liberté et qui chercherait à fuir le plus loin possible des humains et des cages.

Je laissai sur place les trois autres, cavalant parmi les bruyères et les fougères, en direction de la baie de Béninou. Je fonçai vers le nord-ouest, en haletant bruyamment.

La voix du docteur avait fusé :

— Bordel, Amélie ! Réagis ! Fais quelque chose !

Ma compagne avait répondu d'une voix déformée :

— Qu'est-ce que tu veux que je fasse ? Je ne vais pas l'abattre tout de même ! Je ne peux pas lui tirer dessus.

Brave Amélie.

Je savais qu'elle ne se servirait pas de son arme. C'était pour cela que je lui avais confiée, cette nuit. Je savais intimement que si cela tournait au vinaigre pour mon matricule, elle n'oserait pas user de son pistolet contre moi. C'était pour cette raison que j'avais insisté pour qu'elle le prenne plutôt qu'un de mes conseillers municipaux.

Je courais toujours, m'éloignant d'eux et me rapprochant de la falaise.

D'instinct, je jetai un coup d'œil derrière moi, juste pour savoir ce qu'ils faisaient… quand je le vis…

Pol s'était lancé à ma poursuite. Il avançait vite, très vite même.

Il avait encore de la ressource ce vieux troisième ligne, malgré son âge et son gabarit. Une vraie locomotive était en train de foncer sur moi, gagnant inexorablement du terrain. À croire qu'il retrouvait les jambes de sa jeunesse, qu'il se croyait de nouveau sur un terrain de rugby.

Incroyable ! Il était plus âgé que moi, mais il courait plus vite, il me rattrapait. Il n'était plus qu'à dix mètres, seulement à dix mètres.

La falaise n'était plus très loin, il me fallait tenir bon, et même accélérer, mais mes jambes ne pouvaient obéir à cet ordre. Elles ne parvenaient pas à se surpasser après tant d'années sans les solliciter par une quelconque activité sportive.

J'entendis le souffle bestial de Pol, juste derrière moi. Il était tout proche !

Mais la falaise aussi n'était plus très éloignée. Il me fallait faire un dernier effort.

Trop tard ! Je sentis la poigne de la statue de granit m'agripper le bras. Il m'avait eu, il m'avait happé !

C'était si bête ! J'étais si près de mon but.

Je pouvais entendre le ressac assourdissant de la mer. Je n'étais plus qu'à cinq mètres du haut de la falaise, pas plus.

Alors dans un élan désespéré, je me débattis en tous sens. Je me tortillai comme un ver qu'on veut accrocher à un hameçon. Tel un furibond, je gesticulai, ruai dans les brancards pour m'échapper de cet étau qui me broyait le bras.

Et par miracle, je parvins à me dégager.

Bonnemayre resta un instant interdit, tenant toujours entre ses pognes de géant la manche de mon ciré. Mais moi, je n'étais plus dedans. J'avais retrouvé ma liberté.

La statue s'élança vers moi, la main en avant pour tenter de me saisir, mais c'était trop tard.

Déjà le sol se dérobait sous mes pieds.

Le vide s'offrait à moi.

Contre les rochers, la mer bouillonnait tel un geyser d'écume.

Avec le ressac, de grandes gerbes d'eau se dressèrent en hauteur, ressemblant aux tentacules d'une gigantesque créature liquide, prête à me happer au vol et à m'entraîner en son sein.

J'eus une dernière pensée, la certitude que je n'irai pas dans leur foutue prison, que je ne quitterai plus jamais mon île.

Du même auteur :

La Société des Derlines (Intégrale), Éditions Charles Corlet (2014).

Pris au piège dans la poche de Chambois – Témoignages de civils, Éditions Charles Corlet (2014).

À la folie, et autres histoires de jalousie meurtrière, Éditions Charles Corlet (2015).

Je méritais une autre mort : cinq secrets d'outre-tombe, Éditions Charles Corlet (2016).

Le manoir du marchand d'armes, Éditions Charles Corlet (2017).

Confesse – le destin d'un prêtre libertin, Éditions Charles Corlet (2018).

Vous avez demandé le 17, ne quittez pas (recueil collectif), Au mot près Éditions (2021).

Éditions **OUEST-FRANCE**

Éditeur Hervé Chirault
Coordination éditoriale Isabelle Rousseau
Conception graphique
Studio graphique des Éditions Ouest-France
Mise en page Cécile Gibbes
Photogravure Graph&Ti, Rennes (35)
Impression Sepec Numérique, Péronnas (01)

Édilarge SA, Rennes
ISBN : 978-2-7373-8695-4
Dépôt légal : mai 2022
N° d'éditeur : 10790.01.3,5.05.22
Imprimé en France
www.editionsouestfrance.fr

PEFC 10-31-3532